HEYNE

Zum Buch

Emmas Schoß pochte. Er war heiß und geschwollen und so voller Sehnsucht nach Erlösung, dass es beinahe schmerzte. Nimm mich endlich, wollte sie Christian gerade anbetteln und wäre sich nicht zu schade dafür gewesen, als sie plötzlich ein Geräusch hörte. Wie konnte das sein?

Die junge Emma ist hin und hergerissen: Kann sie Christian vertrauen, von dem eine bestimmte Gefahr auszugehen scheint? Und was verschweigen ihr die vier Mädchen des Internats-Geheimclubs? Es gibt nur einen Weg, das herauszufinden: Grenzenlose Lust.

Zur Autorin

Sandra Henke lebt in der Nähe von Düsseldorf. Mit ihrem Romanen hat sie sich ein großes Publikum erschrieben. So gilt ihr Roman Loge der Lust inzwischen als ein Klassiker des Genres. Eine spannende Handlung liegt der Autorin ebenso am Herzen, wie ein starkes Knistern und außergewöhnlich sinnliche Erotik.

Lieferbare Titel

Meister der Lust

Sandra Henke

Die Mädchenakademie

Erotischer Roman

WILHELM HEYNE VERLAG
MÜNCHEN

MIX
Papier aus verantwortungsvollen Quellen
FSC® C014496
FSC
www.fsc.org

Verlagsgruppe Random House FSC-DEU-0100
Das für dieses Buch verwendete
FSC®-zertifizierte Papier *Holmen Book Cream*
liefert Holmen Paper, Hallstavik, Schweden.

4. Auflage
Originalausgabe 07/2010

Printed in Germany 2012
Umschlaggestaltung: Nele Schütz Design, München
Umschlagfoto: © Altrendo Images / Getty Images
Satz: KompetenzCenter, Mönchengladbach
Druck und Bindung: GGP Media GmbH, Pößneck
ISBN: 978-3-453-54532-8

www.heyne.de

Prolog

Mitte Juni

Dass er gefesselt war, störte Patrick Conway nicht weiter. Im Gegenteil, es erregte ihn aufs Höchste. Auch seine Nacktheit war nicht das Problem. Vielmehr machte es ihn nervös, die einzige Person im Klassenzimmer zu sein, die nackt war.

Die Mädchen tanzten wie Hexen um ihn herum, immer noch bekleidet mit ihren cremefarbenen Schuluniformen: knielange Röcke, die sie an den Hüften mehrfach umgeschlagen und somit gekürzt hatten, sodass der Stoff ihre süßen Pos nur noch knapp bedeckte, und enge Blusen, durch die sich die Büstenhalter und die erigierten Brustspitzen abzeichneten.

Blut schoss in Patricks Unterleib.

Die Mädchen lächelten maliziös, streichelten seinen Nacken, seinen Brustkorb, seine Schenkel, und er wusste nicht, was er von ihnen halten sollte. Schon das ganze Schuljahr über hatten sie ihn mit ihren Reizen geneckt. Der Gang durch den Klassenraum war jedes Mal ein Spießrutenlauf für ihn. Er erinnerte sich noch an seinen ersten Tag und welche Not er gehabt hatte. Allerdings nicht, weil er befürchtete, die Klasse nicht in den Griff zu bekommen – sondern seine Libido.

Holly, die Sinnliche mit den braunen Locken und den üppigen Rundungen, hatte das Ende ihres Kugelschreibers immer wieder in ihren Mund geschoben, die Lippen fest um den Stift gepresst und verheißungsvoll zu Patrick geschaut.

Lauren dagegen, die Forsche, war weitergegangen. Sie hatte ihren Rock hochgezogen, ihre Schenkel gespreizt, sodass er ihr weißes Höschen sehen konnte. Ihm war der Schweiß ausgebrochen. Sekundenlang war er verwirrt gewesen. Er hatte den Faden verloren, die Ausführung über seinen Werdegang einfach abgebrochen und sich dann schnell hinter seinen Schreibtisch gesetzt, damit die Schülerinnen die Wölbung in seiner Hose nicht bemerkten.

Das White Garden College war ein anständiges Mädcheninternat. Zumindest offiziell.

Hinter den Kulissen brodelte es, das hatte er schnell bemerkt. Die Hormone der Schülerinnen kochten fast über. Für Patrick, der in einem Monat sein erstes Jahr im Internat als Lehrer für Englische Literatur und Kunstgeschichte hinter sich gebracht haben würde, war es unmöglich, sich der erotischen Ausstrahlung der Mädchen zu entziehen.

Megan, Lauren, Holly und Charlotte waren in der Abschlussklasse und somit alle volljährig. Sie standen kurz vor den Prüfungen der Upper Sixth, um das General Certificate of Education zu bekommen. Patrick machte sich zumindest in diesem Punkt nicht strafbar. Man konnte ja nicht einmal davon sprechen, dass er in diesem Moment Sex mit Schutzbefohlenen hatte, denn er war gefesselt. Er tat doch gar nichts, sondern war völlig hilflos! Die Mädchen nahmen sich einfach von ihm, was sie begehrten. Patrick war das Opfer, er konnte sich nicht wehren und war folglich jeglicher Verantwortung entbunden.

Diese frühreifen Früchtchen, dachte er lächelnd und zog sie mit seinen Blicken aus.

Megan blieb vor ihm stehen. Sie verschränkte die Arme unter ihren kleinen, festen Brüsten, hob ihre Augenbrauen und musterte sein steifes Glied. Oh, wie dieser erhabene und gleichzeitig laszive Blick ihn erregte! Dieses Biest hatte es wirklich drauf, ihn anzumachen. Mit dieser taffen, distanzierten Art weckte sie seine Lust. Und wenn sie nach einer gewissen Zeit, in der sie ihn zappeln ließ, endlich berührte, reagierte sein Körper auf ihre Zärtlichkeiten mit kleinen erotischen Eruptionen.

Doch sie fasste ihn nicht an, sondern gab Charlotte ein Zeichen. Charlie, der rothaarige Wirbelwind, kniete sich vor ihn hin und strich mit ihren zarten Händen gefühlvoll über seinen harten Schaft. Ihr Lächeln war offen und ehrlich, es lag nichts Heimtückisches darin wie bei den anderen Teufelinnen.

Sie knöpfte ihre Bluse auf und gab den Blick auf ihren Busen frei, der zwar nicht mehr als ein A-Körbchen war, aber himmlisch große Brustspitzen hatte. Während sie mit einer Hand seinen Phallus striegelte, massierte sie mit der anderen Hand ihre Brüste und ließ ihn die ganze Zeit nicht aus den Augen. Warum schlief sie nie mit ihm? Die anderen drei hatte er schon besessen, aber Charlie war nie bis zum Äußersten gegangen.

Jedes der vier Mädchen hatte eine eigene Persönlichkeit, sie waren alle vollkommen unterschiedlich. Es gab nur eine einzige Gemeinsamkeit, und das war ihre Lolita-Laszivität. Sie waren zwar auf dem Papier erwachsen, aber in Wirklichkeit standen sie gerade erst auf der Schwelle zur Frau. Ihre Körper waren fraulich, aber ihnen haftete noch dieser Kleinmädchen-Charme an, eine faszinierende Phase, an der sie Patrick teilhaben ließen.

Er kam sich einerseits wie ein Bettler und andererseits wie ein König vor. Stöhnend wand er sich unter Charlies Fingerfertigkeiten.

Megan zog ihren Stringtanga aus und hängte ihn über seine

Ohren, sodass sich der Steg über seine Nase spannte. Diese junge Frau war einfach unglaublich! Sie zwang ihn, ihren Intimduft einzuatmen, aber er hätte das auch freiwillig getan, nur hätte Megan dann nicht solch eine Freude daran gehabt. Sie mochte es, ihn in die Ecke zu drängen und ihm ihre Lust aufzuzwingen. Und er liebte es, von ihr benutzt zu werden. Er holte tief Luft und atmete zuerst durch den Mund und dann durch die Nase ein. Ihr Duft legte sich auf seine Zunge, sodass er ihn sogar schmeckte und nicht nur roch. Sie animierte ihn, seinen Unterleib in Charlottes Hand zu stoßen, so weit es ihm trotz der Fesseln möglich war.

Patrick fragte sich manchmal, ob er der Einzige war, mit dem die Mädchen spielten. Das konnte er sich nicht vorstellen, weil die vier derart unter Feuer standen, dass ein einziger Mann ihnen nicht genügen konnte. Auf der anderen Seite war er immer für sie verfügbar, seit sie ihn das erste Mal verführt hatten. Er konnte sich ihrem Sog nicht entziehen, auch wenn er dadurch Gefahr lief, vom Internat entlassen und von den Eltern angezeigt zu werden. Sie waren wie die süßeste Süßigkeit, der er nicht widerstehen konnte, selbst wenn er dadurch einen Zuckerschock riskierte.

Patrick schien den Mädchen auch nicht aus den Köpfen zu gehen, denn sie dachten sich immer neue Spiele für ihn aus.

Er sah ja auch nicht schlecht aus. Mit seinen dreiundvierzig Jahren hatte er einen Körper wie ein Mann von Mitte dreißig, weil er regelmäßig lange Fahrradtouren durch die Grafschaft Wiltshire machte und sich kalorienbewusst ernährte. Seine Frau fand es lächerlich, dass er Cremes benutzte und seine Haare färbte, um erste graue Härchen abzudecken. Dies würde ein kerniger Mann nicht tun. Aber sie zupfte doch auch ihre Augenbrauen, ging ins Solarium und versuchte, das Beste aus sich zu machen. Wieso durften Männer das dann nicht?

Megan, Holly, Lauren und Charlotte wussten das wenigstens zu schätzen. Seine Frau Carolyn dagegen nahm ihn kaum noch als Mann wahr.

Lauren drängte Charlie beiseite und stülpte ihre Lippen über seinen steifen Penis. Sie stand gerne im Mittelpunkt, das hatte Patrick längst erkannt, aber es war Megan, die den Ton angab.

»Hör auf, sonst kommt er zu früh.« Sie gab Lauren und Charlie einen Klaps.

Charlotte entfernte sich sofort. Lauren jedoch nuckelte noch ein paar Sekunden an seinem Phallus. Ob sie Megan die Stirn bieten oder lediglich den Genuss hinauszögern wollte, wusste er nicht. Sie nahm sein Glied tief in ihren Mund auf, presste die Lippen fest darauf und zog sich langsam zurück. Während sein Penis Millimeter für Millimeter herausglitt, sah sie Patrick in die Augen und machte ihn damit verrückt. Lauren war zu dünn für seinen Geschmack, ihre Haare waren viel zu blond und ihre Zähne zu weiß. Aber Himmel, konnte diese Schottin es einem oral besorgen! Sie war verdorben wie der Rest des Vierergespanns – der Traum eines jeden Mannes.

Megan zog sie an den Haaren von ihm weg. »Schluss jetzt. Ich will auch noch meinen Spaß haben. Und wenn er erst einmal gekommen ist, bemüht er sich nicht mehr genug darum, mich zu befriedigen.«

O ja, sie ist ein Luder und clever, dachte Patrick und rang nach Atem vor Lust. Mit ihren achtzehn Jahren – sie war die Älteste und würde in den Sommerferien neunzehn werden – hatte sie ihn, einen gestandenen Mann, in der Hand. Sollte es nicht andersherum sein?

Er hatte Unsicherheiten an ihr festgestellt. Sie hatte nicht die Erfahrung einer reifen Frau, auch wenn sie so tat. Aber sie hatte den Mut, sexuelle Dinge auszuprobieren, und das imponierte ihm. Megan lernte schnell dazu, eines Tages würde sie eine trickreiche Liebhaberin sein.

Die anderen Mädchen machten ihr Platz, und sie umkreiste ihn einmal wie eine Löwin ihre Beute. Megan blieb neben dem Stuhl stehen, auf dem er festgebunden war, nahm ihm den Stringtanga vom Gesicht und stellte einen Fuß auf die gegenüberliegende Armlehne. Ihre Spalte klaffte vor ihm weit auf.

Der Anblick ihrer rasierten Scham verschlug Patrick die Sprache. Ihr Intimduft war stark, da sie ebenfalls erregt war. Er konnte alles sehen: ihre geschwollenen hochroten Schamlippen, die glitzernde Feuchtigkeit an ihrem Eingang und sogar das Knötchen, das aus der schützenden Vorhaut hervorlugte.

Er musste an Carolyn und die unzähligen Gespräche denken, die er mit seiner Frau geführt hatte. Sie weigerte sich standhaft, sich zu enthaaren, weil sie den Sinn darin nicht verstand. Patrick dagegen konnte sich nicht mehr vorstellen, sich durch Schamhaar zu kämpfen, seitdem er die Samtigkeit eines rasierten Schoßes kannte. Trotzdem hatte ihn das schlechte Gewissen zerfressen, aber eine Frau von einundvierzig Jahren, die mit ihren Ansichten in den Achtzigerjahren stehen geblieben war, konnte nicht mit vier blutjungen Mädchen mithalten, die offenherzig und verschwiegen waren.

Aber es war auch nicht so, dass er die Schülerinnen benutzte und ausbeutete, sondern es verhielt sich genau umgekehrt: Patrick war ihr Spielball, und er war es gerne.

Holly beugte sich von hinten zu ihm hinunter und flüsterte in sein Ohr: »Leck sie.« Ein sanfter Befehl, dem Patrick liebend gerne nachkam.

Er neigte den Kopf vor und tauchte seine Zungenspitze in die Feuchtigkeit, die langsam aus ihr herausquoll. Jesus, schmeckte sie gut! Genüsslich ließ er sich ihren Geschmack auf der Zunge zergehen, kostete ihn aus und berauschte sich daran. Das Ziehen in seinen Lenden wurde intensiver, doch nicht nur die Mädchen wollten den Höhepunkt noch etwas hinauszögern, sondern auch er selbst.

In einem Monat würde das Schuljahr vorbei sein. Megan, Lauren, Holly und Charlotte würden die Abschlussprüfungen machen und das White Garden College verlassen, weil dort draußen in der großen weiten Welt so viele Abenteuer auf sie warteten, denn sie waren hübsch und Sprösslinge der Upper Class. Patrick jedoch würde in das tiefe Loch des Entzugs fallen, da er süchtig nach ihnen war.

Plötzlich vergrub Megan ihre Finger in seinen Haaren und zog sein Gesicht zu ihrer Spalte. »Nicht träumen, sondern lecken!«

Eifrig folgte er ihrer Anweisung. Seine Zungenspitze tanzte über ihre heißen Schamlippen, er küsste ihren Venushügel unzählige Male und saugte ihre kleinen Schamlippen ein, um ihre Feuchtigkeit abzulutschen, die sich mittlerweile darauf verteilt hatte.

Seine Zunge drang in ihre Mitte ein. Patrick drückte seine Nase zwischen ihre Schamlippen, damit er seine Zunge noch tiefer in Megans intimste Öffnung schieben konnte. Deswegen fiel ihm das Atmen schwer, aber auch weil seine Erregung angestachelt wurde, einer jungen Frau auf diese hemmungslose Art Lust zu bereiten.

Wie oft war er schon Frauen begegnet, die sich ihrer lustvollen Gefühle schämten, die, egal, wie einfühlsam er vorgegangen war, sich nicht öffnen konnten und dadurch auch seine eigene Erregung zügelten. Mit den Mädchen war es vollkommen anders. Patrick wusste diese Momente zu schätzen, sie waren kostbar, und er dankte den vieren dafür.

Eine Zeit lang waren es sogar fünf gewesen. Auf eine konnte er verzichten, aber nicht auf alle. Wie sollte er nur bald ohne sie auskommen?

Verzweifelt leckte er schneller. Er verteilte Megans Feuchtigkeit auf ihrer Spalte, machte sie warm, feucht und weich. Megan wurde immer unruhiger. Sie hielt sich mehr an seinem Kopf fest, als dass sie ihn an ihren Schoß drückte. Ihre Beine zitterten, und sie seufzte immer wieder auf eine süße, unschuldige Art und Weise.

Seine Zunge glitt wieder in ihr Inneres. Sie rieb über die Wände der feuchten Grotte mit der Hoffnung, ihren G-Punkt zufällig zu stimulieren, von dem Patrick gehört hatte, dass es ihn geben sollte, aber niemals den Beweis erhalten hatte. Vielleicht hatten ihn auch nur eine Handvoll Frauen. Aber wenn eine Frau eine solch zusätzliche Stimulationsstelle hatte, dann Megan.

Patrick nahm Megan mit seiner Zunge, wie er sie nur allzu gerne mit seinem Schaft genommen hätte. Flink wie ein Wiesel stieß er in sie hinein, leckte sie aus, bis ihre Feuchtigkeit von seinem Kinn tropfte. Die drei Zuschauerinnen Holly, Charlie und Lauren konnte er zwar in dieser Stellung nicht sehen, aber er spürte sie. Sie schauten zu und erregten damit nicht nur sich selbst, sondern auch ihn und Megan.

Megan begann zu stöhnen, gab sich voller Inbrunst seinen Zungenschlägen hin und schmiegte sich an sein Gesicht. Ihr Unterleib zitterte bereits. Aus ihrer Quelle sprudelte die Feuchtigkeit heraus. Ihr Stöhnen wurde immer lauter und animalischer, und Patrick befürchtete schon, sie würde einen

Schrei ausstoßen, wenn sie käme, sodass jemand auf das verbotene Treiben aufmerksam werden würde. Aber das tat sie nicht.

Als Megan kam, gluckste sie nur.

Patrick hatte sich mit gespitzten Lippen an ihrer Klitoris festgesaugt und sie somit zum Höhepunkt gebracht. Doch nun, da sie trunken vor Lust zuckte, stieß er erneut seine Zunge wie wild in sie hinein, um ihre Ekstase zu erhöhen.

Und da nahm er sie wahr, die Konvulsionen ihrer Mitte. Ihre Vaginalmuskulatur krampfte sich immer kurz um seine Zunge zusammen und gab sie dann wieder frei.

Patrick spürte Megans Orgasmus an seiner Zunge, wie er ihn sonst nur an seinem Glied erlebte.

In diesem Augenblick wäre er beinahe selbst gekommen. Das Erlebnis war wundervoll, er würde es niemals wieder vergessen und natürlich wiederholen wollen. Aber jetzt wollte er erst einmal selbst zum Zug kommen.

Er entfernte sich aus Megan und öffnete seinen Mund, um die Mädchen zu bitten, ihn endlich von dieser bittersüßen Qual zu erlösen.

Doch Megan beugte sich zu ihm hinunter und legte ihren Zeigefinger an seine von ihrer Feuchtigkeit glänzenden Lippen. »Scht! Habe ich dir erlaubt zu sprechen? Ich denke nicht.«

Patrick schwieg. Immerhin war er wehrlos, und die Mädchen waren in der Überzahl. Nicht auszudenken wäre es, wenn sie plötzlich ausprobieren wollten, ihn körperlich zu bestrafen – oder einfach gingen und ihn nackt und gefesselt zurückließen.

Megan richtete sich wieder auf, streckte ihre Arme in die Luft und reckte sich wie eine gesättigte und zufriedene Katze, die gerade ein Schälchen mit Milch leer geschleckt hat.

»Er gehört euch«, sagte sie gönnerhaft. Sie nahm den Fuß von der Armlehne und setzte sich auf einen Stuhl in der Nähe, um das Schauspiel zu verfolgen.

Charlie saß grinsend mit angewinkelten Beinen auf dem Lehrerpult und beobachtete – nein, nicht ihn, sondern Lauren, die sich an die Wand gelehnt und die Beine gespreizt hatte. Ihr Busen wogte auf und ab, während ihre Finger, die unter ihrem Höschen steckten, emsig arbeiteten.

Es war die süße Holly, die sich seiner annahm. Sie kniete sich vor ihn hin und streichelte sein pralles Geschlecht mit ihren braunen Locken. Patrick hätte es gerne gesehen, wenn sie ihre vollen Brüste entblößt hätte wie Charlotte zuvor, doch er wagte nicht, seinen Wunsch zu äußern.

Sie zog ihren Slip und ihren Rock aus. Mit unschuldigem Augenaufschlag wackelte sie mit ihren Hüften, die breiter waren als die der anderen Mädchen, aber nicht weniger reizvoll. Sie war keine Rubensfrau, aber hatte bereits in jungen Jahren eine sehr frauliche Figur, die verheißungsvoll wirkte, weil sie Leidenschaft und üppige Lust ausstrahlte, gleichzeitig auch Wärme und Geborgenheit.

Holly drehte ihm den Rücken zu und schaute kurz über die Schulter zu ihm zurück. Sie schenkte ihm ein aufreizendes Lächeln, das seine Hoden so prall werden ließ, dass er ein schmerzhaftes Ziehen spürte. Das aufgestaute Sperma brannte in ihm, und die dünne Haut war zum Zerreißen gespannt.

Holly stellte sich mit geöffneten Schenkeln über seinen Schoß, führte seine Penisspitze ein und legte ihre Hände an ihre Pobacken. Als sie diese auseinanderzog und sich langsam auf ihn hinabließ, riss er seine Augen auf.

Er musste wie ein Depp ausgesehen haben mit diesem glückseligen Lächeln auf seinem Gesicht, aber der Anblick seines Glieds, das zwischen ihren prallen Backen verschwand und in sie eintauchte, war einfach wunderschön.

Warme Feuchte umschloss seinen steifen Penis. Holly war nicht so eng gebaut wie Lauren, das hatte Patrick schon festgestellt, aber sie war nasser. Wie gerne hätte er in diesem Moment seine Finger in das Fleisch ihres Pos gedrückt und diese Kurven berührt!

Als er ganz in ihr steckte, legte er seinen Kopf in den Nacken und rang nach Luft. Er war jetzt über den Punkt hinaus, an dem er jedes Detail bewusst wahrnahm, er wollte nur noch kommen.

Doch Holly quälte ihn, indem sie zwar die Position verlagerte und ihre Hüften kreisen ließ, aber sich nicht auf seinem Schaft auf- und abbewegte. Sie betastete seine schweren Hodensäckchen, wog sie und kratzte sie, ohne ihm wirklich wehzutun.

Erst dann stützte sie sich auf den Armlehnen ab und hob ihre Hüften an, damit Patricks Glied aus ihr herausglitt. Kurz bevor sich auch die Penisspitze aus ihr entfernte, senkte sie ihr Hinterteil wieder auf ihn herab. Holly begann ihn rhythmisch zu nehmen, wobei sie jedes Mal laut stöhnte, wenn sie sich auf ihn setzte und sein Schaft in sie hineinstieß. Sie gab den Takt an, er hatte keine Wahl und nahm erst wahr, dass Charlotte aufgestanden war, als sie bereits hinter ihm stand.

Charlie zwirbelte von hinten seine Brustspitzen und wisperte: »Dich haben meine Brustwarzen richtig geil gemacht, nicht wahr? Deine Augen haben geglänzt, ich habe es bemerkt. Sie sind so leicht zu durchschauen, Herr Lehrer.«

Patrick kam Hollys Stößen entgegen, so weit es die Fesseln zuließen, weil er die Anspannung kaum noch aushielt.

»Du würdest sie in diesem Augenblick gerne lecken, oder?«, setzte Charlie ihr teuflisches Spiel fort und rollte seine kleinen, harten Warzen fest zwischen Daumen und Zeigefinger. »Während Holly dich bearbeitet, würdest du am liebsten meine Nippel mit deinen Zähnen necken, an ihnen saugen und so viel von meiner Brust in deinen Mund einsaugen, wie es dir möglich ist.«

Charlies Worte heizten ihm zusätzlich ein, aber er bemühte sich, den Orgasmus nicht sofort über sich hereinbrechen zu lassen, weil er nicht wollte, dass dieses Spiel schon wieder vorbei war. Es sollte ewig dauern.

Sie benässte ihre Fingerspitzen mit ihrem Speichel und rieb ihn in seine Brustwarzen ein. »Vielleicht würdest du mich anbetteln, sie gegen deine Eichel zu reiben, ja, das könnte ich mir bei dir vorstellen, denn du bist ein Nimmersatt genau wie wir.«

Holly nahm ihn jetzt schnell und hart. Ihr Schoß klatschte nass gegen seinen ebenso feuchten Unterleib. Jede Behutsamkeit war verflogen. Sie ließ sich ohne Rücksicht auf seinen Phallus hinunterplumpsen.

Als Charlie ihre Fingernägel in seine Brustspitzen grub und ihm ins Ohr schrie: »Komm endlich. Jetzt!«, kam er tatsächlich. Holly sprang von ihm ab. Er entlud sich, spürte nicht mehr den Schmerz in seinen Warzen, sondern nur noch die Erleichterung. Der Höhepunkt berauschte ihn. Er riss an seinen Fesseln und beobachtete das Sperma, das aus ihm herausschoss. Es sammelte sich vor seinen Füßen. Sein Penis zuckte, spuckte die letzten Tropfen aus und erschlaffte.

Ihm war heiß, er schwitzte. Patricks Blick folgte Charlie, die sich an Holly kuschelte und schützend ihre Hand auf Hollys Scham legte. Er bemerkte, dass sich ihr Mittelfinger sanft bewegte. Es dauerte nicht lange, und Holly verdrehte die Augen. Ihr Orgasmus war leise und zart, sie hielt Charlies

Handgelenk umschlungen, aber nicht um sie abzuwehren, sondern nach Halt suchend.

Lauren schmiegte sich an ihren Rücken, und auch Megan gesellte sich zu ihnen. Die Mädchen waren so unterschiedlich, so schön, so sexy und tabulos.

Plötzlich wurde die Tür aufgerissen.

»Und das ist ein Klassenzimmer der Upper Sixth.« Direktor Corben J. Hoodle machte eine ausladende Geste und trat beiseite, damit das Paar, das ihm folgte, eintreten konnte. Es handelte sich offensichtlich um betuchte Eltern, die ein privates College für ihren Sprössling suchten.

Als der Blick des Internatsleiters zuerst auf den nackten, an den Stuhl gefesselten Patrick, dann auf die Spermapfütze vor ihm und danach auf die vier Mädchen fiel, wich sein Vertreterlächeln blankem Entsetzen. Er war wie erstarrt.

Und Patrick Conway auch. Sein Herz blieb beinahe stehen.

Während Megan, Holly, Lauren und Charlotte kicherten, wurde ihm mit Schrecken bewusst, dass er in diesem Moment alles verloren hatte: seine Anstellung in einem renommierten Internat und die Hoffnung, jemals wieder eine Stelle als Lehrer zu finden, seine Ehefrau, mit der er sechzehn Jahre verheiratet war.

Und seinen heimlichen Harem.

1

Ende Juli

Ihre neue Stiefmutter Janet war nur fünf Jahre älter als sie. Emma Fryer konnte es nicht glauben!

Sie schaute aus dem Taxi, doch sie nahm die vorbeirauschende Landschaft der Grafschaft Wiltshire nicht wahr, sondern war noch in Gedanken auf der Hochzeit ihres Vaters.

Janet hätte ihre Schwester sein können. Nun war Emma mit ihren achtzehn Jahren die Stieftochter einer Dreiundzwanzigjährigen. Wie peinlich das war!

Aber Oisin Fryer war schon immer ein sturer Kerl gewesen, deshalb hatte er es vermutlich auch geschafft, sich vom einfachen Mitarbeiter einer Druckerei zum Inhaber eines eigenen Verlagshauses hinaufzuarbeiten. Seine Klatschblätter verkauften sich wie geschnitten Brot, sodass er besonders in den letzten Jahren viel Geld verdient hatte, das es Emma ermöglichte, das White Garden College zu besuchen, eins der renommiertesten Internate in Großbritannien.

Emma bewunderte ihren Vater für sein Durchsetzungsvermögen und seine Beharrlichkeit, sie liebte ihn über alles. Aber diesmal war er zu weit gegangen. Niemals würde sie sich mit Janet anfreunden!

Liebte er diese Frau wirklich? Oder wollte er durch sie nur Potenz signalisieren?

Oisin hatte die Hochzeit absichtlich auf seinen fünfzigsten Geburtstag gelegt, weil er einen neuen Lebensabschnitt feiern wollte. Seine Scheidung lag bereits acht Jahre zurück, nun plante er, den Rest seines Lebens mit Janet zu verbringen, einer superschlanken brünetten Messehostess, die er für einen Messeauftritt engagiert hatte.

Als er Emma von seinen Hochzeitsplänen erzählte, war es aus ihr herausgeplatzt: »Merkst du nicht, dass du das Klischee erfüllst: Reicher Mann schmückt sich mit junger Frau aus der Unterschicht?«

»Sie jobbt nur hin und wieder als Hostess. Eigentlich studiert sie Strategisches Management und strebt eine eigene Karriere an.« Er hatte Emma in seiner groben irischen Art in seine Arme gerissen und sie aus vollem Herzen gedrückt, um ihr zu signalisieren, dass alles gut war.

Die Tatsache, dass Janet kein dummes Püppchen zu sein schien, änderte aber nichts am Altersunterschied. Außerdem ging Emma fest davon aus, dass Janet in Kürze ihr Studium abbrechen würde, weil sie niemals würde arbeiten müssen. Oisin verdiente Millionen.

Aber Geld machte nicht automatisch glücklich, das spürte Emma am eigenen Leib. Sie sah ihren Vater kaum, weil er sehr viel arbeitete und sie bis auf die wenigen Ferienwochen auf dem White Garden College weilte. Zu allem Übel musste sie nun auch noch die Sommerferien im Internat verbringen und einen Nachhilfekurs belegen, weil sie sonst nicht zu den Abschlussprüfungen zugelassen werden würde. Aber ohne das General Certificate of Education durfte sie nicht studieren.

Sie wusste ja nicht einmal, ob sie das überhaupt wollte. Seit ihr Vater mit Janet zusammenkam, wurden ihre Schulnoten immer schlechter, weil sie mit den Gedanken woanders war und sich Sorgen machte.

Diese vermaledeite Janet lief ihr den Rang ab. Sie war größer und schlanker als Emma, ihre Haare glänzten mehr, ihre Lippen waren voller – und sie konnte durch eine kleine Geste die völlige Aufmerksamkeit von Oisin auf sich lenken. Das machte Emma wütend. Bisher war das ihr Privileg gewesen.

Ihre Augen wurden feucht. Emma blinzelte die Tränen weg, setzte sich im Taxi aufrecht hin und schaute zwischen den beiden Vordersitzen durch die Frontscheibe. Sie fuhren bereits auf der Allee, die zum Internat führte. Das weiße Gebäude war schon in der Ferne zu erkennen.

Direktor Hoodle hatte arrangiert, dass sie an den Prüfungen am Ferienende teilnehmen durfte. Das war ein besonderer Service des Colleges. Normalerweise fanden die Abschlussprüfungen am Ende des Schuljahres statt. Doch damit das Internat immer eine einwandfreie Statistik vorweisen konnte, bot es einen Intensivkurs als zusätzliche Vorbereitung an. Jede Schülerin sollte die Prüfungen bestehen und zwar mit einem guten Durchschnitt. Von dem war Emma weit entfernt. Sie fühlte sich orientierungslos. Wozu lernen? Wozu gute Noten, wenn sie nicht wusste, was sie damit anfangen sollte?

Keine ihrer Freundinnen würde dort sein, so viel stand fest. Die Sommerferien würden aus Einsamkeit und Büffeln bestehen, keine reizvolle Aussicht. Außerdem hatten die Mädchen, die ebenfalls den Zusatzkurs belegten, schon zwei Wochen zusammen verbracht. Emma dagegen stieß erst nachträglich zu ihnen. Schuld daran war ihr Vater, der unbedingt an seinem fünfzigsten Geburtstag hatte heiraten müssen, der ausgerechnet in die zweite Ferienwoche fiel. Corben J. Hoodle war not amused über die Verspätung gewesen.

In der ersten Woche hatte Emma zähneknirschend bei den Vorbereitungen geholfen, und sie hatte ihre Mutter Peggy davon abgehalten, Janets Büstenhalter mit in Butter zerquetschten Fliegen zu bestreichen und ihre Höschen mit Mentholspray zu präparieren. Die zweite Woche war reserviert gewesen für die Feier, die mehrere Tage gedauert hatte. Und nun parkte ihr Taxi vor dem Internat.

Sie war zurück im Südwesten Englands, während ihr Vater und Janet auf ihrer Hochzeitsreise das Amazonas-Gebiet bereisten.

Seufzend stieg Emma aus. Der Taxifahrer eilte zum Kofferraum und nahm ihr Gepäck heraus.

Körperlich war Emma angekommen, gedanklich jedoch noch nicht. »Mrs. Janet Fryer«, murmelte sie, steckte sich einen Finger in den Rachen und würgte gekünstelt.

In diesem Moment fiel ihr Blick auf einen Mann, der mit nacktem Oberkörper und nur mit einer abgewetzten Malerhose voller Farbflecken bekleidet vor dem Gebäude stand und einen Teil neu anstrich mit diesem fürchterlichen Lilienweiß, das die Sonnenstrahlen reflektierte und den Augen wehtat.

Er hatte ihre undamenhafte Geste gesehen und schmunzelte amüsiert.

Emma wurde puterrot. Sie setzte rasch ihre Sonnenbrille auf und ging zum Taxifahrer, um zu bezahlen. Doch schon als sie sich Direktor Hoodle zuwandte, der ihr vom Eingang aus entgegeneilte, wurde ihr Blick erneut magisch von diesem Fremden angezogen. Sie hatte ihn noch nie hier gesehen. Wer mochte er sein?

Seine Arme waren brauner als der Rest seines Oberkörpers. Vermutlich hatte er sein T-Shirt ausgezogen, damit auch sein Brustkorb und sein Rücken etwas Farbe abbekamen.

Seine männliche Ausstrahlung bannte Emmas Blick.

Seine Muskeln waren deutlich zu erkennen, aber sie waren nicht so definiert, dass die Sehnen oder Adern hervortraten.

Sondern er war auf eine subtile, eine natürliche Weise maskulin. Er machte nicht den Anschein, als würde er trainieren, sondern die Natur hatte es einfach gut mit ihm gemeint.

Emma kam sich töricht vor, weil sie so einfach zu beeindrucken war, aber dieser Mann spielte in einer anderen Liga als die jungen Männer, mit denen sie verkehrte. Wie alt mochte er sein? Ende zwanzig, Anfang dreißig? Zu alt für sie. Welch ein Pech!

Aber ein Mädchen wie sie hatte ohnehin keine Chance bei einem richtigen Kerl wie ihm. Solch ein Mann liebte selbstbewusste Frauen, die genauso attraktiv wie er waren.

Ausgerechnet heute trug sie langweilige Bermuda-Shorts in kanarienvogelgelb und ein lindgrünes, ärmelloses Leinenoberteil. Sie fühlte sich in diesem Augenblick wie ein Papagei. Da die Schuluniform cremefarben war, zog sie als Ausgleich privat farbige Kleidung an. An diesem Morgen war Emma ihr Aussehen ohnehin vollkommen egal gewesen, da sie weder besonders glücklich mit ihrer familiären Situation war, noch die Aussicht auf lernintensive Ferien sie sonderlich erfreute.

Außerdem hatte sie gedacht: Wer sollte sie schon in den Ferien im Internat sehen? Tja, Pech gehabt.

»Schön, dass Sie endlich da sind, Ms. Fryer. Wurde aber auch Zeit!« Der Direktor kam außer Atem bei ihr an, schüttelte ihr zuerst kräftig die Hand und wischte sich dann mit einem Stofftaschentuch die Schweißperlen aus seinem Musketierbart, der ihm ein aristokratisches Aussehen verlieh. »Mit Ihnen sind vier Schülerinnen hier: Charlotte Dorchester, Holly Jones, Lauren MacDuff und Megan Abercrombie. Kennen Sie die Damen? Sie haben die Parallelklasse besucht.«

Emma wunderte sich immer wieder, wie sich ein Mensch derart aufrecht halten konnte. Hoodle ging und stand, als hätte er einen Stock verschluckt. Selbst im Sommer trug er ein Hemd, eine Weste und ein Jackett, alles passend aufeinander abgestimmt. »Nur vom Sehen.«

»Lassen Sie sich nicht in die Dummheiten der jungen Damen mit hineinziehen.« Er lachte und machte sich auf in Richtung Eingang.

Emma verdrehte die Augen, weil er es nicht einmal für nötig erachtete, ihr bei ihrem Gepäck zu helfen. Rasch schulterte sie ihre Tasche, folgte ihm und zog ihren Koffer hinter sich her.

Mit ihrer freien Hand fuhr sie sich durch ihre Haare, weil sie an dem gut aussehenden Fremden vorbei musste und ihr einige Strähnen wegen der Hitze am Kopf klebten. Sie hatte sich ihr glattes, langes Haar aus Trotz kurz vor der Hochzeit bis zu den Schultern kürzen und durchstufen lassen. Nun sah sie aus wie Kim Wilde in den Achtzigerjahren und war auf der Feier mit ihrer Rockerfrisur zwischen all den eleganten Hochsteckfrisuren aufgefallen wie ein bunter Hund.

Sie guckte unauffällig zu dem Anstreicher. Obwohl ihre Augen hinter dunklen Gläsern verborgen waren, ahnte sie, dass er sich ihrer Aufmerksamkeit bewusst war, denn er blickte interessiert zurück. Ihr fiel auf, dass seine Haare länger nicht geschnitten worden waren, was ihn verwegen aussehen ließ.

Ihr wurde mit jedem Schritt, den sie dem Unbekannten näher kamen, heißer.

Um sich abzulenken, betrachtete sie das Mädcheninternat, als würde sie es an diesem Tag das erste Mal erblicken. Das viktorianische Gebäude hatte zwei imposante Flügel. Im Rechten befanden sich die Klassenzimmer, die Mensa und die Personalunterkünfte, im Linken die Schlafräume der Schülerinnen und im Hauptgebäude die Verwaltung, das Lehrerzimmer und das Büro des Direktors.

Emma ließ ihren Blick über die vier Stockwerke gleiten, über die vielen verzierten Bogenfenster und die Erker, die sie so sehr liebte. Die weitläufige Gartenanlage, die weit über die Grenzen Wiltshires bekannt war, verlieh dem White Garden College seinen Namen. Corben J. Hoodle war äußerst stolz auf seine Pflanzensammlung, die ausschließlich weiße Blüten hervorbrachte.

Als Emma an dem Fremden vorbeiging, schlug ihr Herz so laut, dass sie glaubte, er müsste es hören. Zu ihrem Schrecken blieb Hoodle auch noch stehen.

Er musterte den Fremden mit gerümpfter Nase und gestikulierte dann wild. »Ziehen Sie sich etwas an, Christian! Auf dieses College gehen anständige junge Damen. Ihr Auftreten ist völlig unangebracht.«

»Ja, Sir.« Seine Stimme klang dunkel und gelassen.

Emma hätte gerne noch mehr Worte aus seinem Mund gehört. Sie beobachtete das Spiel seiner Muskeln, als er sein T-Shirt vom Rasen aufhob, seine Arme nach oben streckte und es überstreifte. Ein Schweißtropfen rann in der Mitte seines straffen Bauches hinab und verschwand unter seinem Hosenbund, genau dort, wo der Knopf saß. Wie gerne wäre sie dieser Tropfen gewesen! Ihr fiel erst auf, dass ihr Mund ein kleines Stück weit offen stand, als der Fremde ihre Lippen betrachtete.

Sie wandte sich eilig ab und hastete mit hochrotem Kopf hinter Hoodle her, der längst weitergegangen war.

Christian, so hieß der attraktive Fremde also. Er hatte weiche Gesichtszüge, aber einen selbstbewussten Blick, der ihr unter die Haut ging.

Innerlich lächelte sie, doch äußerlich bemühte sie sich kühl zu bleiben. Denn was machte es schon für einen Sinn, sich der Illusion hinzugeben, er könnte sie ebenfalls anziehend finden? Für ihn war sie nur eine dumme Gans. Er amüsierte sich bestimmt darüber, dass er eine Schülerin verunsichert hatte, deshalb lächelte er, aus keinem anderen Grund.

Aber ihre Ratio verscheuchte weder das Kribbeln in ihrem Bauch noch das Prickeln in tieferen Regionen.

Vielleicht würden die Sommerferien, die sie gezwungen war auf dem White Garden College zu verbringen, doch nicht so langweilig werden, wie sie gedacht hatte.

2

Das College war gespenstisch ruhig. Normalerweise tummelten sich in den Gängen viele Schülerinnen, doch in den Sommerferien waren die Korridore verwaist.

Obwohl Emma die Umgebung vertraut war, kam sie sich vor wie auf einem anderen Stern. Sie schlenderte umher, glaubte Gelächter aus den Schlafräumen zu hören und Lehrerstimmen aus den Klassenzimmern, aber da war niemand.

Sie begegnete lediglich Cecilia, der Hausdame, die nach dem Rechten schaute, sonst niemandem. Wo waren die vier Mädchen, die mit ihr den Nachhilfekurs belegten? Emma wusste, wer sie waren, hatte sie aber nie näher kennengelernt. Holly, Charlotte, Megan und Lauren besuchten die Parallelklasse und waren als eingeschworenes Grüppchen bekannt. Emma hatte ihren eigenen Freundeskreis gehabt und hatte sich nie um die vier gekümmert.

Sie trat auf den Balkon in der zweiten Etage des Hauptgebäudes und ließ ihren Blick über das Gebiet hinter dem Internat gleiten. Er wurde unweigerlich von der Gartenanlage angezogen, in der ein Meer aus weißen Blüten sich der Sonne entgegenreckte. Corben J. Hoodle bot Führungen für Interessierte an, aber nur an Wochenenden und zu Ferienzeiten, damit die Schülerinnen nicht gestört wurden.

Vorbildlich gepflegter Englischer Rasen führte hinab zu einem See, der von Bäumen und Sträuchern gesäumt wurde. Vom Ufer ragte ein Steg ins Wasser. Den Mädchen war es verboten, im See zu schwimmen, weil es angeblich gefährlich, unhygienisch und undamenhaft war; dafür gab es ein Schwimmbad im Keller des Internats. Auch das Motor- und das Ruderboot, die im Bootshaus weggeschlossen waren, durften sie nicht benutzen, ebenfalls zu riskant. Die Boote waren nur für Notfälle da.

Der Direktor verbot den Schülerinnen jeglichen Spaß, nur weil er selbst keinen hatte.

Plötzlich bemerkte Emma ein Mädchen. Es spazierte am Ufer entlang geradewegs auf den Steg zu und setzte sich dann dort im Schatten des Bootshauses. Das Rot ihrer Haare leuchtete in der Sonne noch intensiver. Es musste sich um Charlotte handeln, ihr Nachname fiel Emma nicht ein, obwohl der Internatsleiter ihn erwähnt hatte. Sie hatte nie mit ihr gesprochen. Auch Charlotte trug die Schuluniform, genauso wie Emma sie nach ihrer Ankunft hatte anziehen müssen.

Darauf hatte Hoodle bestanden. »Nur weil Sommerferien sind, setzt das die Regeln nicht außer Kraft. Für euch sind ohnehin keine Ferien. Ihr seid weiterhin Schülerinnen des White Garden Colleges, und diese kleiden sich einheitlich.«

Wieso? Um Standesunterschiede zu kaschieren? Die Eltern der Mädchen, die das Internat besuchten, waren sowieso alle reich. Nur der familiäre Hintergrund spielte eine Rolle, und der wurde nicht von den Uniformen kaschiert. Emma gehörte zu den Neureichen, keine angesehene Gruppe.

Charlotte zog ihre Schuhe aus und ließ ihre Füße im Wasser baumeln. Emma entschied, dass es Zeit war, sie endlich kennenzulernen, schließlich wollte sie nicht die ganzen Wochen bis zur Prüfung alleine verbringen.

Eilig lief sie die Treppen hinab, überquerte den Rasen und ging geradewegs auf den Steg zu.

Charlotte hörte sie kommen und wandte den Kopf zu ihr um. »Hi.«

Lächelnd reichte Emma ihr die Hand und betrachtete ihre Sommersprossen. Sie gaben ihr ein lustiges, sympathisches Aussehen. »Ich bin Emma Fryer und muss auch den Nachhilfekurs belegen.«

»Charlotte Dorchester oder einfach nur Charlie.« Sie schüttelte Emmas Hand und deutete auf den Platz neben sich. Dann zwinkerte sie. »Hast du die ersten beiden Wochen geschwänzt, oder warum stößt du erst jetzt zu uns?«

»Mein Vater hat wieder geheiratet.« Nun, da Emma neben ihr saß und auch ihre Beine ins Wasser baumeln ließ, fiel ihr erst auf, dass Charlie ihren Rock bis zu den Hüften hochgeschoben hatte und mit ihrem blanken Hinterteil auf dem Steg saß. Lediglich der Saum ihres beigefarbenen Rocks bedeckte noch ihren Unterleib.

»Du scheinst deine neue Stiefmutter nicht zu mögen.«

Emma blinzelte. Tatsächlich, Charlie trug keinen Büstenhalter. Ihre dunklen Warzenhöfe waren durch den Stoff zu erahnen. Gewagt! Aber sie begegnete ja nur wenigen Schülerinnen und Angestellten. »Sie ist siebenundzwanzig Jahre jünger als er.«

»So etwas würde bei uns einen Riesenskandal auslösen.« Da Emma sie mit gerunzelter Stirn anschaute, fügte sie hinzu: »Verstaubter Hochadel. Völlig antiquiert. Ein solcher Altersunterschied käme einem Hochverrat am Protokoll gleich.« Sie lachte zynisch.

Emmas Neugier war geweckt. »Jetzt will ich mehr wissen.«

»Mein Vater ist der Duke von Darsby«, antwortete Charlie gelassen, stützte ihre Hände hinten auf und lehnte sich zurück.

»Oh, wow!« Duke war die höchste Würde des Hochadels.

Gegen Charlottes Dad war Oisins Renomee ein Dreck. Der Duke verkörperte – vermutlich nicht einmal nur sinnbildlich – den Trakehner, elegant und erhaben, während Oisin eher wie ein Shire Horse war, ein stabiles Pferd, das man nicht nur reiten, sondern auch vor einen Karren spannen konnte.

Dadurch, dass Charlie sich nach hinten gelehnt hatte, war der Saum ihres Rockes hochgerutscht. Sie trug kein Höschen! Ihre Schamlippen lugten unter dem Stoff hervor. Emma spürte, wie Hitze in ihre Wangen schoss, und sie blickte auf den See hinaus. Ein Entenpaar schwamm in einiger Entfernung schnatternd vorbei.

Charlotte lachte leise. »Ich trage keine Unterwäsche.«

»Es ist heiß.« Emma wich ihrem Blick aus.

»Du solltest auch deinen BH und deinen Slip ausziehen. Es befreit und niemand sieht es.«

»Wenn man nicht gerade so sitzt wie du«, bemerkte Emma spitz. War die Luft schwüler geworden? Ihr fiel das Atmen schwerer.

»Sei doch nicht so verkrampft. Wir sind alleine und vom Haus aus kann man nicht sehen, dass ich gerade meine Muschi lüfte.« Charlie winkelte ein Bein an, sodass ihre Spalte aufklaffte.

Emma war fassungslos. Sie riss Augen und Mund auf, schaute über ihre Schulter zurück zum Gebäude und schüttelte fassungslos ihren Kopf. Ihr Blick suchte das Seeufer ab. Es war zwar niemand zu sehen, aber es könnte sich immer noch einer der Angestellten oder der Jungs aus dem Ort zwischen den Büschen verstecken.

»Du hast doch selbst eine.« Mit einem Kopfnicken deutete Charlotte auf Emmas Unterleib. »Lass bei der Hitze mal Luft dran.«

Der Gedanke war durchaus reizvoll. Es kribbelte zwischen

ihren Schenkeln. Aber normalerweise lief sie nur zu Hause ohne Unterwäsche herum. Sie wusste, dass es einige Frauen gab, die sogar ohne Slip auf Partys gingen, aber ihr wäre das im Traum nicht eingefallen.

Charlie legte ihren Kopf auf Emmas Schulter. »Wenn du dein Höschen ausziehst, hier und jetzt, verrate ich dir ein Geheimnis.«

»So leicht bin ich nicht zu ködern.« Emma betrachtete Charlies geschwungene rote Augenbrauen. Wie lebendig ihre grünen Augen funkelten! Sie war von nahem viel hübscher als auf den ersten Blick.

»Ich beichte dir, warum die anderen und ich den Sommer über auf dem Internat bleiben müssen, obwohl wir die Wahrheit unter allen Umständen verschweigen sollen.« Sie lächelte anzüglich. »Du hast mich danach sozusagen in der Hand. Ein Wort zu Humpty Dumpty …«

»Humpty Dumpty?«

»Direktor Hoodle. Genau wie die Figur aus *Alice hinter den Spiegeln* geht er davon aus, dass er immer Recht hat und alles weiß, einfach nur weil er die Macht am College besitzt.« Charlie verdrehte ihre Augen. »Ein Wort zu ihm und wir werden endgültig nicht zur Prüfung zugelassen.«

»Megan, Holly, Lauren und du?« Das versprach interessant zu werden. Charlotte hatte sie längst am Haken.

Als Charlie sich wieder aufrichtete und nickte, zögerte Emma noch kurz. Sie prüfte die Gegend ein zweites Mal, aber noch immer war keine Menschenseele zu sehen, daher fasste sie Mut, schob ihren Rock hoch und griff darunter. Aufgeregt verlagerte sie ihr Gewicht erst auf die rechte und dann auf die linke Pohälfte und zog ihr Höschen bis zu den Knien hinunter. Sie schlüpfte eilig heraus und stopfte es sofort in ihre Rocktasche.

Während sie den Saum wieder nach unten schob, rechtfertigte sie sich. »Es war nicht die Rede davon, dass ich so freizügig sitzen muss wie du.«

Charlie legte den Kopf in den Nacken und lachte. Auch sie zog ihren Rocksaum herunter. »Fühlst du dich jetzt besser?«

Emma war unsicher, ob Charlotte ihren entblößten Schoß meinte oder ihr Entgegenkommen, weil sie sich bedeckt hatte. Tatsächlich fühlte es sich sehr gut an, weniger Stoff am Körper zu tragen. Außerdem hatte es etwas Verruchtes, kein Höschen anzuhaben. Ihr Schoß prickelte.

Diese Rothaarige war verrückt. Das gefiel ihr! Sie würde ihrem Aufenthalt im Internat die richtige Würze geben. Und Christian natürlich. Emma lächelte in sich hinein.

»Ich muss den zweiten Prüfungstermin wahrnehmen, weil ich in der Upper Sixth zu schlecht geworden bin und das General Certificate of Education entweder nicht bekommen oder mies abgeschnitten hätte. Außerdem lag die Hochzeit meines Vaters ungünstig. So, jetzt bist du dran«, sagte Emma kess.

»Also gut.« Charlie senkte verschwörerisch ihre Stimme, obwohl niemand in der Nähe war. »Wir wurden bei einer Orgie erwischt.«

Emma traute ihren Ohren kaum. Mit so etwas hatte sie nicht gerechnet. Mit irgendeinem Streich vielleicht, aber nicht damit. »Einer Orgie?«

»Patrick Conway.«

»Mit einem Lehrer?« Emma staunte. »Englische Literatur und Kunstgeschichte.«

»Unter seiner konservativen Kleidung versteckte sich ein strammer Körper.« Konspirativ neigte Charlie sich zu ihr. »Wir haben ihm ganz schön eingeheizt. Wenn man ihn im Unterricht gesehen hat, meint man, er würde beim Sex immer das Licht ausschalten. Doch er war zu fast allem bereit. Aber das sind sie alle, wenn man sie nur genügend scharfmacht. Männer sind so leicht zu manipulieren.«

Frauen auch, dachte Emma und strich unauffällig über ihre Rocktasche, als wollte sie prüfen, ob ihr Höschen noch sicher verwahrt war.

Charlie strahlte sie an. Sie war Emma schon wieder so nah wie zuvor, als sie ihren Kopf auf ihre Schulter gelegt hatte. Das war Emma keineswegs unangenehm. Sie mochte Charlotte gut leiden, denn die Rothaarige war erfrischend, anders als ihre Freundinnen.

So lebensfreudig, abenteuerlustig und offenherzig!

Charlies Blick streifte ihre Lippen. Einen Moment lang blieb er an Emmas Mund hängen, dann richtete sie sich auf und zuckte mit den Achseln. »Hoodle hat uns erwischt. Das Theater war böse! Er hätte uns aus dem College rausgeworfen, wenn unsere Eltern ihn nicht mit einer wirklich großzügigen Spende in letzter Sekunde umgestimmt hätten. Wir wurden nur einige Wochen suspendiert, wodurch wir allerdings die Prüfungen verpassten. So musste nur Conway gehen. Er hat mir leidgetan.«

»O mein Gott, der Arme!«

»So arm ist er auch wieder nicht.« Charlotte kniff die Augen zusammen und lächelte maliziös. »Er hatte seinen Spaß. Verdammt viel Spaß sogar! Außerdem ist Sex mit Schutzbefohlenen strafbar, und er hat seine Frau betrogen. Das hätte er sich vorher überlegen sollen.«

Nun kam sie Emma doch wie eine kleine Hexe vor. Mitleidlos. Aber sie hatte Recht. Er war ein Erwachsener, der die Verantwortung für seine Entscheidungen übernehmen musste. Allerdings war es unfair, dass die Mädchen sich von jeglicher Schuld freigekauft hatten. Aber Geld regiert die Welt.

Plötzlich war ein Scheppern zu hören. Die beiden Mädchen drehten sich um und sahen zum Gebäude rüber.

Christian schritt mit einem Werkzeugkasten am Haus vorbei und tauchte in der Garage unter, in der sich der kleine Fuhrpark des Internats befand. Leider trug er diesmal ein T-Shirt, aber er sah auch vollständig angezogen gut aus. Er besaß einfach diese außergewöhnliche Ausstrahlung, die nur wenigen Männern anhaftet: Ein wenig Macho, doch nicht so viel, dass es unsympathisch wirkt, sondern eine kleine, aber feine Prise, die ihm das gewisse Etwas verlieh.

»Hm, lecker«, schnurrte Charlie.

Emma grinste. »O ja, lecker.«

»Du findest den neuen Hausmeister also auch so ungemein attraktiv wie wir alle?«

»Hausmeister?«, echote Emma, die noch immer zur Garage spähte in der Hoffnung, er würde wieder herauskommen. »Was ist mit Jason?«

»Hat Urlaub. Christian ist nur seine Vertretung für die Sommerferien.« Charlotte legte ihre Hand an Emmas Kinn und zwang sie, sie anzusehen. »Was würdest du alles tun, um mit ihm zu schlafen?«

»Wie bitte?« So weit hatte sie noch gar nicht gedacht. Es war ohnehin utopisch, darüber nachzudenken. Er war ein richtiger Kerl, sie nur eine achtzehnjährige Internatsschülerin. Vermutlich sah er in ihr nur eine reiche, verzogene Göre.

Charlie strich ihr einige Haare aus der Stirn. »Gib schon zu, dass der Gedanke, mit ihm zu schlafen, dich erregt? Ich sehe es dir sowieso an. Deine Augen haben diesen Glanz bekommen.«

»Na gut, es ist so«, erwiderte Emma ein wenig zu schnippisch, weil es wehtat zuzugeben, dass er unerreichbar für sie war. »Aber was nutzt mir das? Er wird sich nicht mit mir abgeben. Ich brauche erst gar nicht zu versuchen, seine Aufmerksamkeit zu erhaschen. Außerdem bin ich kein Teenager mehr, der einem Schwarm hinterherläuft.«

»Reg dich doch nicht so auf.«

Emma wischte Charlies Hand weg, die unentwegt an ihren Haaren zupfte. »Das tue ich gar nicht. Ich verschwende einfach keinen Gedanken an ihn, so ist das.«

»Lügnerin.« Charlie knuffte sie sanft in die Seite. Dann wurde sie auf einmal ganz ruhig, schwieg eine Weile und schaute auf den See hinaus, bis sie schließlich sagte: »Was wäre, wenn ich einen sicheren Weg wüsste, bei ihm zu landen?«

3

»Du spinnst!« Emma legte sich flach auf den Rücken und betrachtete das satte Blau des Himmels. Ihre Füße baumelten immer noch im See. Das Wasser war angenehm kühl, denn die Hitzeperiode hatte erst vor ein paar Tagen begonnen und der See hatte sich noch nicht aufgeheizt.

Charlotte drehte sich auf den Bauch und stützte sich mit den Ellbogen auf. Von ihren überkreuzten Beinen tropfte Wasser auf ihr Hinterteil. »Wir veranstalten da so ein Spiel, und Christian hat sich dazu bereiterklärt, als Trophäe zu fungieren.«

Was sollte das heißen? »Was für ein Spiel?«

»Eigentlich darf ich dir gar nichts davon erzählen.« Charlie zögerte, wohl wissend, dass sie Emma damit nur noch neugieriger machte. »Nur Eingeweihte wissen davon, also vier Personen plus Christian.«

»Megan, Holly, Lauren und du.«

Charlotte lächelte verschmitzt. Sie wickelte eine rote Haarsträhne um ihren Finger, ließ sie wieder los und prüfte, ob sich eine Locke gebildet hatte, aber ihre Haare waren glatt wie eh und je.

»Nun sag schon«, flehte Emma sie an. »Ich schweige wie ein Grab. Versprochen!«

»Also gut, aber sprich nicht mit den Mädchen darüber, bevor ich ihnen nicht gebeichtet habe, dass ich meinen Mund nicht halten konnte. Unter Umständen sind sie nicht gerade erfreut darüber, denn es ist ein Geheimnis, und das soll es auch bleiben.«

Emma drehte sich auf die Seite, stützte ihren Kopf mit einer Hand ab und hing an Charlottes Lippen. Sie liebte Geheimnisse! Und dieses drehte sich ausgerechnet auch noch um Christian, den sie seit ihrer Ankunft nicht mehr vergessen konnte.

»Holly, Megan, Lauren und ich haben am Anfang der Upper Sixth einen Geheimbund gegründet, um den Aufenthalt im Internat etwas interessanter zu gestalten.« Charlie rückte näher an sie heran. »Wir nennen ihn den *Geheimclub der Lolitas*.«

»Und was soll das sein?«

»Es geht darum, erotische Erfahrungen zu machen. Das ist es doch, was Mädchen in unserem Alter wollen, oder etwa nicht?«

Emma wich Charlies eindringlichem Blick aus, in dem sie dem Entenpaar hinterherschaute, das sich vom See erhoben hatte und zum Ufer flog. Es landete auf dem Rasen unweit des Stegs und lief ziellos, aber schnatternd umher. »Ja, schon. Aber was ist mit Liebe?«

Energisch winkte Charlotte ab. »Wir sind jung und wollen Spaß haben. Verlieben können wir uns später, aber das sexuelle Erwachen erlebt man nur einmal. Man kann die Zeit nicht nachholen, daher genießen wir sie jetzt.«

»Was genau meinst du mit *erotischen Erfahrungen*?« Natürlich dachte auch Emma oft an Sex, aber sie ging das Thema nicht so offensiv an, wie es die vier Mädchen zu tun schienen. »Das hört sich ja fast so an, als würdet ihr euch nehmen, was ihr begehrt?«

Charlie lachte leise. »So ist es auch. Aber wie in jedem Club gibt es auch bei uns Regeln. Wir wollen alle erotischen

Eskapaden, die in unseren feuchten Träumen vorkommen, auch real erleben. Alles, was du dir vorstellen kannst, Emma, oder auch nicht, denn wir geben uns untereinander Anregungen.«

»Von welchen Regeln hast du gesprochen?«, fragte Emma stirnrunzelnd. Sie war es gewohnt sich im Internatsalltag unterzuordnen, da Hoodle ein strenges Regiment führte, aber im Grunde hasste sie diesen Zwang.

»Mach dir keine Sorgen. Es ist äußerst erregend.« Auf Charlies blassen Wangen zeigten sich rote Flecken. »Wir legen bei jedem Clubtreffen Zettel in eine Schatulle, auf denen wir lustvolle Aufgaben notieren. Jeder darf nur eine Anweisung vorschlagen. Diejenige, die an der Reihe ist, zieht einen Zettel und muss dann entscheiden, ob sie sich auf das Abenteuer einlässt oder nicht. Niemand wird gezwungen, etwas gegen seinen Willen zu tun. Jeder hat Tabus, und die respektieren wir.«

Aus irgendeinem Grund ahnte Emma, dass das Konsequenzen haben würde. »Aber?«

»Jedes bestandene Abenteuer steht für einen Punkt.«

»Lehnst du die Aufgabe im Voraus ab oder brichst sie ab, bekommst du keinen Punkt«, mutmaßte sie.

Charlie nickte. »Wer am Ende des Sommers die meisten Punkte gesammelt hat, darf eine Nacht mit Christian verbringen.«

»Er hat dem tatsächlich zugestimmt?« Emma konnte es kaum glauben. Er schien nicht der Typ Mann zu sein, der sich mit Schülerinnen abgab, zudem nicht mit solchen, die reicher und versnobt waren. »Was hat er davon?«

»Männer sind leicht zu manipulieren, das sagte ich doch schon. Die Aussicht auf ein Schäferstündchen mit einer blutjungen schönen Frau hat gereicht, um ihn dazu zu überreden, die Jagdtrophäe zu sein.« Charlotte setzte sich auf und lehnte sich gegen das Bootshaus.

Da sie die Beine angewinkelt hatte, konnte Emma unter ihren Rock schauen und sah geradewegs auf ihre Spalte. Eilig erhob sie sich. Sie empfand es nicht als widerlich, Charlies Schoß zu sehen, doch langsam bekam sie das Gefühl, dass die Rothaarige absichtlich solche Posen einnahm. Um sie zu testen? Oder gar um sie zu verführen? Der Gedanke erregte Emma. Sie hatte sich schon einmal gefragt, wie es wäre, mit einer Frau intim zu sein, hätte jedoch niemals gedacht, dass sie jemals eine Antwort darauf bekommen würde.

Emma war enttäuscht von Christian. War er wirklich so leicht zu haben? Und sie hatte vermutet, er sei eine Nuss, die nicht zu knacken war. So konnte man sich irren. Wie naiv von ihr!

Vielleicht war die Idee mit dem Geheimclub gar nicht so schlecht. Sie schien weniger Ahnung von Männern zu haben, als sie gedacht hatte. Möglicherweise würde sogar sie diejenige sein, die mit Christian zusammen sein durfte. Trotz der Enttäuschung, dass er mit jedem der Mädchen schlafen würde, egal, wer den Preis – ihn – gewann, sehnte sie sich danach, ihm nah sein zu dürfen. Sie kannte Lauren, Megan und Holly nicht. Ob sie eine Chance gegen sie hatte? Wohl kaum, wenn sie sogar eine Orgie mit einem Lehrer feierten.

Aber dieser Christian lag ihr in der Nase, obwohl sie ihn nicht einmal kannte. Da war etwas zwischen ihnen, das sie vom ersten Augenblick an gespürt hatte. Sie hatte sofort Feuer gefangen, er hatte verführerisch geschmunzelt, und die Luft zwischen ihnen hatte geflirrt. Allerdings befürchtete Emma, dass dieses Prickeln nur von ihr wahrgenommen worden war.

Selbst wenn sie sich den ersten Platz des Wettbewerbs nicht würde erkämpfen können, so blieben ihr noch die erotischen

Eskapaden. Was sprach schon dagegen? Nach wenigen Wochen würde der Spuk vorbei sein. Sie würde die Mädchen nie wiedersehen, Christian auch nicht und auch nicht die anderen. »Wer macht noch mit bei diesem Treiben?«

»Statisten, die nicht wissen, dass sie Teil eines Spiels sind.« Charlie zwinkerte. »Lass dich überraschen. Alles ist möglich, nichts muss. Aber glaub mir, wir alle haben eine lebhafte Fantasie. Uns fallen viele verrückte Dinge ein. Deine geheimsten Träume werden wahr werden. Das ist die Chance deines Lebens, Emma. Du kannst dich vollkommen gehen lassen, denn das alles bleibt unter uns.«

Die vier Mädchen hatten es wirklich faustdick hinter den Ohren und waren kein bisschen geläutert. Ihre Eltern hatten hohe Summen bezahlt, damit der Direktor die Orgie vergaß, aber die vier hatten keineswegs vor, abstinent zu werden, nur weil ihre Triebhaftigkeit einmal aufgefallen war.

Aber lassen Sie sich nicht in die Dummheiten der jungen Damen mit hineinziehen, hatte Corben J. Hoodle sie gewarnt. Zu spät! Sie war bereits zu neugierig auf das, was sie in dem Club erwartete.

»Ich bin dabei«, sagte Emma rasch, bevor sie der Mut verließ. Die Vorstellung, Mitglied in einem Geheimbund zu sein, war reizvoll und erregend, aber sie war unsicher, ob sie in der Realität mit den Mädchen mithalten konnte. Sie war nicht bieder, aber auch nicht offenherzig.

Vielleicht würde es ihr leichter fallen, ihre verruchte Seite zum Vorschein zu bringen, wenn sie sich vorstellte jemand anderes zu sein, eine Achtzehnjährige, die zufrieden mit ihrem Körper war und nur darauf wartete, sexuell erweckt zu werden. Es gab dieses andere Ich, es versteckte sich tief in ihr drin und war bisher nur in ihren geheimsten Träumen aus den dunklen wollüstigen Tiefen ihres Bewusstseins hervorgekrochen.

Zu ihrem Erstaunen hob Charlotte ihre Hand. »Moment, so schnell geht das nicht. Du musst mich erst davon überzeugen, dass ich dich als fünftes Mitglied vorschlage. Wenn du mir bewiesen hast, dass du sexuell aufgeschlossen bist – denn das ist zwingend notwendig, sonst passt du einfach nicht in den Club –, wirst du eine Aufnahmeprüfung hinter dich bringen müssen, bei der wir alle vier anwesend sein werden.«

Emma schluckte mehrmals, weil ihr Hals plötzlich staubtrocken war.

»Aber das ist alles halb so schlimm, wie es sich anhört«, beruhigte Charlie sie und machte eine wegwerfende Bewegung. »Wir wollen schließlich Spaß haben. Es geht um Lust, Ausschweifungen, neue sexuelle Horizonte.«

Offensichtlich reichte es nicht, ihr Höschen in der Rocktasche zu haben anstatt es zu tragen. »Wie soll ich dich überzeugen? Soll ich dir etwas über meine Ex-Freunde erzählen?«

»Worte sind nur Schall und Rauch, sagt mein Vater immer.« Charlie befeuchtete ihre Lippen und rieb sie gegeneinander. »Taten sind das Einzige, was zählt. Hast du jemals eine Frau geküsst, Emma?«

»Ich soll dich …?« Ihr Herz schlug schneller.

»Hast du Angst?«

Emma schüttelte den Kopf. »Nein, das ist es nicht.«

»Ekelst du dich vor mir?«

»Aber nein!«, protestierte sie.

»Wenn dieser simple Kuss schon ein Problem für dich darstellt, wie willst du dann erst die Aufgaben des Clubs bewältigen?« Charlotte legte ihren Kopf schräg.

Charlie zweifelte an ihr und forderte sie heraus. Emma knirschte mit den Zähnen und horchte in sich hinein. Im Grund befürchtete sie nur, dass es ihr gefallen könnte, eine Frau zu küssen. »Ich mach's.«

Sie neigte sich zu ihr herüber, doch Charlie drückte sie fort. »Nicht hier. Man kann uns vom Gebäude aus sehen. Lass uns in die Gartenanlage gehen.«

Sie standen auf und gingen zum Garten, der besonders im Frühling und Sommer voller Blüten war.

Emma vermutete, dass sich James-Connor Bosworth, der Gründer des Internats, damals auf Pflanzen, die ausschließlich weiße Blüten hervorbrachten, festgelegt hatte, weil diese Farbe für Unschuld, Reinheit und Weisheit stand. Über die Qualität des Colleges sagte das natürlich rein gar nichts aus, aber der Symbolcharakter hatte gewirkt, denn das Mädcheninternat hatte sich zu einem der führendsten in Großbritannien entwickelt. Natürlich nicht wegen der Blüten, aber der außergewöhnliche Garten war zum Markenzeichen geworden und hatte geholfen, dass der Name des Internats in aller Munde war.

Es lag in einem der Täler, für das die Grafschaft Wiltshire bekannt ist. Gut für Angler, Jäger und Wanderer – schlecht für Mädchen, die etwas erleben wollen. Bis auf den kleinen Ort Bellworth in der Nähe gab es rundherum ausschließlich Natur. Bosworth hatte das White Garden College absichtlich in diese Einöde bauen lassen, damit die Schülerinnen nicht beim Lernen abgelenkt wurden.

Falsch gedacht, Emma schmunzelte und musterte Charlottes Po, über den sich der Stoff ihres Rocks beim Gehen hin- und herschob. Dann beschäftigten sich die Mädchen eben mit dem, was sie hatten: ihrem Körper, der immer fraulicher wurde und einen Hormonüberschuss produzierte.

Emma war es in den Jahren auf dem Internat nicht anders gegangen, nur dass sich ihre sexuellen Aktivitäten auf Masturbieren beschränkt hatten, da sie ihre Freunde immer nur in den Ferien getroffen hatte.

Plötzlich beschlich sie das Gefühl, etwas verpasst zu haben. Während Charlie, Megan, Holly und Lauren die körperliche Liebe in allen Facetten erfuhren, hatte sie das Dasein eines Mauerblümchens gefristet. Das würde sich nun ändern, und sie freute sich darauf.

Sie fieberte dem Kuss mittlerweile mit jedem Schritt, den sie dem Garten näher kamen, mehr entgegen. Wie würde Charlotte wohl schmecken? Küsste eine Frau anders als ein Mann?

Ihre Schamlippen schwollen an. Emma spürte sie beim Gehen, denn sie rieben aneinander, was nur dazu führte, dass das Blut noch stärker durch ihren Schoß rauschte.

Übermut brachte sie dazu, zu Charlie aufzuschließen und ihr einen frivolen Blick zuzuwerfen.

Was war nur los mit ihr? Lag es an der Hitze? Normalerweise stiegen die Temperaturen im Sommer in Wiltshire nie höher als knapp über zwanzig Grad. Seit ein paar Tagen mussten es bestimmt fünf Grad mehr sein, die sich allerdings durch die Schwüle und den fehlenden Wind wie dreißig Grad anfühlten.

Oder war es Trotz? Weil ihr Vater es gewagt hatte, eine Frau zu heiraten, die Emmas Schwester sein konnte. Wenn er Mist baute und sich um Konventionen nicht scherte, stand ihr das ebenfalls zu. Ein Teil von ihr wollte sogar, dass ihre baldigen Eskapaden auffliegen würden wie die Orgie der vier Mädchen mit Patrick Conway, um Oisin zu schockieren und wütend zu machen, denn er hatte sie schließlich auch gegen sich aufgebracht.

Und um durch die Blume zu sagen: »Mich gibt es auch noch.«

Sie kamen am Garten an. Emma folgte Charlotte durch einen Rundbogen, an dem weiße Rosen und Klematis rankten und einen zitronigen Duft verströmten. Hosta, deren Blüten längst verblüht waren, säumten mit ihren großen grünen Blättern rechts und links Felder mit Cosmeen ein. Sie wurden abgelöst von Bellis, die ihre Hoch-Zeit bereits hinter sich hatten, und danach durch ein Meer aus kleinen weißen Blüten von unzähligen Eisbegonien.

Die Anlage war so angelegt, dass im Frühjahr, Sommer und Herbst ständig etwas blühte. Während die Lilien und Nelken am Wegrand ihre Blüten längst abgeworfen hatten, zeigten sich bei den Fetthennen und Astern gerade mal winzige Knospen, die erst in ein, zwei Monaten aufgehen würden.

Charlotte zupfte eine weiße Rispenhortensie ab und steckte sie sich in den Ausschnitt. Sie tauchte ihre Hand in ein Beet mit weißen Margeriten und bog in einen kleinen Trampelpfad ein, der nur von Louis, dem französischen Gärtner, benutzt wurde, um die Rabatten zu pflegen.

Als sich Charlie plötzlich hinsetzte, war Emma zuerst verwundert, verstand aber dann. Hier, im Schutz der Rittersporn-Pflanzen, würde niemand sie sehen, der zufällig den Hauptweg entlangkam. Sie nahm neben ihr Platz und blickte verlegen drein.

»Nun?« Charlotte lächelte aufmunternd.

Emma war so nervös wie schon lange nicht mehr, aber sie hatte sich auch eine halbe Ewigkeit nicht mehr so freudig aufgeregt gefühlt. Etwas ungelenk neigte sie sich zu ihr herüber, gab ihr einen Kuss und setzte sich wieder auf.

Irritiert hob Charlie ihre Augenbrauen. »Das war's?«

»Hhm«, machte Emma verlegen.

»Für das Küsschen hat sich ja nicht einmal der Weg in den Garten gelohnt.« Charlotte war sichtlich enttäuscht, aber schon im nächsten Moment kehrte ihre gute Laune zurück. Sie drückte Emma an den Schultern zu Boden und beugte sich über sie. »Ich werde dir helfen, denn ich möchte dich auf jeden Fall im Club dabeihaben, daher werde ich dir erst einmal zeigen, wie das geht. Vielleicht klappt es dann besser.«

Im nächsten Augenblick lagen auch schon ihre Lippen auf Emmas. Sie übte leichten Druck aus, öffnete ihren Mund ein wenig und massierte Emmas Lippen auf eine derart sinnliche Art und Weise, dass Emma abwechselnd heiß und kalt wurde.

Sie spürte Charlies Zunge, ließ sie hinein und wagte kaum zu atmen. Was tat sie denn da? Ging das nicht zu weit? Von einem Zungenkuss war nicht die Rede gewesen. Aber nein, sie waren ja keine Kinder mehr, sondern junge Frauen, die etwas erleben wollten.

Emma konnte ihr Glück kaum fassen, weil sie diese Erfahrung machen durfte und Charlotte genau die Richtige dafür war, denn sie ging behutsam und zärtlich vor.

Charlies Zunge erforschte ihren Mund so langsam und dennoch aufreizend, dass Emma bereitwillig ihre Lippen weiter öffnete, damit sie ihre Zunge über die von Charlotte schieben konnte. Ihre Zungenspitze drang in Charlies Mundhöhle ein, fuhr über ihre Wangentaschen und ihre Zähne und war vollkommen konzentriert auf ihre Empfindungen.

Sie schmeckte nach Pfefferminztee, stellte Emma fest. Ihr Mund war feucht, samtig und warm.

Doch just in dem Moment, in dem sie ihre Lippen fester auf die von Charlotte pressen wollte, löste diese den Kuss. Mit dem Handrücken wischte sie sich über ihre feuchten Mund. »Hat es dir gefallen?«

Emma lächelte strahlend. »Ja«, brachte sie atemlos hervor.

Himmel, sie hatte gerade eine Frau geküsst! Noch vor wenigen Stunden auf der Hinfahrt war sie betrübt gewesen und nun raste ihr Puls vor Erregung, und sie konnte nicht aufhören zu grinsen.

»Okay, dann beginnt jetzt dein Test«, kündigte Charlotte an.

Emma setzte sich auf. »Wie bitte?«

»Eben habe ich dir gezeigt, wie es geht«, Charlie legte eine rote Haarsträhne über ihre Schulter nach hinten, »jetzt bist du dran.«

Diese Hexe! Fassungslos schüttelte Emma ihren Kopf. Charlotte hatte es so hingedreht, dass Emma sie zweimal, genau genommen sogar dreimal küsste, dabei war nur einmal abgesprochen gewesen.

Aber Emma verzieh ihr. Sie rückte näher an Charlie heran und beugte sich vor, wobei ihr Blick fest auf dem verführerischen Mund ihres Gegenübers haftete.

Als ihre Lippen sich trafen, fühlte es sich vollkommen natürlich an. Es war immer noch etwas Besonderes für Emma, eine Frau zu küssen, aber kein Tabu mehr. Sie konnte nicht sagen, ob alle Frauen so küssten wie Charlotte, aber die legte ihre ganze Zärtlichkeit und Leidenschaft in den Kuss, sodass Emma unweigerlich mit ebenso viel Enthusiasmus reagierte.

Diesmal züngelten sie wilder, aber nicht minder sinnlich. Charlie vergrub ihre Hand in Emmas Haar und presste sie stärker an sich.

Sie schmatzten und leckten, schnäbelten stürmisch und vergaßen alles um sich herum. Es gab nur diesen Kuss, alles andere war in diesem Moment unwichtig.

Charlotte nahm ihre Hand aus Emmas Haar, löste sich ein wenig von ihr und strich mit ihrer Zungenspitze über Emmas angeschwollene Lippen, die daraufhin wundervoll prickelten.

Emma streckte ihre Zunge weit heraus und schob sie immer wieder in Charlottes Mund, während Charlie ihre Lippen um Emmas Zunge presste. Wie ein Penis, der in eine feuchte

Vagina stieß. Dieser Akt hatte etwas derart Lustvolles, dass Emma stöhnte.

Sie spürte Charlottes Fingerspitzen an ihrem Oberarm, sie glitten tiefer und streiften die äußere Wölbung ihres Busens. Emma war verwirrt und wusste nicht, was sie davon halten sollte. Doch ihr Körper reagierte auf seine Weise: Ihre Brustspitzen stellten sich auf und verlangten nach einer direkten Berührung. Charlotte jedoch legte ihre Hand an Emmas Seite, vielleicht um sie nicht zu überfordern, und Emma wagte nicht, den Wunsch zu äußern, noch einen klitzekleinen Schritt weiterzugehen.

Plötzlich hörten sie Stimmen. Augenblicklich warf sich Charlotte auf Emma und drückte sie zu Boden, damit der Rittersporn sie verdeckte.

»Sie müssen die Blüten abschneiden, sobald sie erste Anzeichen zeigen, zu verblühen, Louis«, redete Hoodle auf den Gärtner ein. »Braune, vertrocknete Stellen stören das Gesamtbild. So geht das nicht.«

Louis trabte genervt hinter ihm her. »Oui, Monsieur.«

Emma legte eine Hand auf ihren Mund, damit man ihr Kichern nicht hörte.

Charlotte dagegen sah ihr verträumt in die Augen. Nachdem die beiden Männer an ihnen vorübergeschritten waren, flüsterte sie: »Test mit Bravour bestanden. Ich werde mit den Mädchen reden. Du wirst eine Bereicherung für unseren Geheimclub sein.«

Innerlich triumphierte Emma.

»Klopf um Mitternacht an die Tür, die auf den Speicher führt. Trag nur dein Nachthemd. Du wirst es eh nicht lange anhaben.« Daraufhin sprang Charlie auf und rannte davon.

4

Emma verschränkte die Arme hinter dem Kopf und schaute verträumt zum wolkenlosen Himmel auf. Die weißen Ritterspornblüten umgab dieses satte Blau aus ihrer Perspektive wie ein Bilderrahmen.

Doch nicht einmal die Schönheit der Natur, diese kräftigen Farben und der süßliche Duft konnten sie lange fesseln, ihre Gedanken schweiften rasch zu Christian ab. Existierte tatsächlich eine Chance, ihm näherzukommen? Er war ein Bild von einem Mann, der ihr Herz höher schlagen und ihre Mitte prickeln ließ. Charlotte hatte ihre Lust geweckt, aber das Objekt ihrer Begierde war Christian.

Sie schloss die Augen und gab sich ihren Fantasien hin.

In ihrem Tagtraum schlich sie sich nachts in den Keller. Um keine Aufmerksamkeit auf sich zu ziehen, schaltete sie nur das Oberlicht im Eingangsbereich des Schwimmbades ein.

Eigentlich gab es hier unten keine Fenster und Ian, der Wachmann, machte sich selten die Mühe, das Schwimmbad in seinen nächtlichen Rundgang mit einzubeziehen. Aber, hey, es war ihr Traum, sie konnte ihn ausstaffieren, wie sie wollte, denn sie war schließlich die Regisseurin. Das diffuse Licht verlieh der Atmosphäre etwas Sinnliches, Geheimnisvolles.

Einsam zog Emma ihre Bahnen, bis Christian plötzlich am Beckenrand stand. Er war unbekleidet. Offensichtlich hatte er vorgehabt, heimlich nackt baden zu gehen zu einer Zeit, in der die meisten Bewohner des Internats schliefen.

Pech gehabt! Emma hatte ihn erwischt.

Aber Christian schien keineswegs unangenehm überrascht, sie im Schwimmbad anzutreffen. Sein Blick klebte an ihr, die sich nun im flachen Bereich in Nähe der Treppe hinstellte und die Landschaft seines Körpers betrachtete. Vermutlich hätte sie sich in der Realität verlegen weggedreht oder wäre in die Kabine geflüchtet, doch in ihrem Tagtraum war sie selbstbewusst genug, sein Glied anzustarren, ohne zu erröten. Es wurde steifer, je länger sie es musterte.

Sein Geschlecht war wunderschön. Es sah kräftig aus, maskulin, jawohl maskulin, denn auch Penisse erwachsener Männer konnten einen knabenhaften, virilen oder brutalen Charme besitzen. Natürlich wusste Emma in Wahrheit nicht, wie er bestückt war. Aber so gut wie Christian gebaut war, konnten die Götter sich einfach keinen Scherz erlaubt haben, indem sie seinen Schaft zum einzigen unansehnlichen Körperteil an ihm auserkoren hatten.

In ihrer Fantasie setzte er sich an den Beckenrand. Zwischen seinen leicht gespreizten Beinen stellte sich sein Glied immer weiter auf. »Komm her.«

Mutig und forsch, wie sie es in Wirklichkeit nicht war, watete sie durch das Wasser zu ihm. Sie legte ihre Hände auf seine Oberschenkel und schaute zuerst lächelnd zu ihm auf, dann musterte sie sein Geschlecht. Zärtlich blies sie dagegen, ließ es ihren heißen Atem spüren und hauchte einen Kuss auf seine Penisspitze.

Christian lehnte sich zurück und stützte sich hinter seinem Rücken mit seinen Händen auf, während Emma seinen Penis küsste. Tief sog sie seinen Intimduft ein. Er roch so betörend männlich wie keiner ihrer jungen Liebhaber zuvor. Der Duft erregte sie.

Gierig nahm sie sein halb erigiertes Glied in ihren Mund

auf. Sie ließ ihre Lippen auf- und abgleiten, verteilte ihren Speichel auf dem Schaft, der dadurch immer härter wurde, und saugte jedes Mal daran, wenn sie ihn aus ihrem Mund gleiten ließ.

Ihre Hände tasteten nach seinen Hoden. Ohne von seinem Penis abzulassen, knetete Emma sie sanft. Sie hörte Christian stöhnen und sah zu ihm auf. Ihre Blicke begegneten sich. Offensichtlich gefiel ihm, was er sah, denn er stierte auf ihre Lippen, zwischen denen sein Schaft immer wieder verschwand.

Um ihn zu necken, saugte sie sich fest. Scharf sog er die Luft zwischen seinen Zähnen ein, sein Unterleib spannte sich an, und sein Glied wurde endgültig steif. Als Emma von ihm abließ und lachte, weil es ihr Spaß machte, ihn zu erregen, stieß er geräuschvoll die Luft aus seinen Lungen aus und ließ sich ins Wasser gleiten.

Nun stand er unmittelbar vor ihr, ganz nah. Allein in ihrem Traum raubte ihr die Nähe zu ihm den Atem.

Seine Hände glitten über ihren Rücken und öffneten ihr Bikinioberteil. Emma ließ es sich von Christian abstreifen. Er schaute ihre aufgerichteten Brustwarzen verlangend an, drückte mit dem Handrücken von unten gegen ihren rechten Busen und hob ihn etwas an.

Dann neigte er sich vor und stülpte seine Lippen um die Spitze. Emma erschauerte wohlig. Sie hielt sich an seinen Schultern fest und genoss das Spiel seiner Zunge, die sie geschickt stimulierte. Sie war so feucht, so sanft – Christians Erfahrung sprach aus jeder seiner Berührungen.

Er begann ihre linke Brustwarze zu lecken, doch diesmal streckte er seine Zunge weit heraus und bearbeitete die Spitze außerhalb seines Mundes mit flinken Zungenschlägen. Die Wärme im Schwimmbad fühlte sich mit einem

Mal kühl an im Vergleich zu seinem Speichel an ihren Brustspitzen.

Als Christian ihren Busen behutsam zusammendrückte und die Warzen abwechselnd immer wieder kurz einsaugte, legte Emma ihren Kopf in den Nacken und stöhnte. Es fühlte sich so gut an, wie er sie anfasste, denn es war fordernd und zärtlich zugleich. Er wusste, was er tat, was er wollte, und Emma gab sich ihm hin.

Plötzlich wirbelte er sie herum und drückte sie mit dem Bauch gegen den Beckenrand. Ein wenig erschrocken war sie schon, zumindest in ihrer Fantasie, denn eigentlich war sie es ja, die das Drehbuch schrieb.

Er presste sich von hinten an sie und rieb sich erregt an ihrer Kehrseite, während er an ihrem Nacken knabberte. Seine Hemmungslosigkeit und die Selbstverständlichkeit, mit der er sie liebte, obwohl sie sich nicht kannten, war ein völlig neues Gefühl für sie, etwas, nach dem sie sich seit langem gesehnt hatte. Er tastete sich nicht langsam heran, sondern nahm sich, was er begehrte, weil Emma heftig auf ihn reagierte und er spürte, dass auch sie es wollte.

Auf einmal hob er sie hoch, sodass sie mit ihrem Oberkörper auf dem Rand lag und sich ihr Po ihm wollüstig präsentierte. Er zog ihr das Bikinihöschen aus und drückte ihre Schenkel auseinander. Nun war ihre Spalte unmittelbar vor seinem Gesicht.

Zärtlich biss er in ihren Po und ihre Oberschenkel. Er leckte über ihre Scham, störte sich nicht an dem Chlorwasser, das von ihrem Schoß tropfte, und sog ihre Schamlippen ein.

Emma wusste nicht, wie ihr geschah. Ihre Gefühle schlugen über ihr zusammen. Ihre Erregung wuchs mit jedem Kuss, jedem Lecken, jedem Saugen.

Stück für Stück nahm sich Christian ihren Unterleib. Kräftig knetete er ihre Pohälften, stieß seine Zunge in ihre Mitte hinein und trank von ihrer Feuchtigkeit. Er schleckte sie förmlich aus. Die Schmatzgeräusche klangen in der Stille und durch den Widerhall im Schwimmbad sehr laut. Und vor allen Dingen obszön!

Er rieb seine Handflächen aneinander, mit ihren Schamlippen dazwischen, erst die äußeren, dann die inneren, sodass sie sich nachher anfühlten, als hätte er Chili daraufgegeben. Sie glühten!

Behutsam führte er einen Finger in sie ein. Einige Male nahm er sie damit, bis sie unruhig wurde. Dann steckte er einen zweiten Finger in ihre Mitte, und da sie immer noch nicht vollkommen ausgefüllt war, presste er einen dritten hinein. Die sanfte Dehnung bereitete ihr eine solche Lust, dass sie ihre Schenkel weiter öffnete, damit Christians Finger noch tiefer in sie eindringen konnten.

Sie kam sich wie ein Luder vor, das sie eigentlich nicht war. Doch in ihrer Fantasie fiel es ihr leicht, sich gehen zu lassen und sich einzugestehen, dass auch sie wild und tabulos geliebt werden wollte. Eines Tages würde dieser Wunsch wahr werden. Sie musste nur den richtigen Partner finden, jemanden wie Christian.

Er trug sie zur Treppe, die sanft abfiel und im niedrigen Schwimmbereich endete. Er legte Emma vorsichtig nieder und drang ohne weiteres Vorspiel in sie ein. Langsam fing er an, sie zu nehmen.

Emmas Blick fiel auf die Hallendecke. Sie dachte an die Schülerinnen, Lehrer und Angestellten, die friedlich in ihren Betten schliefen und nichts von der Wollust ahnten, der sie sich im Keller hingaben.

Doch Emma fehlte die Sinnlichkeit. Christian hatte sie

bisher nicht einmal geküsst. Was war nur los mit ihr? Es war doch ihr Tagtraum!

Sie stieß ihn von sich, sprang auf und lief in den Duschraum, der ebenso spärlich vom Licht im Eingangsbereich erhellt wurde wie das Schwimmbecken. Natürlich folgte Christian ihr, weil sie es so wollte und er ihr in dieser Situation zu gehorchen hatte. Die Macht über ihn gefiel ihr, und so brachte sie ihn dazu, sie gegen die gekachelte Wand zu drücken.

»Ich will dich, Emma Fryer«, flüsterte er verführerisch, »seit dem Moment, als ich dich bei deiner Ankunft das erste Mal sah.«

Emma seufzte nicht nur im Traum.

Er hob ihr Kinn an, blickte ihr tief in die Augen und küsste sie. Sein Kuss war so leidenschaftlich, wie er nur sein konnte. Es lag ein Feuer darin, das auf sie übersprang, und nachdem er sich von ihr gelöst hatte, waren ihre Lippen immer noch heiß.

Kräftig massierte er ihren Busen. Er zwirbelte ihre Brustspitze, bis Emma glaubte wahnsinnig vor Lust zu werden, und gab dann einen Strang Waschgel aus einem der Spender, die zwischen den Duschen hingen.

Dieser kleine Luxus, den Emma bisher immer für übertrieben gehalten hatte, machte sich nun bezahlt. Jede Magie, jedes kleine Wunder störte ihre Fantasie, weil diese sich dann nicht mehr ganz so realistisch anfühlte und es Emma die Freude an der Illusion raubte, dass das Liebesspiel mit Christian zwar unwahrscheinlich, aber dennoch möglich sein könnte.

Er seifte ihren Körper von oben bis unten ein. Das Gel schäumte, ein blumiger Duft stieg von ihm auf. Christians glitschige Hände auf ihren glitschigen Rundungen fühlten sich einfach wundervoll an. Jede ihrer Poren war wie elektrisiert. Ihre Brüste entglitten ihm, deshalb packte er fester zu, aber keineswegs grob, und schon im nächsten Moment cremte er ihre Spalte mit dem Gel ein – von hinten, sodass er immer wieder über ihre enge Öffnung rieb. Ihr Ringmuskel prickelte erwartungsvoll, aber Emma fürchtete sich auch davor, dass das Eindringen dort wehtun würde, daher erlaubte sie es Christian nicht.

Wäre dies kein Tagtraum und der richtige Christian wäre wirklich bei ihr gewesen, hätte er vielleicht beruhigend auf sie eingeredet. Doch sie war mit sich alleine und er nicht bei ihr, um ihr Mut zuzusprechen. Sie hätte nachgegeben und wäre am Ende glücklich darüber gewesen, dessen war sie sich sicher. In ihrer Fantasie hatte sie Macht über ihn, sie lenkte ihn, doch sie wusste, dass es in der Realität andersherum sein würde, und das war es, was sie sich wirklich wünschte! Sie wollte gar nicht die Regeln vorgeben, sondern sich vollkommen fallen lassen.

Christian griff nach dem Duschkopf, der genau über ihr hing. Eigentlich waren die Duschköpfe fest installiert. Aber diesmal akzeptierte sie diese Unebenheit auf dem Pfad zu einem perfekten Traum, denn sie wollte, dass geschah, was gleich geschehen würde.

Christian drehte die Dusche auf und hielt seine Hand prüfend unter den Wasserstrahl. Zufrieden spülte er das Gel von Emmas Körper. Zentimeter für Zentimeter arbeitete er sich vor, ließ den Strahl über ihr Dekolleté kreisen, sodass das Wasser über ihren Busen hinablief und von ihren Spitzen rann, was herrlich kitzelte.

Er brauste ihre Brüste lange ab. Sobald die einzelnen Strahlen aus dem Duschkopf genau auf ihre Warzen trafen, durchzuckten Lustblitze Emmas Körper, die sich in ihrem Schoß entluden. Sie spürte, wie ihre eigene Feuchtigkeit an ihren Schenkeln herunterlief. In der Wirklichkeit hätte sie sich geschämt, doch in ihrem Tagtraum betrachtete sie es als Kompliment für Christian, dass ihre Quelle vor Wonne übersprudelte.

Wieso war alles in Träumen so einfach und in der Wirklichkeit so kompliziert?

Als er den Duschstrahl auf die Innenseite ihrer Beine richtete, fiel ihr das Atmen schon wieder schwerer. Sie ahnte, was er vorhatte, und sehnte es herbei, aber sie konnte nicht wissen, wie sehr es sie reizen würde, daher befürchtete sie sofort zu kommen. Das wollte sie allerdings nicht. Sie begehrte Christians Phallus! Sie wünschte sich, von ihm geritten zu werden.

Jetzt bereute sie es, ihrer Fantasie auf der Treppe eine andere Wendung gegeben zu haben. Zu diesem Zeitpunkt hatte sie den Höhepunkt noch etwas hinauszögern und ihrem Lusttraum einen Hauch Sinnlichkeit hinzufügen wollen. Mittlerweile war sie so erregt, dass sie Christian am liebsten hier im Duschraum auf den Boden geworfen und selbst geritten hätte.

Der Strahl streifte ihr Geschlecht. Emma stöhnte laut auf. Sie hielt sich an Christians Schultern fest, schloss aber nicht ihre Beine. Jedes Mal wenn das Wasser über ihre Spalte strich, erbebte sie. Er lenkte die Handbrause parallel zu ihrem Schoß, sodass nur die äußeren Wasserstrahlen ihre Schamlippen trafen.

Dann ließ er den Strahl über ihrem Schoß kreisen. Er fing über ihrer engen Öffnung an, zog seine Hand etwas zwischen ihren Schenkeln hervor und reizte somit ihre Mitte. Mit kreisenden Bewegungen glitt er weiter nach vorne und erfreute sich an der nervösen Erregung, die Emma immer zappeliger werden ließ – doch bevor er an ihre empfindsamste Stelle kam, nahm er den Duschkopf weg.

Enttäuscht seufzte Emma. Ihr Schoß pochte. Er war heiß und geschwollen und so voller Sehnsucht nach Erlösung, dass es beinahe schmerzte.

Nimm mich endlich, wollte sie ihn gerade anbetteln und wäre sich nicht zu schade dafür gewesen, als sie plötzlich ein Geräusch hörte. Wie konnte das sein? Es war schließlich ihr Traum.

Angestrengt lauschte sie, konnte jedoch nicht ausmachen, was es war.

Um dem auf den Grund zu gehen, riss sie sich von Christian los und lief in die Umkleidekabine, die vom Licht, das im Eingangsbereich brannte, stärker erhellt wurde als alle anderen Räume, und spähte um die Ecke, aber es war niemand zu sehen. Sie hatte Angst, entdeckt zu werden. Aber das war natürlich Unsinn. Niemand konnte in ihren Traum eindringen.

Dieser Gedanke beruhigte sie. Deshalb ließ sie es zu, dass Christian die Arme um ihre Hüften schlang, sie zurück ins Halbdunkel zog und sie mit dem Rücken auf die Sitzbank drückte. Die Bank hatte weder Arm- noch Rückenlehnen, damit man von beiden Seiten darauf sitzen konnte.

Christian winkelte ihre Beine an und spreizte sie, sodass ihre Kniekehlen auf seinen Armen ruhten. Er selbst legte sich dazwischen, sein Glied glitt langsam bis zur Wurzel in sie hinein. Einige Atemzüge lang blieb er ganz in ihr, dann entfernte er sich bis auf die Penisspitze und drang erneut ein.

Damit sie nicht von der Sitzbank fielen, hielt er sich rechts und links daran fest und drückte Emmas Schenkel immer wieder in Richtung ihrer Arme, wenn er in sie hineinstieß. Er öffnete sie mit jedem Stoß und konnte dadurch so tief wie möglich in sie eindringen.

Da auch er bereits sehr erregt war, fackelte er nicht lange und nahm sie rasch härter. Enthemmt trieb er seinen harten Schaft in sie hinein. Christian stöhnte laut, Emma ebenfalls, sodass ihre Laute triebhafter Wollust in jede Ecke des Schwimmbades drangen.

Sie scherten sich nicht darum, trieben es wie die Tiere und ließen sich völlig unverkrampft gehen. Es dauerte nicht lange, und sie kamen beide, Emma ein wenig früher als Christian, da er seine Lust zurückgehalten hatte, bis sie so weit war. Während sie zuckend unter ihm lag, stellte er sicher, dass sie nicht von der Bank stürzte und küsste ihren Hals, ihr Dekolleté und ihre Brüste.

Der Schreck fuhr ihr in die Glieder, als das Geräusch von vorhin wieder zu hören war. Es kam näher. Bald war es direkt neben ihr.

Emma riss die Augen auf. Im ersten Moment kam ihr der Rittersporn wie aus einer anderen Welt vor, bis sie begriff, dass sie wieder in die Wirklichkeit zurückgekehrt war. Sie musste in einen Dämmerschlaf gefallen sein, in den die Geräusche der Außenwelt eindringen konnten. Doch in dem Rahmen, den die weißen Blüten bildeten, war nicht mehr das satte Blau des Sommerhimmels zu sehen, sondern ein Gesicht. Sie konnte es nicht erkennen, da die Sonne sie blendete.

Ihre Lippen formten tonlos den Namen Christian. Ihr Herz schlug aufgeregt einen Takt schneller, weil es so schien, als hätte der Mann aus ihrem Traum sie auch in der Realität gefunden. Kismet. Gehörten sie zusammen? War dies ein Zeichen?

»Wenn du das nächste Mal in meinem Revier einschlummerst, werde ich dich mit einem Kuss wecken«, warnte der Mann sie mit einem süßen französischen Akzent und lachte. »Es ist besser, wenn du jetzt gehst, *mon ange*, denn ich muss die Blumen gießen, und ich möchte nicht, dass du feucht wirst.«

Louis. Es war nur der Gärtner. Emma entnahm seinem frivolen Unterton, dass er absichtlich die Begriffe *nass* und *feucht* vertauscht hatte. Durch die für Wiltshire ungewöhnliche Sommerhitze schienen alle in Flirtlaune zu sein. Das Geräusch, das ihre Fantasie gestört hatte, war von der Harke und der Schaufel in seiner Hand gekommen, die beim Gehen aneinandergeschlagen waren. Keine Frage, er war mit seinen längeren blonden Haaren und dem von der Arbeit im Freien gebräunten Teint eine attraktive Erscheinung, aber nicht der Mann, den Emma begehrte.

Sie schämte sich für die törichte Annahme, dass das Schicksal sie und Christian zusammengeführt haben könnte, und suchte das Weite.

5

Emma lernte Lauren, Holly und Megan beim Abendessen kennen. Zuerst saßen die Schülerinnen alleine in der Mensa. Es war unheimlich still. Nicht einmal aus der Küche waren Geräusche zu hören.

Nach einer Weile kamen die Angestellten herein und nahmen an einer anderen Tafel Platz. Normalerweise gab es einen eigenen Raum, in dem sie speisten, aber in den Ferien wurde diese Regel offensichtlich aus organisatorischen Gründen aufgehoben. Allerdings saß das Personal fast am anderen Ende der Mensa.

Christian war auch darunter. Er unterhielt sich angeregt mit Louis. Als er bemerkte, dass Emma ihn beobachtete, hielt er ihrem Blick stand, ohne das Gespräch zu unterbrechen. Sie errötete und schenkte sich Eistee nach, obwohl ihr Glas noch halb voll war.

Holly dachte wohl, dass sie Louis anstarren würde, denn sie fragte: »Glaubst du auch, dass Humpty Dumpty ihn hat einfliegen lassen, weil er meint, ein Gärtner aus dem Ausland würde mehr hermachen?«

Darüber hatte Emma noch nie nachgedacht. »Als eine Art Statussymbol?«

»Um etwas Besonderes zu haben, wie diese überflüssige Gartenanlage.« Holly rollte mit den Augen. »Hoodle will immer mehr sein als er ist. Er kleidet sich wie der alte Adel, dabei ist nichts aristokratisch an ihm. Er führt sich auf wie ein Gefängniswärter, obwohl er nur ein Mädcheninternat leitet. Und nimmt die Mahlzeiten immer alleine ein, als wäre er der König und wir sein unwürdiger Hofstaat.«

»Dabei zahlen wir seine Rechnungen«, warf Megan ein.

Eigentlich unsere Eltern, dachte Emma, war aber zu klug, um das auszusprechen. Die Mädchen hatten noch nicht einen Penny selbst verdient. Vielleicht war ihr das bewusster, da sie den Aufstieg ihres Vaters miterlebt hatte, während die Eltern der anderen bestimmt schon immer reich gewesen waren.

»Da wir, wenn man es genau nimmt, seine teuren Anzüge bezahlen«, Lauren lächelte diabolisch, »haben wir dann nicht auch das Recht, sie ihm auszuziehen, wann immer wir wollen?«

Charlotte kicherte. »Er ist eine Nuss, die noch zu knacken ist.«

»Belassen wir es bei Christian. Ein Zielobjekt reicht.« Megans Worte klangen beinahe wie ein Befehl. »Hoodle bedeutet nur Ärger.«

Verträumt stützte Holly ihren Kopf auf eine Hand und starrte ungeniert lasziv zu Christian hinüber. »Er sieht sowieso besser aus. Mein Gott, hat der einen Körper!«

»Mir gefallen seine dunklen Augen am besten.« Trotz regte sich in Emma, denn Christian hatte Hollys erotische Blicke bemerkt und sah nun zu ihr anstatt zu Emma.

Megan prustete. »Seine Augen? Du bist wohl eine Romantikerin, was? Kindchen, ein Mann besteht aus wichtigerem als einem Gesicht. Ist dir die Ausbuchtung in seiner Hose nicht aufgefallen?«

»Und das ist nur der Normalzustand«, fügte Lauren an.

Einen Moment überlegte Emma, ob sie lügen sollte. Doch sie war eine ehrliche Haut. Sie entschied, ausweichend zu antworten. »Als ich ankam, arbeitete er mit nacktem Oberkörper vor dem Internat.«

»Hat er nicht einen Knackarsch?« Holly seufzte.

Eifersucht regte sich in Emma. Am liebsten hätte sie sich zwischen Christian und Holly gestellt, damit sie nicht über die Distanz hinweg flirten konnten. Aber dann bemerkte sie, dass Christian längst nicht mehr zu ihnen herübersah und entspannte sich. Es kümmerte ihn nicht, dass die Mädchen ihn anhimmelten. Im Gegensatz zu Emma machte es ihn nicht nervös, angestarrt zu werden, er ignorierte schlichtweg ihre schmachtenden Blicke.

Emma fühlte sich unsicher. Die vier Mädchen waren eine eingefleischte Truppe. Sie waren aufeinander eingestimmt, waren sich einig darüber, was sie wollten und nahmen es sich. Weibliche Machos. Wieso nicht? Warum sollte es nur Männern zustehen, sich freimütig zu vergnügen?

Aber Emma war anders. Sie besaß vermutlich gerade mal halb so viele Erfahrungen wie die vier, sie war nicht so selbstbewusst und sah in einem Mann nicht nur den Körper, sondern den Menschen.

Christian war attraktiv, auch Emma war seiner Ausstrahlung erlegen. Aber sie dachte nicht an erster Stelle daran, mit ihm zu schlafen, sondern wollte ihn kennenlernen. Sie mochte seine Bewegungen, seine Gesten, die männlich waren, ohne dass er es beabsichtigte. So war er einfach. Wenn er ging, hielt er seinen Oberkörper aufrecht, was nicht so steif wie bei Hoodle wirkte, sondern erhaben. Christian strahlte Ruhe und Gelassenheit aus, er schien in sich selbst zu ruhen, das imponierte ihr und reizte sie viel mehr als beispielsweise der Bizeps, den der Ärmel seines T-Shirts freigab, wenn er sein Glas anhob und trank.

Ob sie zu den vieren überhaupt passte?

Charlotte, die neben ihr saß, nahm sie in den Arm, da sie Emmas Zweifel spürte. »Hey, mach dir keinen Kopf über den Club. Alles braucht seine Zeit. Ich sehe doch, dass du dich unwohl fühlst. In ein paar Tagen sieht alles anders aus. Dann bist du längst eine von uns.«

»Die Sommerferien werden die Zeit deines Lebens. Mit uns wird es nie langweilig.« Lauren zwinkerte. »Der Club schweißt zusammen.«

»Falls sie denn aufgenommen wird«, wandte Megan ein, verschränkte die Arme vor dem Oberkörper und musterte sie. »Welche sexuellen Erfahrungen hast du schon gemacht?«

Emma sank innerlich zusammen. Sie spürte, wie Hitze in ihre Wangen stieg. »Was genau meinst du?«

Ihr Blick schweifte zu Christian, der hin und wieder zu ihr herübersah. Zumindest bildete sie sich das ein. Eventuell war das aber nur ein Wunschgedanke, und er schaute nicht direkt zu ihr, sondern einfach nur zu den Mädchen, von denen am Ende der Ferien eine seine Geliebte für eine Nacht werden würde.

Sie konnte immer noch nicht fassen, dass es ihm egal war, wer in sein Bett stieg. Er hatte sich als Preis für einen Wettbewerb zur Verfügung gestellt. Sie musste unbedingt mit ihm ins Gespräch kommen, um herauszufinden, ob er tatsächlich so charakterlos war. Wenn ja, wollte sie gerne auf ihn verzichten. Warum nur sträubte sich dann alles in ihr gegen den Gedanken, ihn Holly, Megan, Lauren und Charlie zu überlassen?

»Ist sie nicht süß?« Megan hob abfällig eine Augenbraue.

»Sei nett zu ihr«, mischte sich Charlotte ein.

Doch Megan konnte das Sticheln nicht sein lassen. »So naiv!«

»Wie du schon lange nicht mehr bist«, meinte Holly

scharf. »Je weniger Erfahrungen sie besitzt, desto interessanter wird es für uns, sie sexuell zu erwecken.«

Lauren nickte. »Stimmt, wir sind kurz davor abzustumpfen. Aber mit Emma bekommt der Club einen neuen Kick.«

Megan stützte sich mit beiden Händen auf dem Tisch ab und neigte sich vor. »Trotzdem müssen wir wissen, was sie schon alles erlebt hat, um sie nicht zu überfordern, richtig meine Damen?«

Emma wurde ganz heiß bei dem Thema. Die Aussicht auf ihre Sexgeständnisse bereitete ihr Bauchschmerzen, weil sie Angst hatte, dass die Mädchen sie auslachen würden. Aber erstaunlicherweise erregte der Gedanke einer Beichte sie auch. Mit den vieren würde sie eine Offenheit ausleben, die ihr bisher unbekannt war.

»Hast du einen Mann schon einmal oral befriedigt?«, fragte Megan geradeheraus.

Emma war froh darüber, die erste Frage mit einem deutlichen Ja beantworten zu können. Ob Christian spürte oder von ihren Lippen ablesen konnte, dass sie über Sex sprachen? Wieso dachte sie bei diesem Thema sofort an ihn?

Charlie drehte sich zu ihr, um Emma ihre vollkommene Aufmerksamkeit zu schenken. »Hast du schon eine Frau geleckt?«

Diesmal schüttelte sie den Kopf und bekam Schweißausbrüche.

»Wurdest du schon mal anal genommen?« Laurens Augen funkelten frivol.

»Nein.« Hatten die anderen das etwa schon alles erlebt? Emma kam sich noch zu jung dafür vor. Das ganze Leben lag doch noch vor ihr. Bisher hatte sie gedacht, der Spaß würde erst nach dem College losgehen. Aber für die Clubmitglieder hatte er schon am Anfang der Upper Sixth begonnen. Sie waren Emma weit voraus. Emma würde sie niemals einholen können, aber sie konnte von ihnen lernen.

Charlotte strich mit dem Handrücken über Emmas Wange. »Hast du schon einmal mit einer Frau geschlafen?«

»Nein«, stieß Emma atemlos aus. Auf die Idee war sie bisher nicht einmal gekommen. Aber nun, da Charlie es zur Sprache brachte und sie mit einer solchen Sinnlichkeit betrachtete, horchte sie in sich hinein und stellte erstaunt fest, dass der Wunsch da war, tief in ihr verborgen. Ob die anderen drei Mädchen von dem Kuss wussten?

In Hollys Stimme schwang Erregung mit. »Hast du es schon mit mehr als einem Sexpartner getrieben?«

»Nein, tut mir leid.« Emma biss sich auf die Unterlippe. Wieder ein Nein. Bisher hatte sie nur eine Frage bejahen können. Eine schlechte Ausbeute.

Emma wettete, dass Janet eine von den Frauen war, die bereits in jungen Jahren alles ausprobiert hatten. Wie sonst hätte sie einen gestandenen Iren wie Oisin Fryer um den Finger wickeln können? Die Erinnerung an ihre Stiefmutter machte sie wütend. Aufgebracht sagte Emma: »Aber ich schätze, ich werde all das in den nächsten Wochen nachholen, nicht wahr?«

Megan lehnte sich entspannt zurück. »So gefällst du mir schon besser.«

»Denk daran«, ermahnend drückte Charlie Emmas Arm, »niemand zwingt dich, die erotischen Aufgaben auszuführen. Wenn du etwas wirklich nicht machen möchtest, dann lehne es ab! Das haben wir alle schon getan. Es muss dir nicht peinlich sein.«

»Genug geschwätzt, Ladies. Wir sehen uns um Mitternacht. Und du, Emma, nutze die Zeit, um dich hübsch für uns zu machen.« Megan senkte ihre Stimme. »Ich will kein Haar auf deiner Scham sehen, ist das klar?«

Ohne eine Antwort abzuwarten, stand sie auf. Holly und Lauren folgten ihr. Megan schien die Anführerin des Clubs zu sein. Charlie, Holly und Lauren schmierten ihr keineswegs Honig um den Mund, aber sie ließen es zu, dass Megan den Ton angab.

Allein aufgrund ihrer ungenierten Anweisung kribbelte es zwischen Emmas Schenkeln.

Charlie streckte Emma ihre Hand entgegen. »Komm, ich helfe dir.«

»Wobei?«

»Beim Rasieren.« Emma wollte widersprechen, aber Charlotte legte den Zeigefinger an ihre Lippen. »Wie willst du die Haare entfernen, die ganz hinten sprießen?«

Bisher war es Emma egal gewesen, ob sie ein Haar erwischte oder nicht, Hauptsache ihre Bikinizone war blank. Aber sie war sicher, dass Megan ihre Rasur akribisch überprüfen würde. Sie nahm Charlies Hand und stand auf.

»Außerdem wird dann die Clubprüfung einfacher für dich sein. Zuerst zeigst du dich einer Person nackt, erst später ziehst du dich vor uns vieren aus«, erklärte Charlotte und strahlte. »Schritt für Schritt werden wir dich sexuell befreien.«

Das klang ja, als wäre sie ein Projekt.

Sie begegnete wieder Christians Blick, der sich zurückgelehnt hatte und sie von oben bis unten musterte. Niemals würde sie seinen Ansprüchen genügen können. Holly war mit ihren großen Rehaugen und den braunen Locken viel hübscher als sie. Lauren war mindestens fünf Kilo leichter und Megan sportlicher und selbstbewusster.

Charlotte umfasste ihr Kinn und drehte Emmas Gesicht zu sich. »Du sabberst gleich.«

Verlegen lächelte Emma. »Ich werde mich nie so gehen lassen können wie ihr.«

»O doch, du hast diese lustvolle Seite in dir, das spüre ich«, redete Charlie ihr gut zu. »Der Club wird sie aus dir herauskitzeln. Wenn es nicht ein klein wenig Überwindung kosten würde, wäre es nur halb so lustvoll, stimmt's?«

»Du hast Recht.« Dank Charlies Worten regte sich bereits wieder ihre Vorfreude. In ihr hatte Emma eine Freundin gefunden.

»Die eigenen Grenzen zu sprengen, ist erregend. Die Mädels werden dir dabei helfen. Und ich für meinen Teil werde jetzt schon mal mit deiner Rasur beginnen.« Charlotte deutete mit einem Lächeln auf Christian. »Und vielleicht wirst du ja sogar den Jackpot gewinnen.«

Und wenn nicht, fragte sich Emma.

6

Charlotte umhegte Emma beinahe mütterlich. Sie ließ ihr ein lauwarmes Bad ein, öffnete das Fenster, damit die sich abkühlende Abendluft ins Badezimmer kam, und stellte sogar einige brennende Teelichter auf den Wannenrand.

»Das ist deine Belohnung.« Mit der Hand wirbelte sie etwas Wasser auf. Die Schaumkronen tanzten auf der Oberfläche, während Aprikosenduft aufstieg. »Aber erst musst du dich auf das WC setzen und die Beine für mich breit machen.«

Diese kleine Hexe! Sie genoss diese zweideutigen Anspielungen, dabei ging es nur um eine Intimrasur. »Nur«, Emma lachte innerlich auf. Sie hatte sich noch nie zuvor jemandem auf diese Weise geöffnet. Die Jungs, mit denen sie geschlafen hatte, konnten den eigentlichen Akt kaum erwarten und hielten sich nie lange mit oraler Befriedigung auf, sondern leckten ein paar Mal, nur um sie feucht genug zu bekommen, damit sie endlich in Emma hineinstoßen konnten. Einer Frau hatte sie erst recht nie ihr Geschlecht vors Gesicht gehalten.

»In wenigen Stunden wird die Prüfungszeremonie von dir verlangen, dass du dich vier Personen nackt zeigst«, sagte Charlie einfühlsam, »ich bin nur eine Einzige. Außerdem, was ist so schlimm daran?«

Ja, was war so schlimm? Dass Emma sich schämte. Und dass es sie erregte. Charlotte hatte so eine sinnliche Art, die

Dinge zu regeln. Wenn sie mit sanfter Stimme sprach und sie so voller Zuneigung ansah, konnte Emma ihr nicht widerstehen.

Zögerlich streifte sie ihren Rock ab, danach ihren Slip, den sie zum Abendessen wieder angezogen hatte.

Sie wollte ihren Unterleib waschen, aber Charlie nahm ihr den Waschlappen aus der Hand und drückte sie auf den WC-Deckel, sodass Emma mit ihrem Hintern auf dem vorderen Rand saß. Sie tauchte den Lappen ins Badewasser und strich damit hauchzart über Emmas Venushügel. Da Emma ihre Beine nicht von alleine öffnete, zwängte Charlotte sich dazwischen und schob sie auseinander. Sie wusch Emmas Schoß so vorsichtig, als hätte sie eine Kostbarkeit vor Augen. Immer wieder benässte sie den Waschlappen und drang damit in die Täler zwischen ihren Schamlippen.

Das angenehm lauwarme Wasser lief zwischen Emmas Gesäßhälften hindurch, kitzelte sie und tropfte auf die Bodenfliesen.

Charlotte gab schließlich einen Strang Rasierschaum auf die Schamlippen und verteilte ihn mit ihren Fingerspitzen.

Es trat genau das ein, wovor Emma sich gefürchtet hatte. Die behutsamen Berührungen weckten ihre Lust. Sie stützte sich mit den Händen auf dem Wannenrand und am Handtuchhalter ab und spannte sich innerlich an, um zu verhindern, dass Charlie mitbekam, wie sie immer unruhiger wurde.

Sie musste zugeben, dass es gar nicht schwer war, sich vor Charlotte so offenherzig zu zeigen. Es schien natürlich, zumal Charlie nichts sah, was sie nicht selbst hatte. Emma bemühte sich, die Rothaarige als Schwester zu sehen, zumindest als Schwester im Geiste, doch das wollte nicht so recht gelingen, während Charlie mit den kreisenden Bewegungen ihrer Finger sie erregte.

Das Rasiermesser in ihrer Hand verminderte die aufkeimende Lust im ersten Moment. Doch als Charlotte es äußerst behutsam über Emmas Schamlippen und Venushügel gleiten ließ, verschwand die Angst, und sie fasste noch mehr Vertrauen in ihre neue Freundin.

Emma hoffte, dass der Rasierschaum verhinderte, dass Charlie die Feuchtigkeit bemerkte, die mittlerweile aus ihr herausfloss. Ihr Schoß war ganz weich und warm. Fiel Charlotte nicht auf, dass die Schamlippen anschwollen? Vielleicht sah sie es und schwieg ganz ladylike.

Nachdem Charlie fertig war, legte sie das Rasiermesser weg und tauchte erneut den Waschlappen in das Badewasser.

»Nicht doch«, beeilte sich Emma zu sagen. »Ich bade doch eh gleich.«

Charlotte hob ihre Augenbrauen hoch. Ihre Mundwinkel zuckten. »Und wie soll ich sehen, ob ich alle Haare erwischt habe?«

Das klang logisch. Dem hatte Emma nichts entgegenzusetzen. Sie versuchte, sich auf irgendetwas Neutrales zu konzentrieren, das sie die behutsame Stimulation vergessen ließ. Verzweifelt betrachtete sie das Muster der Kacheln, dann zählte sie die Tuben und Tiegel, die im Badezimmer verteilt standen, aber nichts half. Sie starrte zwar irgendetwas an, aber ihre Gefühle waren bei Charlie, die nach und nach ihre Spalte vom restlichen Schaum befreite und näher mit ihrem Gesicht herankam, um zu prüfen, ob die Rasur auch wirklich perfekt war.

Emma schaute zur Decke auf, als wäre dort etwas Interessantes zu sehen, doch die war einfach nur weiß. Charlotte kam so nah, dass Emma ihren Atem an ihrem Schoß spürte. Sie bekam eine wohlige Gänsehaut.

Charlie legte ihre Hand an Emmas Oberschenkel und

drückte sanft zu. »Dir ist kalt, weil du den ganzen Tag über geschwitzt hast und die Luft jetzt abkühlt. Steig ins Bad. Ich lasse dir noch etwas warmes Wasser hineinlaufen.«

Emma betrachtete sie gedankenversunken, während Charlotte sich erhob und den Wasserhahn öffnete. Sie war sich sicher, dass sich die Rothaarige mehr Mühe mit dem Rasieren gegeben hatte als notwendig gewesen war, aber Charlie machte keine Anstalten sie zu verführen. Wieso nicht? Waren ihre zarten Berührungen doch nicht Kalkül gewesen? Möglicherweise hatte sie sich nur dazu hinreißen lassen. Träumte Charlie davon, mit einer Frau intim zu werden und hatte diesen Wunsch bisher noch nicht im Geheimbund realisieren können?

Emma kam der Gedanke, dass dies vielleicht die Aufgabe sein könnte, die die Mädchen ihr später stellen würden. Emma mochte Charlotte, sie fühlte sich sogar zu ihr hingezogen, aber ihr ging das zu schnell.

Charlie verließ sie mit geröteten Wangen, nachdem Emma ins Badewasser gestiegen war. Emma genoss das lauwarme Wasser, die romantische Atmosphäre und das Pochen zwischen ihren Schenkeln.

O ja, Charlotte hatte sie tatsächlich auf die Prüfung vorbereitet. Sie hatte Emmas Lust angefacht, sodass eine aufgeregte Vorfreude an ihr haftete, die bis Mitternacht nicht abklang, sondern stetig wuchs.

Sie zog ihr schönstes Nachthemd an, ein mintgrünes, das unter dem Busen abgesteppt war, frisierte ihre Haare neu und legte Parfüm auf. Als hätte sie ein heimliches Rendezvous, schlich sie durch die Korridore des Internats, huschte die Treppen hoch und blieb einige Sekunden vor der Tür, die auf den Speicher führte, stehen.

Sie spürte ihren Herzschlag bis in alle Regionen ihres Körpers. Waren die Mädchen überhaupt schon da? Nervös lauschte sie. Sie hörte leise Stimmen, ein Lachen.

Emma atmete tief durch. Selbstbewusster als sie sich fühlte, klopfte sie an die Tür.

Holly öffnete ihr. »Komm rein.« Lächelnd packte sie Emmas Handgelenk und zog sie in den Dachstuhl. Hinter Emma schloss sie die Tür leise wieder.

Emma schaute sich um. Überall standen alte Möbel, die von einer dicken Staubschicht überzogen waren. Unters Dach schickte Hoodle seine Reinigungsschwadron offensichtlich nie. Was mochte wohl in den Truhen und Kommoden gelagert werden, oder waren sie leer? Würden die Kleiderschränke irgendwann noch einmal benutzt werden, oder waren sie nur zwischengelagert, bis man sie endgültig wegwarf?

Neugierig ging sie zu einer Luke und spähte nach draußen. Die Laterne am Bootshaus brannte, in der Ferne sah sie die Lichter von Bellworth, ansonsten war es dunkel und gespenstisch ruhig. Der Halbmond stand am Himmel, umgeben von einigen wenigen Sternen und Schleierwolken. Die Welt da draußen schlief bereits tief und fest, während Emma ihrer Prüfung entgegenfieberte.

Holly nahm ihre Hand und führte Emma zwischen den Möbelstücken hindurch in den hintersten Teil des Speichers. Megan, Lauren und Charlotte saßen auf Kissen auf dem Boden um ein Windlicht herum.

Sie tragen alle Nachthemden, stellte Emma erleichtert fest. Sie hatte schon befürchtet, dass Charlie sie mit der Anweisung hatte demütigen wollen, wie es bei Aufnahmeprüfungen in Studentenverbindungen manchmal der Fall war.

Der Geheimclub der Lolitas, das war er also. Die Szenerie erinnerte Emma an Aufenthalte bei ihren Cousinen Julie und

Francis am Lough Neagh, dem bekanntesten aller irischen Seen. Als sie jünger waren, hatten sie sich manchmal nachts in den Heuschober eines benachbarten Bauern geschlichen und dort übernachtet, obwohl es ihnen verboten gewesen war.

Emma entspannte sich. Die Atmosphäre war mystisch, aber keineswegs Angst einflößend, wie sie befürchtet hatte.

Holly setzte sich und deutete auf das letzte freie Kissen.

Nachdem Emma Platz genommen hatte, fand sie sich auf der anderen Seite des Windlichts wieder, denn die anderen Mädchen saßen im Halbkreis ihr gegenüber. Sie kam sich ein wenig wie auf dem Präsentierteller vor. Aber da sie auf einer Ebene mit den vieren war, hatte sie keineswegs das Gefühl, ihnen ausgeliefert zu sein, als würde sie auf einem Podest im Spotlight stehen. Im Gegenteil, das Kerzenlicht war warm und warf die Schatten der Mädchen an die Wände. Es war zwar hell genug, um alles gut erkennen zu können, aber die Konturen waren weich gezeichnet.

Hier oben würde sie garantiert niemand stören.

Megan, die auf dem Kissen kniete und mit ihrem Po auf den Fersen saß, ergriff als Erste das Wort. »Willkommen, Emma. Es gibt noch zwei Dinge, die ich von dir wissen möchte.«

Nervosität breitete sich erneut in Emma aus, aber es war eher eine positive Art Aufregung.

»Wir sind zwar hemmungslos, haben aber auch unsere Grenzen«, fuhr Megan fort. »Sex mit Minderjährigen und Tieren ist undenkbar, also mach dir keine Sorgen, dass wir Unmögliches von dir verlangen werden. Wir stellen keine Aufgabe, die wir nicht auch selbst ausführen würden. Aber natürlich wollen wir Außergewöhnliches erleben, etwas, das über die Missionarsstellung hinausgeht. Deshalb müssen wir unbedingt von dir wissen, was für dich absolut tabu ist.«

Emma runzelte die Stirn. Unauffällig wischte sie ihre feuchten Handflächen an ihrem Nachthemd ab. Ihre Gedanken schwirrten durcheinander, sie konnte sich nicht konzentrieren. Ihr wollte nichts einfallen, dabei gab es selbstverständlich Dinge, die sie nicht austesten wollte. »Ich weiß ... also, im Moment fällt mir ... puh. Auspeitschen wäre nicht mein Ding.«

»Oh, du hast ja keine Ahnung, wie erregend es sein kann!« Lauren grinste breit, zog ihre Beine an und schlang die Arme um ihre Knie. »Es gibt sanfte Peitschen, die tun gar nicht weh. Es ist mehr ein Streicheln, das vielleicht dann und wann etwas brennt, aber es bleibt ein herrlich warmes Gefühl zurück.«

Belehrend fügte Megan hinzu: »Peitsche ist nicht gleich Peitsche.«

Emma sackte in sich zusammen. Sie kam sich unwissend vor. »Ich kann meine Tabus nicht benennen, weil ich zu wenig Erfahrung habe.«

»Das ist nicht schlimm«, beeilte sich Charlotte zu sagen. »Deshalb bist du ja hier. Am Ende der Ferien wird das anders aussehen.«

Ob dieser Ankündigung wurde Emma noch heißer. Hier unter dem Giebel staute sich tagsüber die Hitze und da nie gelüftet wurde, war es immer noch stickig.

»In Ordnung. Du kannst die Aufgaben ja ablehnen oder abbrechen. Es herrscht kein Zwang.« Megan nickte gönnerhaft. »Und was sind deine sexuellen Fantasien?«

Himmel, solche Fragen wurden ihr noch nie gestellt! Emma öffnete den Mund und schloss ihn wieder. Diesmal musste sie nicht lange nachdenken. Tatsächlich gab es da etwas, das sie seit einiger Zeit immer wieder beschäftigte, doch es war ihr zu peinlich zuzugeben, welchem Tagtraum sie sich hingab, wenn sie masturbierte.

Sie zuckte mit ihren Achseln. »Ich habe keine.«

Holly streckte ihre Beine aus und stieß versehentlich gegen die Lampe, sodass der Kerzenschein flackerte, und die Schatten an der Wand tanzten. »Das kannst du mir nicht erzählen. Jeder hat Fantasien.«

»Ich träume von normalem Sex mit jemandem, den ich liebe, nichts Besonderes«, log sie mit brüchiger Stimme und glaubte sich selbst nicht. »Wie bei den Tabus fehlen mir die Anregungen und Erfahrungen.«

Charlotte neigte sich zu ihr herüber. »Wir könnten sie wahr werden lassen. Bist du sicher, dass da nicht etwas ist, das dich feucht werden lässt?«

»Doch, aber die Frage müsste lauten *wer* und nicht *was*«, versuchte Emma sich herauszureden.

»Christian.« Es war eine Feststellung, keine Frage. Seufzend setzte Charlie sich wieder auf. »Auf den sind alle scharf. Er sollte aber nicht der einzige Grund sein, weshalb du dem Club beitreten möchtest.«

»Natürlich nicht.« Emma wollte die Ferien nicht alleine verbringen und Trübsal blasen. Erotische Abenteuer würden ihr die Zeit neben dem langweiligen Nachhilfeunterricht bis zur Abschlussprüfung versüßen. Außerdem wollte sie ihrem Vater eins auswischen, obwohl der Gedanke kindisch war, denn Oisin würde wahrscheinlich nie von den Eskapaden seiner Tochter erfahren.

»Der Fairness halber wirst du die Punkte eines ehemaligen Mitglieds von uns übernehmen«, erklärte Lauren. »Wir haben ja einen großen Vorsprung, den du ansonsten nie einholen könntest.«

Charlie blinzelte. »Und sie hatte viele Punkte, mehr als ich.«

»Wer war sie?«, fragte Emma. Sie beneidete dieses Mädchen, weil es bereits die Abschlussprüfung bestanden hatte und ihre Freiheit genoss, während sie weiter büffeln musste.

»Verschwiegenheit ist eine Tugend, das ist eine unserer Regeln.« Megan rieb ihre Handflächen aneinander. »Lasst uns endlich anfangen.«

Enthusiastisch griff sie hinter sich und holte eine Schatulle hervor, die durch den braunen Lederüberzug, die Metallfassung und die Lederschnallen mittelalterlich aussah. Sie stellte das Kästchen so behutsam vor sich auf den Boden, als würde sich darin eine Kostbarkeit befinden. Feierlich löste sie die Schnallen und hob den Deckel an, der gewölbt war wie bei einer Truhe. Darunter kam schwarzer Samt zum Vorschein, der am Rand mit dem Futteral eingenäht war und die Sicht auf den Inhalt nahm. In der Mitte des Stoffs gab es einen Schlitz, durch den man hineingreifen konnte.

Das musste die Schatulle mit den Zetteln sein, auf denen sich die erotischen Aufgaben befanden. Emma erinnerte sich, dass Charlie davon erzählt hatte. Die Stunde der Wahrheit war gekommen.

Hatte sie wirklich den Mumm, Mitglied in diesem außergewöhnlichen Club zu sein?

Die Situation hatte etwas Zeremonielles, als Megan langsam das Kästchen zu ihr hinschob. »Greif hinein und zieh einen Zettel. Wir alle haben uns etwas Nettes für dich ausgedacht – etwas Harmloses für den Anfang – und es aufgeschrieben. Eine dieser vier Aufgaben wird dein Prüfungsritual sein.«

Emma kniete sich auf das Kissen, streckte ihren Arm aus und hoffte, dass die Mädchen nicht bemerkten, wie sie zitterte. Ihre Hand tauchte in den Spalt des Samtstoffes ein, vorsichtig, als könnte sich ein Skorpion unter dem Sichtschutz verstecken. Doch sie spürte nur die Zettel, schob sie eine Weile hin und her, weil sie unschlüssig war, welchen sie auswählen sollte.

Schließlich fasste sich Emma ein Herz und zog einen heraus. Sie blickte die Mädchen eine nach der anderen an, um Zeit zu gewinnen.

»Öffne ihn und lies laut vor«, wisperte Charlie, die eine Hand in ihren Schoß legte und dort ihr Nachthemd zusammenknüllte.

7

Emma faltete zögerlich das Papier auseinander. Ihre Augen weiteten sich. Das war also ihr Test! Schwarz auf weiß stand er dort. Die Buchstaben verschwammen vor ihren Augen. Eigentlich war es nichts halb so Dramatisches, wie sie erwartet hatte, und dennoch haderte sie. Weil sie sich schämte. Weil man so etwas nun mal nicht tat. Und weil die Lust, die Charlotte während der Rasur entflammt hatte, in geballter Form zurückkehrte und ihr den Atem raubte.

Emmas Mund war so trocken, dass sie Speichel in ihren Wangen sammeln und hinunterschlucken musste, bevor sie sprach. »Bringe dich vor unseren Augen zum Höhepunkt.«

Alle jubelten. Es war nicht erkennbar, wer sich diese Anweisung ausgedacht hatte.

Lauren lehnte sich gemütlich gegen das Bein eines massiven Schreibtisches, der hinter ihr stand, und forderte sie gut gelaunt auf: »Bring es hinter dich.«

»Und vergiss nicht, es zu genießen, denn darum geht es in unserem Club.« Auf allen vieren kroch Charlie zu Emma und hielt ihr die Hände mit den Handflächen nach oben hin. »Dein Nachthemd, bitte.«

Emma krallte ihre Finger in den Stoff. »Ich kann es doch hochschieben.«

»Wir haben keine Geheimnisse voreinander«, stellte Charlie klar und flüsterte: »Denk an die Rasur. Du hast dich mir gezeigt, dann kannst du dich auch den anderen zeigen. Es ist nichts dabei.«

»Wenn wir das Schamgefühl vor den Clubmitgliedern ablegen, schaffen wir es auch, uns bei der Erfüllung der Aufgaben fallen zu lassen und sie in vollen Zügen zu genießen«, warf Holly ein. »Denn bei der Durchführung eines Auftrags ist immer eine von uns als Backup dabei – zur Sicherheit, aber auch um die Reißleine zu ziehen, sollte der andere Hilfe brauchen oder abbrechen wollen.«

»Wir sind ein Team, eine eingeschworene Gemeinschaft, Freundinnen.« Charlotte lächelte entwaffnend und zog Emma, die keinen Widerstand leistete, das Nachthemd über den Kopf. »Du bist wunderschön. Schäm dich nicht für deinen Körper. Seitdem wir den Club gegründet haben, haben wir uns alle mit unseren Unzulänglichkeiten versöhnt, denn niemand ist perfekt. Du bist nicht so knochig wie Lauren.«

»He«, rief diese in gespielter Empörung.

Charlotte strich mit ihrem Handrücken über Emmas Hüfte. »Hast aber auch keine Birnenform wie Holly.«

»Birnenform?« Mit zusammengekniffenen Augen schaute Holly sich nach etwas um, das sie nach Charlie werfen konnte, fand jedoch nichts.

Doch Charlotte lenkte ein, indem sie sagte: »Du hast üppigere Brüste als ich. Von einem solchen Busen habe ich immer geträumt. Er ist vollkommen, nicht zu groß und nicht zu klein, wie der von Megan.«

Megans prüfender Blick brannte auf Emmas Körper. »Du hast keine schlechte Figur, solltest aber regelmäßig Sport treiben, damit er so straff wird wie meiner.«

Emma wurde sich bewusst, dass es schwer sein würde, Megan von sich zu überzeugen, aber das weckte nur ihren Kampfgeist.

Nachdem Charlotte zu ihrem Kissen zurückgekehrt war, wich Emma den Blicken der anderen aus. Ihr war furchtbar warm, weil eine unbekannte Erregung von ihr Besitz ergriff. Sie hatte sich noch nie irgendwem vollständig nackt präsentiert, zumindest nicht in den letzten Jahren. Früher hatte sie mit ihren Freundinnen zusammen geduscht, aber seit der Upper Fifth hatte ihre Zimmerkameradin sogar vermieden, überhaupt ins Badezimmer zu kommen, wenn Emma badete oder sich umkleidete. Sie hatten sich nur in Unterwäsche gesehen und sich ansonsten gegenseitig ihre Privatsphäre zugestanden.

Nun hockte sie splitterfasernackt vor vier Mädchen, die praktisch Fremde für sie waren. Und musste noch viel weiter gehen.

Die Verlegenheit zerrte an ihren Nerven, aber es erwachte auch ein lustvolles Ziehen in ihrem Unterleib. Was sie hier trieben war verdorben! War es das wirklich? Sie taten niemandem weh und blieben unter sich. Noch. Sie waren Schwestern im Geiste, Novizinnen der Lust, die ihr sexuelles Erwachen mit allen Sinnen auskosteten. Es war nichts Falsches daran.

Ihre Hand glitt zwischen ihre Schenkel, doch als ihre Fingerspitzen die rasierten Schamlippen streiften, durchzuckte sie ein lustvoller Blitz, sodass sie ihre Hand wieder wegzog und stattdessen ihre Brüste streichelte. Die Haut ihres Schoßes war nun, da er haarlos war, samtig weich, und ihre Spalte reagierte auf Berührungen so viel intensiver. Hinzu kam, dass sie von vier Augenpaaren beobachtet wurde, auch dadurch waren ihre Empfindungen stärker, stellte sie erstaunt fest.

Ihre Brustspitzen stellten sich auf. Emma zwirbelte die harten Knöpfe langsam, damit die Lust nicht zu schnell wuchs und sie sich an die Situation gewöhnen konnte. Sie begann, ihren Busen zu massieren, sah an sich herab und wunderte sich, wie frivol dies wirkte, allein durch die Tatsache, dass sie Zuschauer hatte.

Emma erregte sich an ihrem eigenen Körper und an den Blicken der Mädchen.

Ihr fiel das Atmen immer schwerer, ihr Busen wogte auf und ab. Sie bekam vor Lust eine Gänsehaut und befeuchtete ihren Zeigefinger mit Speichel, mit dem sie lasziv ihre Brustwarzen eincremte.

Nun drückte sie mit beiden Händen ihre Brüste zusammen und fand ihr Dekolleté recht ansehnlich. Ohne loszulassen, rieb sie mit den Fingerkuppen über die Spitzen und öffnete ihren Mund, um besser Luft zu bekommen. Sie hatte Mühe ein Stöhnen zu unterdrücken, aber noch war da diese Barriere in ihrem Kopf.

Es würde nicht reichen, ihren Busen zu streicheln, denn sie musste einen Orgasmus haben, um die Aufgabe zu erfüllen, und den konnte sie nur bekommen, wenn sie ihre empfindsamste Stelle stimulierte. Aber es war ihr noch immer peinlich, sich vor anderen gehen zu lassen. Ihre Verschämtheit war zwar geschrumpft, aber sie war immer noch vorhanden.

In diesem Moment bereute sie es, ihre Haare abgeschnitten und durchgestuft zu haben, denn hinter ihren alten, wenn auch langweilig glatten Haaren, hätte sie ihr Gesicht verstecken können. Um wenigstens einen halben Schritt vorwärts zu kommen und sich an die Nacktheit zu gewöhnen, spreizte sie ihre Schenkel. Die Mädchen konnten sehen, wie ihre Spalte aufklaffte, gerade so weit, dass Emma sie würde bearbeiten können, doch noch wagte sie es nicht, sie zu berühren.

Sie begann ihren Bauch zu liebkosen. Hin und wieder streifte einer ihrer Finger ihren Venushügel. Die kurzfristig aufflammende Lust floss in ihre Klitoris und heizte Emma ein. Emma genoss die indirekte Stimulation weiter, sie streichelte und massierte ihre Oberschenkel und kam dabei immer näher an ihre Spalte, mit der Hoffnung, sofort zu kommen, sobald sie ihre Mitte berühren würde.

Natürlich war das nicht der Fall. Die Mauer in ihrem Kopf hielt sie zurück.

Als Emma ihre Finger von hinten nach vorne über ihre Spalte gleiten ließ, schwoll ihre Erregung stark an. Doch schon im nächsten Moment baute sich die Mauer, die bereits angefangen hatte zu bröckeln, wieder auf, weil Emma sich ihrer Lust bewusst wurde. Sie hatte sich zwar an die Blöße ihres Körpers gewöhnt, nicht aber an das Offenbaren ihrer Gefühle.

Sie knetete ihre Schenkel und konnte sich nicht noch einmal überwinden, ihren Schoß zu berühren. Das Blut rauschte verstärkt durch ihre Spalte, ihre Schamlippen schwollen an, und sie spürte bereits die Feuchtigkeit, die sich aus ihrem Inneren löste.

Was war nur los mit ihr? Eigentlich wollte sie doch sogar vor den Mädchen masturbieren. Es ging nicht nur um den Auftrag, sondern auch darum, erotisches Neuland zu betreten, und Emma spürte bereits am ganzen Körper, wie erregt sie war. Warum schaffte sie es dann nicht, bis zum Äußersten zu gehen?

Weil du noch die Kontrolle über deine Lust hast, sprach sie zu sich selbst. Würde erst der Orgasmus über sie hinwegrollen, würde sie, wenn auch nur für eine kurze Zeit, die Bodenhaftung verlieren. Das machte ihr nichts aus, wenn sie alleine war oder sich mit einem Freund in den Laken wälzte, da er selbst viel zu berauscht war, um sie zu beobachten.

Aber Megan, Holly, Lauren und Charlotte saßen in der

ersten Reihe und taten nichts, außer sie anzustarren. Sie nahmen jede Veränderung ihres Körpers wahr, jedes Anzeichen ihrer Lust.

Das erregte Emma und machte sie im selben Moment unglaublich verlegen.

Wäre sie genauso beschämt, wenn Christian sie an Stelle der Lolitas beobachten würde? Mit ihm als einzigem Zuschauer wäre es etwas anderes. Sie würde mit ihrem mädchenhaften Charme kokettieren und ihn mit ihren fraulichen Kurven verführen, zumindest stellte sie es sich in ihrer Fantasie so vor. Verführerisch würde sie ihre Schenkel noch weiter spreizen und ihn mit ihrem Intimduft, der ihr tatsächlich in die Nase stieg, zu sich locken.

Der Duft riss sie kurz aus ihrem Tagtraum. Ihr Blick fiel auf ihren Schoß, sie hatte unbewusst tatsächlich ihre Beine weiter geöffnet. Als wäre Christian wirklich anwesend. Das half ihr.

Emma schloss die Augen und legte ihren Kopf in den Nacken, sodass es den Anschein erweckte, als würde sie das Masturbieren sehr genießen, dabei fiel es ihr auf diese Weise einfach nur leichter sich vorzustellen, dass Christian auf der anderen Seite des Windlichts saß.

Sie stellte sich vor, wie er zu ihr gekrochen käme. Er hockte sich hinter sie und ließ seine Hände über ihren Körper gleiten. Überall berührten sie Emma: am Busen, am Po und zwischen den Schenkeln.

Emma ignorierte, dass es in Wahrheit ihre Finger waren, die über ihre samtige Mitte strichen. Mithilfe von Christian bekämpfte sie ihre Verlegenheit.

Er kraulte ihre großen Schamlippen und rieb die kleinen aneinander. Sein Mittelfinger tauchte in die Täler ein, verteilte ihre Feuchtigkeit, die inzwischen aus ihr herausquoll, und schob sich in ihre feuchte Öffnung. Dann nahm er den Zeigefinger hinzu. Ihre Mitte war eng, aber das hatten ihre Freunde bisher immer gemocht. Es würde gewiss auch Christian gefallen.

In ihrer Fantasie stieß er beide Finger unendlich sanft in sie hinein und nahm seine andere Hand hinzu, um ihren Kitzler zu umkreisen.

Emma hielt ihr Stöhnen nicht mehr zurück. Sie befand sich längst nicht mehr mit den Mädchen in dem Lagerraum unter dem Dach, sondern in Christians Armen irgendwo im Nirgendwo, wo sie niemand aufspüren konnte. Ihre Finger waren nicht mehr seine Finger, sondern sein Phallus, der sie auf männliche Art nahm, wie sie nie zuvor von einem ihrer jungen Freunde genommen worden war.

Ihr Schoß pochte. Er war heiß und nass. Das Zerren in ihrem Unterleib wurde intensiver. Emma hielt die Lust kaum noch aus. Sie ließ sich nach vorne fallen, stützte sich mit einer Hand ab und massierte mit der anderen weiterhin ihre Klitoris.

Ihr Kitzler wurde von ihrer Feuchtigkeit umspült. Das Reiben tat beinahe weh, so empfindlich war er mittlerweile. Die kreisenden Bewegungen wurden schneller und hektischer.

Emma fantasierte, es wäre Christians Zunge, die ihre Spalte leckte. Eine starke Sehnsucht danach, ihn real zu spüren, erwachte in ihr, was sie animierte, noch gieriger über das sensible Knöpfchen zu reiben.

Stöhnend marschierte sie auf den Gipfel zu. Ihr Unterleib krampfte sich lustvoll zusammen. Der Arm, auf dem sie sich abstützte, zitterte. Die Erregung war unerträglich. Emma sah nichts mehr, hörte nichts, dachte nichts mehr, bis der Orgasmus sie erschütterte und die Lust sich endlich entlud. Emma zuckte unkontrolliert, sie seufzte und rang nach Luft.

Ihr war schwindelig, daher richtete sie ihren Oberkörper auf und öffnete ihre Augen, um wieder in die Realität zu finden. Das brachte jedoch die Mädchen in ihr Bewusstsein zurück. Christian war verschwunden. Dass er nur ein Traumbild gewesen war, womöglich auf ewig unerreichbar, schmerzte, aber sie war zu erschöpft, um sich in diesem Sehnsuchtsschmerz zu verlieren.

Das Schamgefühl kehrte zurück. Emma wurde knallrot. Sie bedeckte unauffällig mit ihren Händen ihren Schoß und lächelte verlegen.

Megan klatschte als Erste, die anderen stiegen daraufhin mit ein. »Herzlich willkommen im *Geheimclub der Lolitas*.«

Emma war überrascht, als Megan zu ihr kroch und sie in den Arm nahm. Das hätte sie von ihr am wenigsten erwartet. Aber Emma gehörte nun dazu. Sie hatte es den Mädchen und vor allen Dingen Megan gezeigt! Aber auch sich selbst ein Stück weit näher kennengelernt. Hätte jemand ihr gestern erzählt, sie würde einen Tag später vor Publikum masturbieren, hätte Emma ihn für verrückt erklärt. Sie fühlte sich gut! Durch und durch entspannt und befreit.

Charlie gab ihr einen Kuss auf die Wange und half ihr, das Nachthemd anzuziehen. »Ich bin stolz auf dich und wusste, dass du in den Club passen würdest.«

Holly und Lauren herzten sie ebenfalls.

Dann zog Megan die unterste Schublade einer Kommode auf und holte ein Buch heraus. Sie überreichte es Emma. »In dieses Tagebuch musst du ab sofort deine erotischen Abenteuer notieren. Fang mit der Aufnahmeprüfung an. Nenne keine Namen, aber Daten und Orte.«

Emma nahm das Buch an und strich mit der Hand über den Einband, der altmodisch aufgemacht war, als würde das Buch aus einem Antiquariat stammen. Die Seiten waren aus dickem, geschöpftem Papier, waren unterschiedlich groß und sahen aus, als wären sie unbeholfen mit einer Schere in Form geschnitten worden.

»Wir vertrauen nur unseren Clubschwestern und dem Tagebuch unsere Erlebnisse an«, weihte Megan sie weiter ein, »ansonsten schweigen wir wie ein Grab.«

»Ich habe verstanden.« Wem sollte Emma auch etwas über den Geheimbund verraten? Ihre einzigen Vertrauten auf dem Internat waren die vier Mädchen.

Lauren schob die Schublade zu. »Damit die Bücher nicht bei einer Razzia entdeckt werden …«

»Wer weiß, auf welche Ideen Humpty Dumpty kommt«, warf Holly ein und verdrehte ihre Augen.

»… bewahren wir sie in einem Geheimversteck in der Kapelle auf«, beendete Lauren ihren Satz.

Charlie rutschte mit ihrem Kissen zu Emma. »Ich zeig dir das Versteck später.«

»Diese Sammlung erotischer Eskapaden wird unser Vermächtnis an das White Garden College werden«, sagte Megan selbstzufrieden.

Auch Holly kam näher zu Emma. Somit saß Emma nicht mehr einem Halbkreis gegenüber, sondern war zu einem Teil des Kreises geworden. Rochen die anderen ihre Lust? Sie war immer noch feucht. Und glücklich, denn sie war jetzt offiziell eine Lolita.

Und die ganze Welt der Erotik wartete nur darauf, von ihr erobert zu werden!

8

Der erste Unterrichtstag zog sich für Emma wie Kaugummi hin. Es war zu schwül, um sich auf die Vorträge von Stanley Butcher zu konzentrieren, einem jungen Lehrer mit äußerst akkuratem Seitenscheitel, dessen Vorliebe für Karos unübersehbar war. Außerdem schweiften ihre Gedanken immer wieder zu der letzten Nacht ab. Am Morgen hatte sie beim Frühstück den Mädchen kaum in die Augen sehen können. Megan, Holly, Lauren und Charlotte dagegen hatten sich ganz natürlich verhalten, als wäre nichts Ungewöhnliches geschehen. Doch für Emma hatte sich etwas verändert.

Ihr Kokon war aufgebrochen.

Noch wusste sie nicht mit der neu gewonnenen Freiheit umzugehen, aber Charlie nahm sie unter ihre Fittiche und verbot ihr spielerisch Unterwäsche am ersten Tag ihrer Clubzugehörigkeit zu tragen. Emma fügte sich und fühlte sich beschwingt.

Nach dem Unterricht am Nachmittag gingen Lauren, Megan und Holly ihren Interessen nach, während Emma mit Charlie einen Spaziergang zum See machte.

»Hast du dich auch erschreckt, als Butcher den Zeigestab auf Megans Tisch geknallt hat, weil sie verträumt aus dem Fenster schaute?« Charlie steuerte zu Emmas Erstaunen nicht den Steg an, sondern schritt zielsicher links am Bootshaus vorbei. Wohin wollte sie?

»Hab ich.« Verwundert folgte Emma ihr auf dem Pfad, der um den See herumführte. »Zuerst dachte ich, er wollte ihr auf die Finger schlagen.«

Charlie zerrte sie vom Weg ab ins Gebüsch und lief querfeldein. »Ich glaube, er steht auf sie.«

»Bist du verrückt?«, schoss es aus Emma heraus. Sie wehrte einen Zweig ab, den Charlotte beiseitegebogen hatte und der nun zurückschnellte. »Der weiß doch mit Frauen gar nichts anzufangen.«

»Aber wenn sie ihn ranlassen würde, würde er nicht Nein sagen.«

Energisch wiegelte Emma ab. »Er steht doch sicherlich eher auf Frauen wie Holly, die weich und zärtlich sind und an deren Busen er sich anlehnen kann, während sie ihm liebevoll wie seine Mutter übers Haar streichelt. Megan ist ihm bestimmt zu taff.«

Vor ihnen tat sich eine kleine Bucht auf. Das Seeufer machte einen Schlenker und somit war ein natürliches Becken entstanden, das vom Steg aus kaum bis gar nicht einsehbar war. Emma kannte diese Stelle, hatte ihr aber nie Beachtung geschenkt.

»Megan ist gar nicht so hart, wie sie tut. Sie will nur nicht so werden wie ihre Mutter, die die Launen ihres Mannes erträgt, nur um dessen politische Karriere nicht zu gefährden«, verteidigte Charlotte sie und schob ihren Rock über die Hüften nach unten. Sie stieg aus ihren Schuhen, während sie ihre Bluse aufknöpfte und abstreifte. Dann zwinkerte sie Emma zu und sprang ins Wasser.

Emma konnte es nicht fassen! Schwimmen war verboten, und sie hatte sich immer daran gehalten, doch Verbote schienen für die Lolitas kein Hinderungsgrund zu sein. Konnte es sein, dass sie deshalb den Spaß hatten?

Auffordernd winkte Charlie ihr. »Worauf wartest du? Diese Schwüle können wir Briten einfach nicht verkraften.«

Aufgeregt spähte Emma zum Bootshaus hinüber. Ihr Blick glitt über das Ufer, doch sie sah weder den Direktor noch jemanden, der sie bei ihm verpfeifen konnte.

Was soll's, dachte sie und zuckte mit den Schultern. Sie entkleidete sich, erstaunt, wie gelassen sie inzwischen mit ihrer Blöße vor Charlie umging, und ließ sich geräuschlos ins Wasser gleiten. Es war erfrischend und erregend, wie ihr nackter Körper vom kühlen Nass, das in jede Ritze eindrang, umspült wurde.

»Wer ist Megans Dad?« Leise schwamm Emma zu ihrer Freundin. »Kenne ich ihn?«

Charlie tauchte kurz unter, durchstieß die Wasseroberfläche wieder und strich ihre feuchten Haare zurück. »Joseph Abercrombie sitzt im House of Commons. Als Parlamentsabgeordneter ist er wohl immer Herr der Lage und genießt großes Ansehen, aber zu Hause verliert er oft die Kontrolle und tyrannisiert seine Familie, erzählt Megan. Ihre Mum spielt sein Verhalten herunter, sagt, er hätte halt viel um die Ohren und sei chronisch überlastet, deshalb müsste die Familie ihn unterstützen.«

»Aber dann ist er doch das Schwein und nicht Mrs. Abercrombie.«

»Megan meint, ihre Mutter wäre charakterlich schwach, und ich muss ihr da zustimmen.« Charlie beobachtete einen Fisch, der knapp unter der Oberfläche an ihr vorbeischwamm. »Allerdings zieht sie die falschen Konsequenzen, weil sie denkt, nur die Starken würden in dieser Welt überleben. Irgendwann wird sie noch enden wie ihr Dad.«

Emma war unsicher, ob sie diese Frage stellen sollte. Aber da sie das Gefühl hatte, mit Charlotte über alles reden zu können, sprach sie frei von der Leber weg. »Ist Lauren magersüchtig?«

Eine Weile überlegte Charlie, dann legte sie ihren Hinterkopf an den Uferrand ab. »Vielleicht. Sie geht davon aus, dass man nur mit Size Zero Beachtung findet, und sie hat nicht ganz Unrecht, denn sie wird immer wieder für ihren Magermodell-Look bewundert, was mir völlig schleierhaft ist.«

Emma strich über ihr Dekolleté. »Ihre Knochen stehen sogar heraus.«

»Auch hier«, sagte Charlie, legte sich flach auf die Wasseroberfläche und zeigte auf ihre Hüften.

Aber nicht nur ihr Becken war zu sehen, sondern auch der Ansatz ihrer Schamlippen. In gespielter Empörung bespritzte Emma sie mit Wasser. »Lass das.«

Charlotte lachte fröhlich und tauchte ihren Unterkörper wieder unter. Offensichtlich liebte sie es, Emma zu provozieren. »Lauren ist die schottische Paris Hilton. Sie geht felsenfest davon aus, dass es reicht, schön zu sein, um es im Leben weit zu bringen.«

»Hat sie auch ein Schoßhündchen?«, fragte Emma und wünschte sich in diesem Moment, sie hätte doch mal einen Blick in die Klatschblätter geworfen, die ihr Vater herausbrachte.

»Zwei sogar, aber die sind bei ihrer Mum, weil Tiere im Internat nicht erlaubt sind, Gott sei Dank.« Sie verdrehte ihre Augen. »Ihre geschiedene Mutter unterstützt sie auch bei ihren vermeintlichen Karriereplänen. Sie hat Lauren schon eine kleine Filmrolle in einer Seifenoper verschafft und ihr die Aufnahme einer CD finanziert, irgend so ein bedeutungsloser Popsong, dabei besteht Laurens Talent nur darin, sich selbst in Szene zu setzen. Ich kenne niemand, der öfter vor dem Spiegel steht als sie.«

Emma schaufelte sich Wasser über ihren Kopf. Die Abkühlung tat unglaublich gut! »Ich dachte, darin wäre Holly der Star, weil sie ständig den Sitz ihrer Lockenpracht überprüft.«

»Bei ihr ist es Unsicherheit.« Langsam schwamm Charlotte zu ihr. »Sie war als Kind übergewichtig und trägt jetzt noch ein paar Pfunde zu viel mit sich herum.

»Meiner Meinung nach sitzen die aber an den richtigen Stellen.« Emma sah auf ihren Busen herab und schmunzelte.

Mit glänzenden Augen blieb Charlie vor ihr stehen und betrachtete Emmas Brüste, die vom Wasser getragen wurden. »Mir imponiert sie, weil sie trotzdem ein sehr gutes Körpergefühl hat. Sie wünscht sich zwar, schlanker zu sein, hat aber keine Probleme damit, sich nackt zu zeigen.«

Emma legte ihre Hand unter Charlottes Kinn und hob es an, damit sie ihr in die Augen sah und nicht weiter auf ihren Busen starrte. Tadelnd hob sie einen Finger, woraufhin Charlie lauthals lachte.

Dann wurde sie wieder ernst. »Manchmal befürchte ich, dass Holly körperliche Liebe mit Geborgenheit verwechselt und sich deshalb so offenherzig an ihre Liebhaber verschenkt. Ihre Eltern verkaufen in ganz Großbritannien äußerst erfolgreich hochwertige Klaviere an Privatpersonen der Upper Class und an Institutionen. Sie verleihen auch Flügel und fliegen persönlich zum Stimmen zu den Kunden. Mummy und Daddy haben Holly wohl sehr lieb, nur sind sie selten zu Hause, um es ihr zu zeigen.«

Von außen betrachtet sah die Welt der High-Society-Girls so perfekt aus, aber auch sie hatten ihr Los zu tragen. Emma umklammerte Charlotte mit ihren Beinen, damit sie ihr nicht entkommen konnte, wobei ihre Spalte gefährlich nah an Charlies Bauch kam. »Was ist mit dir? Wie ist es, als Tochter eines Dukes aufzuwachsen?«

»Mein Bruder ist schon dreiundzwanzig und der ganze Stolz meiner Eltern. Er macht sich hervorragend an der Uni, hat seit vier Jahren eine feste Freundin und das Thema Hochzeit kam auch schon auf.« Charlie legte ihre Hände um Emmas Taille. »Meine Noten dagegen sind schlecht, und meine Eltern fragen sich langsam, ob sie etwas falsch gemacht haben, weil ich noch nie einen Freund hatte. Am liebsten hätten sie, wenn ich sofort nach den Ferien einen Adeligen heiraten würde, damit sie mich versorgt wissen.«

»Klingt ziemlich verstaubt«, stellte Emma fest, die spürte, dass es ihrer Freundin naheging, von ihrer Familie unter Druck gesetzt zu werden.

»Altmodisch und konservativ. Teil des Hochadels zu sein ist wahrlich kein Zuckerschlecken für jemanden, der lesbisch ist wie ich, und das vor allen geheim halten muss. Die erste Reaktion meines Dads wäre es, mich in unserem Schloss einzusperren, und meine Mum käme glatt auf die Idee, mich zum Arzt zu bringen.«

Emma ließ von ihr ab, die körperliche Nähe erschien ihr plötzlich unpassend. Es war ein Reflex, den sie im nächsten Augenblick schon bereute.

»Ich werde nicht über dich herfallen«, spielte Charlie lachend die Situation herunter.

Das schlechte Gewissen nagte an Emma. Sie zog Charlotte in ihre Arme. »Es tut mir leid. Ein Moralapostel ist das Letzte, was eine Lolita sein sollte.«

Charlie schob sie so weit von sich fort, dass sie ihr in die Augen sehen konnte. »Und der Kuss hat dich doch auch erregt, oder? Leugnen ist zwecklos, du wurdest immer leidenschaftlicher.«

»Ja, schon«, gab Emma zögerlich zu. »Aber …«

»Schon gut, das braucht Zeit.«

Als sie aus dem See stiegen, ihre Kleidung nahmen und nass und nackt zwischen den Sträuchern und Bäumen hindurch zum Internat huschten, warf Emma immer wieder unauffällig einen Blick auf Charlotte, die es nicht einmal für nötig hielt, Rock und Bluse vor den Körper zu halten, wie Emma es tat. Charlie war so herrlich unbekümmert, hatte sie bisher gedacht, aber ihre Sorglosigkeit war nur eine Maske. Der schöne Schein der oberen Zehntausend.

Ausgerechnet Oisin Fryer war derjenige, der den Schönen und Reichen Großbritanniens die Maske vom Kopf riss und ihre Geheimnisse und Fehltritte in seinen Boulevard-Magazinen aufdeckte.

Plötzlich wurde sich Emma bewusst, dass die Mädchen auf keinen Fall erfahren durften, wer ihr Vater war. Die Lolitas würden sie in der Luft zerreißen und ihr die Wochen bis zur Abschlussprüfung zur Hölle machen.

9

Es war fast so, als hätten sich die Mädchen in Luft aufgelöst! Emma hatte sie am Abend überall gesucht: auf ihren Zimmern, in den Aufenthaltsräumen, im Versteck des Geheimclubs unter dem Dach und am Seeufer, aber sie waren nirgends zu sehen.

Als sie durch die Gartenanlage streifte, hörte sie auf einmal, wie jemand stöhnte. Sie schlich zum Rand des Gartens und hockte sich hinter eine Reihe mit Sommerflieder. Es dämmerte bereits, aber noch war es hell genug, sodass sie die junge Frau sofort erkannte.

Holly! Zumindest hatte Emma eines der Mädchen gefunden. Die restlichen Lolitas waren zwar nicht bei ihr, aber alleine war Holly trotzdem nicht.

Sie stand nackt zwischen den ersten Bäumen des Waldes, der sich zwischen dem Örtchen Bellworth und dem Internat erstreckte. Man hatte ihr die Augen mit einem apricotfarbenen Seidenschal verbunden, mit einem zweiten Schal waren ihre Handgelenke hinter ihrem Rücken zusammengebunden.

Emma verlieh den drei jungen Burschen, die Hollys frauliche Rundungen ausgiebig betrachteten, spontan Namen. Den Blonden taufte sie Cream, weil seine hellen Haare sie an Sahnetoffee erinnerte. Den mit den braunen Haaren nannte sie Fudge und den Schwarzhaarigen mit dem südländischen Aussehen Mint, weil sie bei ihm an After Eight denken musste, er sah herber aus als die anderen beiden, aber dennoch appetitlich.

Suchend ließ Emma ihren Blick umherschweifen. Irgendwo musste sich mindestens eins der Mädchen verstecken, um zu garantieren, dass Holly nichts geschah und um zu prüfen, ob sie die Aufgabe auch tatsächlich durchführte. Emma hatte daran allerdings keinen Zweifel. Hollys Busen wogte auf und ab. Ihre Lippen waren leicht geöffnet, weil ihr aufgrund der Erregung das Atmen schwerfiel. Sich schamlos zu präsentieren gefiel ihr offensichtlich, ebenfalls, hilflos ausgeliefert zu sein.

Die Abenddämmerung tauchte den Wald in ein Zwielicht, das das Liebesspiel wie einen Traum erscheinen ließ. Emma bannte der Anblick. Eine wunderschöne Nymphe von üppiger Schönheit, die von drei Recken gleichzeitig benutzt und verehrt wurde. Sie war neidisch auf Holly, jedoch auch unsicher, ob sie den Mut aufbringen könnte, derart die Kontrolle abzugeben. Heimlich träumte Emma davon, doch die Realität war eine andere Sache.

Während die Kerle begannen jeden Zentimeter von Hollys Körper zu streicheln, wobei sie ihre Intimstellen ausließen, wurden ihre männlichen Glieder immer strammer. Ein faszinierendes Schauspiel, das Emma gerne von Nahem beobachtet hätte. Doch auch aus einigermaßen sicherer Entfernung stellte sie Unterschiede fest.

Cream, der aufgrund seiner androgynen Statur und noblen Blässe einem Manga entsprungen sein könnte, hatte einen dünnen, langen Penis, der aus seiner Hülle herauswuchs und sie an Pinocchios Nase erinnerte. Nur mit Mühe konnte sie ein Kichern verhindern, nicht weil sie sich über seine Ausstattung lustig machte, sondern weil der Vergleich gar nicht so abwegig war, denn sein Geschlecht war haarlos wie Pinocchios Holzkopf.

Der Einzige unter den dreien, der beschnitten war, war

Fudge. Sein Geschlecht stand als Erstes steif von seinen Lenden ab und, wenn Emma das aus ihrem Versteck heraus richtig erkannte, waren im Gegensatz zu den anderen bei ihm bereits dicke Adern hervorgetreten.

Der Schaft von Mint war das Gegenteil von Creams: kurz, dafür herrlich dick und von dichtem, aber gestutztem dunklen Schamhaar umgeben. Emma war sicher, dass er einer Frau damit die köstlichsten Lustgefühle verschaffen konnte, denn er strotzte vor Selbstbewusstsein. Er war kräftiger als seine beiden Freunde und hatte einen dunklen mediterranen Teint.

Holly tippelte von einem Fuß auf den anderen. Ihre Lust wurde intensiver und machte sie fahrig. Sie spreizte ihre Beine eine Handbreit. Ob sie das tat, um einen besseren Stand zu haben oder um die Burschen aufzufordern, ihre Spalte mit ihren Liebkosungen nicht zu vergessen, konnte Emma nicht ausmachen.

Cream neigte sich vor. Seine langen blonden Haare kitzelten Hollys Wange, sodass sie ihr Gesicht ihm zuwandte, woraufhin er sie küsste. Holly zuckte im ersten Moment erschrocken zurück, dann lächelte sie und presste ihre Lippen wieder auf die von Cream. Der Kuss war behutsam, sinnlich und immer wenn sie sich kurz voneinander lösten, sah man ihre Zungen, die umeinander kreisten. Die beiden entfernten sich stets nur so weit voneinander, dass ihre Zungenspitzen noch Kontakt hatten.

Emma lief das Wasser im Mund zusammen.

Nach einer Weile kam Mint hinzu. Alle drei streckten ihre Zungen heraus und leckten sich gegenseitig.

»He.« Fudge, für den kein Platz mehr war, um mitzumischen, verschränkte die Arme vor seinem Oberkörper.

Seine beiden Freunde lösten sich lachend von Holly.

Cream trat hinter sie und massierte gefühlvoll ihren Po. »Werd lockerer, Curly.«

Kannten die jungen Männer nicht einmal Hollys Vornamen? Emma fragte sich, wer sie waren. Sie mussten auf jeden Fall aus Bellworth stammen, so viel stand fest. Waren sie langjährige Freunde der Lolitas, die schon öfters bei ihren erotischen Spielen mitgewirkt hatten? Oder lediglich Statisten, die die einmalige Chance bekamen, eine kleine Privatorgie zu feiern?

Holly fühlte sich keineswegs unwohl. Angst konnte Emma auch nicht bei ihr entdecken. Emma glaubte sogar, dass der braune Lockenkopf es problemlos schaffen würde, ihre Handfessel abzustreifen, weil die Enden des Schals nicht einmal verknotet, sondern nur unter die Wickel geschoben worden waren. Holly war nur noch etwas verkrampft, weil sie nicht wusste, was auf sie zukam, das konnte Emma sehr gut nachempfinden.

Der Blondschopf drückte seinen langen, dünnen Penis zwischen Hollys Pobacken und rieb sich an ihr. Damit sie ihm nicht entfliehen konnte, legte er einen Arm um ihre Hüften.

Fudge trat vor ihren Oberkörper. Holly spürte, dass einer der drei vor ihr stand und schaute instinktiv hoch, als würde sie keine Augenbinde tragen. Dass sie nichts sehen konnte, musste sie verrückt machen, aber darin lag auch der Reiz. Diese Ungewissheit. Nicht zu sehen, was auf einen zukam. Die Berührung erst spüren, wenn sie da war.

Als Fudge seine Hände um ihre vollen Brüste legte, sog sie hörbar ihren Atem ein. Sie legte ihren Kopf in den Nacken und gab sich seinem schamlosen Tasten hin. Zuerst ließ er nur seine Fingerspitzen über die zarte Haut ihres Busens gleiten, dann drückte er sie behutsam in das weiche Fleisch und knetete immer leidenschaftlicher.

Je mehr ihre Lust anwuchs, desto unruhiger wurde Holly, sodass Cream auch seinen zweiten Arm um ihre Taille legte und fest zupackte.

Während er sich stärker an ihrem Hinterteil rieb, zwirbelte Fudge ihre Brustspitzen, bis sie hart und rot emporstanden. Er beugte sich vor, presste die fleischigen Hügel zusammen und ließ die Spitzen in seinem Mund verschwinden. Genießerisch saugte er mal an der Rechten, mal an der Linken und biss ab und zu zärtlich hinein und entlockte Holly damit einen Aufschrei.

»Scht«, machte Mint und verschloss ihren Mund mit seiner Hand. Mit der anderen streichelte er ihre Oberschenkel und ihren Venushügel. Erregt öffnete sich Holly weiter und schob ihr Becken nach vorne, doch Mint lachte nur über ihre Gier und tat ihr den Gefallen nicht, sie dort zu berühren, wo ihre Lust bestimmt schon heißblütig pochte.

Emma wischte sich mit dem Handrücken über die Stirn. War diese Nacht wärmer als die Nächte zuvor oder kam es ihr nur so vor? Unter freiem Himmel war es genauso schwül wie gestern Nacht auf dem Speicher. Kein Lüftchen wehte. Sie spürte die Hitze zwischen ihren Schenkeln und war froh, noch immer kein Höschen zu tragen, aber viel half es nicht.

Einen kurzen Augenblick dachte sie darüber nach, noch einmal im See schwimmen zu gehen, aber um nichts in der Welt hätte sie ihren Beobachtungsposten verlassen. Sie redete sich ein, Hollys Backup zu sein, ihre Reißleine, sollte etwas passieren, aber das war nur eine Ausrede. Wenn dies tatsächlich eine Aufgabe des Geheimclubs war, würde eins der Mädchen in einem anderen Versteck hocken und auf Holly aufpassen. Es bestand auch die Möglichkeit, dass dieses Lustspiel gar nichts mit dem Club zu tun hatte. Emma konnte trotzdem nicht weg, denn was sie sah, erregte sie zu sehr.

Der draufgängerische Mint stieß Cream weg und nahm dessen Position ein. Er schob ihr zuerst nur den Zeige-, dann zusätzlich den Mittelfinger in den Mund, benässte ihre Lippen mit ihrem eigenen Speichel und stieß seine Finger immer wieder in ihre Mundhöhle, sodass eine obszöne Geste daraus wurde.

Plötzlich drückte er ihren Oberkörper nach vorne. Cream half ihr, diese Stellung zu halten. Fudge dagegen war wie hypnotisiert von ihren Brüsten, die nun herabhingen und trotzdem nichts von ihrer Üppigkeit verloren hatten. Mit zwei Fingern stieß er sie an, damit sie schaukelten, und ergötzte sich an dem Anblick.

Emma ertappte sich bei dem Wunsch, es ihm gleichzutun. Sie stand immer noch auf Männer, musste aber zugeben, dass Hollys Busen so wunderschön und vollkommen war wie bei der Venus von Willendorf, allerdings war Holly schlanker. Holly verkörperte eine moderne Fruchtbarkeitsgöttin, sie war die fleischgewordene Lust.

Mint umkreiste ihre enge Öffnung. Er massierte ihren Speichel in den Ring ein, drang mit der Spitze seines Zeigefingers in die Öffnung und zog sich sofort zurück, da Holly zusammenzuckte.

Er gab ihr einen Klaps auf den Po als Aufmunterung, nicht als Strafe, was Emma erleichtert zur Kenntnis nahm, denn er lächelte und hatte nicht fest zugeschlagen. Holly musste seine Finger ein zweites Mal mit ihrer Mundflüssigkeit benetzen, dann startete er einen zweiten Versuch, sie anal zu erobern.

Diesmal zuckte sie nicht, was auch daran lag, dass Fudge sich unter sie gesetzt hatte und sie ablenkte, indem er ihre Brustspitzen mit der Zunge anstieß, sie somit zum Schwingen brachte und sie dann mit seinen Lippen einfing.

Holly lehnte sich seufzend gegen Cream, der ihr liebevoll über ihr Haar strich.

Mint schob seinen Zeigefinger vorsichtig bis zur Hälfte in sie hinein. Dann zog er ihn wieder heraus und stieß ihn ganz in sie hinein. Dort ließ er ihn eine Weile. Emma erahnte, dass er ihn in Hollys Innerem bewegte, denn Holly seufzte nun immer öfter. Sie drückte ihren Rücken durch, bog sich Fudge entgegen und genoss die zweifache Stimulation.

Das ermutigte Mint auch seinen Mittelfinger hinzu zu nehmen. Er massierte mit dem Daumen seiner freien Hand ihr Steißbein und drückte langsam den zweiten Finger in sie hinein.

»Entspann dich, Baby«, wisperte er mit vor Erregung rauer Stimme und rieb sein hartes Glied gegen ihren Po.

Immer tiefer tauchten beide Finger in ihre enge Öffnung ein. Er entfernte sie wieder und ließ sie erneut hineingleiten. »Siehst du, du öffnest dich schon von selbst für mich. Eigentlich könnte ich noch meinen Daumen …«

»Nein«, bettelte Holly, »bitte nicht.«

Mint lachte leise und nahm sie nun feuriger. Seine Finger bohrten sich stürmisch in sie hinein. Er nahm Holly mit solcher Heftigkeit und erregte sich dabei selbst so sehr, dass er seinen Atem stoßweise ausstieß.

Irgendwann zog er sich auf einmal aus ihr zurück und drückte Holly auf die Knie. Sie rang nach Luft, dabei hatte er die Arbeit getan. Schweißperlen hatten sich auf ihrer Oberlippe gesammelt. Ihre Brustspitzen standen erigiert aufrecht, und die Haut ihrer Brüste war gerötet.

Es war Cream, der als Erster seinen Penis an ihren Mund führte. Er streichelte mit der Eichel über ihre Lippen, woraufhin Holly sie öffnete und er in sie eindrang.

Holly begann sofort an dem langen, schlanken Schaft zu

lutschen. Sie lutschte und züngelte auf und ab, währenddessen kraulte Cream ihren Hinterkopf und verdrehte seine Augen vor Lust. Als Holly kurz von ihm abließ, spiegelte sich seine Enttäuschung auf seinem Gesicht, aber schon im nächsten Augenblick lächelte er glückselig, da sie ihre Lippen spitzte und seinen Phallus mit tausend Küssen überzog. Sie zupfte am Penisbändchen, schob mit dem Mund seine Vorhaut zurück und nuckelte an der Eichel wie ein Baby an einem Schnuller.

Fudge verpasste seinem Freund einen sanften Boxhieb auf den Oberarm, und er machte ihm Platz. Er drückte sein Glied an seinen Bauch und führte seine Hoden an Hollys Mund.

Grinsend leckte Holly über die prallen Säckchen. Sie saugte die dünne Haut ein und rieb ihre Lippen gegeneinander. Fudge schaute ihr von oben herab zu, lachte tonlos und schüttelte anerkennend seinen Kopf, als wollte er damit sagen: Dieses Teufelsweib denkt sich auch immer etwas Neues aus.

Als sie ihren Mund so weit wie möglich öffnete und versuchte, beide Hoden aufzunehmen, half er ihr, indem er sie mit den Fingern hineindrückte. Holly schmatzte. Sie musste die Hodensäcke mit ihrer Zunge bearbeiten, aber ihr Mund war so voll, dass sie bald würgen musste, sodass Fudge sich rasch aus ihr zurückzog.

Auch Profis überschätzen sich manchmal, dachte Emma und verfolgte aufgeregt Mint mit ihrem Blick, der sich nun vor Holly stellte. Ganz wie der Macho vergrub er seine Hand in ihren Locken, berührte mit seiner Penisspitze ihre Lippen und schob sein Glied in sie hinein, sobald sie ihren Mund geöffnet hatte.

Zuerst führte er nur seinen Schaft bis zur Hälfte in sie ein.

Doch da Holly ihm entgegenkam, ging er einen Schritt weiter und glitt einmal bis zur Peniswurzel in ihren Mund, zog sich jedoch schnell wieder aus ihr zurück, damit sie keine Panik bekam.

Auffordernd nickte Holly. Erneut tauchte sein Glied vollkommen in sie ein. Er tat dies dreimal hintereinander. Jedes Mal gab er ihr Zeit, sich an den Eindringling zu gewöhnen und blieb immer länger ganz in ihr.

Ein kurzer Schaft hat auch seine Vorteile, dachte Emma und kniete sich hin, weil ihre Beine einschliefen. Sie bemerkte einen Lusttropfen, der an Hollys Schenkel herunterrann. Offensichtlich fühlte sie sich keineswegs ausgenutzt, sondern genoss das erregende Spiel mit den drei unterschiedlichen Burschen sehr.

Mint stieß sein Glied in ihre Mundhöhle, verfiel in ein schnelles Stakkato und hielt Holly am Hinterkopf fest, damit sie sich ihm nicht entziehen konnte. Vor Lust atmete sie wieder heftiger und erschauerte, als Fudge sich neben sie hockte und ihre Brustspitzen zwischen Daumen und Zeigefinger rollte.

Mint hörte auf und presste seine Finger fest um seine Peniswurzel. Emma vermutete, dass er kurz davor stand zu kommen und das verhindern wollte. Das Spiel mit Holly war offenbar noch lange nicht vorbei.

Fast parallel zog Cream, der sich hinter ihr positioniert hatte, ihren Oberkörper zurück, sodass sie sich mit den Schultern gegen ihn lehnte, und Fudge kroch zwischen ihre Schenkel und leckte sie. Emma konnte seine Zunge nicht sehen, wohl aber sein Schmatzen hören. Er küsste Hollys feuchten Unterleib, kostete von ihrem Nektar und schleckte ihr Innerstes aus, denn Holly spreizte ihre Beine weiter, damit er sich in ihr versenken konnte.

Holly ließ sich verwöhnen. Cream massierte gefühlvoll ihren prallen Busen, presste die Spitzen zusammen und entlockte ihr Laute, die zwischen Lust und Schmerz lagen, während Fudge seine Lippen auf ihre empfindsamste Stelle legte und saugte.

Emmas Hand glitt zu ihrer Spalte. Sie stellte sich vor, wie es jetzt wäre, seine Lippen auf ihrem Geschlecht zu spüren, seine Zunge, die über ihre harte Knospe leckte und danach in ihren Mund eindrang, sodass sie sich selbst schmeckte.

Zaghaft strich sie mit ihren Fingerspitzen über ihre äußeren Schamlippen. Sie glaubte Hollys Intimduft zu riechen, doch es war ihr eigener, denn es hatte sie sehr erregt, Voyeur zu sein.

Was sie dann sah, war so unglaublich, dass sie sekundenlang die Luft anhielt.

Mint legte sich auf den Rücken. Die anderen beiden Männer führten Holly zu ihm. Sie kniete sich über ihn, erbebte, als Mint seinen Schaft in sie einführte, und ließ sich dann auf den harten Penis nieder. Einige Atemzüge lang genoss sie es, das dicke Glied tief in sich zu spüren, dann erhob sie sich und senkte ihr Becken wieder ab.

Ungeduldig drückte Cream ihren Oberkörper auf den von Mint, der sie umarmte und ihren Nacken liebkoste. Er kniete sich hinter sie und befingerte vorsichtig ihre enge Öffnung, bis sich ein Lächeln auf seinem Gesicht zeigte, da Holly bereit für ihn war.

Mit größter Vorsicht drang er in sie ein. Es kostete ihn sichtlich Mühe sich zurückzuhalten, denn die Sehnen an seinem Hals traten hervor, und er lief rot an.

Hollys Gesäßhälften verkrampften sich immer wieder, obwohl sein Geschlecht das dünnste von allen war. Cream knetete ihre Pobacken und glitt ein Stück tiefer in sie hinein.

Wartend massierte er ihr Steißbein. Er ließ unzählige Küsse auf ihren Rücken niederprasseln und ging wieder einen Schritt weiter.

Holly bäumte sich auf, doch Mint zog sie wieder an sich. Gierig küsste sie ihn. Sie stieß ihre Zunge in seinen Mund und schnäbelte mit ihm, als würde es keinen Morgen geben. Vor Erregung? Aus Angst?

Emma ließ zwei Fingerspitzen über ihre empfindsamste Stelle kreisen und wäre am liebsten sofort gekommen, doch sie wollte den Moment auskosten, wie Holly und ihre drei Liebhaber ihr Spiel ebenfalls auskosteten, denn sie ließen sich alle Zeit der Welt.

Der Blondschopf presste sich in Hollys enge Öffnung hinein. Nun, da er bis zur Peniswurzel in ihr steckte, verharrte er und streichelte ihre Kehrseite, damit sie sich an die Dehnung gewöhnen konnte.

Allein die Vorstellung, dass ihre beiden Öffnungen gleichzeitig ausgefüllt wären, machte Emma so feucht, dass sie förmlich auszulaufen schien. So etwas hatte sie noch nie erlebt! Die Feuchtigkeit zwischen ihren Schenkeln war unglaublich. Wie musste es da erst Holly gehen?

Kaum hatte Holly ihren Unterleib etwas angehoben, stieß Mint schon von unten in sie hinein. Wild nahm er sich, worauf er die ganze Zeit schon gewartet hatte. Cream dagegen ging äußerst behutsam vor. Er glitt langsam aus ihrer Enge heraus und schob sich vorsichtig wieder in sie hinein.

Die beiden jungen Männer penetrierten Holly gleichzeitig. Diese wand sich unter den Stößen. Sie warf stöhnend ihren Kopf in den Nacken und versuchte still zu halten, doch es fiel ihr schwer, denn ihre explosive Lust wollte sich entladen.

Ein Ruck ging durch ihren Körper. Ihre Muskeln spannten sich an, ihr Stöhnen wurde noch lauter, woraufhin sich Fudge neben sie auf ein Knie niederließ, ihr lachend den Mund zuhielt und seinen Blick prüfend über die Umgebung schweifen ließ.

Emma duckte sich. Der Sommerflieder wuchs zwar hoch genug, war aber nicht sonderlich dicht. Hatte er sie erspäht?

Sie schaute wieder auf, als Holly ihren Orgasmus herausschrie, der zum Glück von Fudges Hand gedämpft wurde. Zuckend lag Holly auf Mint, der noch einige Male in sie hineinstieß und dann ebenfalls kam. Er zog seinen erschlafften Penis aus ihr heraus, und sie legte sich erschöpft auf ihn.

Noch immer pumpte Cream in sie hinein. Schließlich fegte der Höhepunkt der Lust auch durch ihn. Er entfernte sich aus ihrer Enge und legte sich nach Atem ringend auf den Waldboden.

Fudge half Holly von Mint herunterzusteigen, doch bevor sie aufstehen konnte, drückte er sie wieder auf ihre Knie. Sanft schob er ihre Augenbinde nach oben, nahm sie ihr ab und warf sie achtlos weg. Holly betrachtete seinen Phallus und nickte ihm zu.

Emma gefiel es, dass jeder auf seine Kosten kommen sollte, daher steckte sie einen Finger in ihre Mitte und verteilte ihre Feuchtigkeit auf ihrem Kitzler.

Während Fudge seine Finger durch Hollys Spalte zog und seinen beschnittenen Penis mit seiner feuchten Hand bearbeitete, stimulierte Emma ihre Klitoris. Ihre Erregung wurde durch Fudge, der sich auf Hollys Prachtbusen ergoss, und ihre eigenen Fingerfertigkeiten angefacht. Ihre Oberschenkel zitterten bereits. Sie beobachtete, wie die milchige Flüssigkeit von Hollys Brustspitzen tropfte. Als Fudge diese zärtlich auf ihrem Busen verrieb, stand Emma kurz davor, selbst von ihrer Lust hinweggeschwemmt zu werden.

Doch ein Geräusch schreckte sie auf.

Es war nur das leise Rascheln von Stoff, aber das reichte schon, damit sie sich panisch umdrehte. Durch den Schwung verlor sie das Gleichgewicht und fand sich auf ihrem blanken Hinterteil sitzend wieder, denn sie hatte ihren Rock hochgeschoben, um ihre Scham streicheln zu können.

Es war Christian! Und er hockte eine Armlänge entfernt hinter ihr.

Emmas Gesicht wurde rot wie ein Streichholzkopf. Ihr Puls raste. Sie schämte sich zu Tode und war trotzdem außerstande, die Hand herunterzunehmen, deren Mittelfinger eben noch in ihr gesteckt hatte und nun von ihrer Feuchte glänzte.

Stattdessen hielt Emma sie von sich gestreckt, als wäre dieser Teil ihres Körpers ansteckend – oder als wollte sie Christian ihren Finger anbieten.

Er schmunzelte. Sein Blick glitt kurz zu Holly und den drei Männern, dann sah er wieder Emma an, und es lag Begierde in seinen Augen.

Ihr wurde schwindelig bei dem Verlangen, das ihr entgegenschlug. Damit hätte sie niemals gerechnet. Er duftete frisch geduscht nach einem herben Waschgel. Sein Oberkörper war nackt, er trug nur eine Jeans. Seine Augen strahlten in einem warmen Hellbraun. Bartstoppeln waren bereits zu erkennen. Wie gut er aussah! Er war die Verführung pur, und seine Attraktivität schüchterte sie ein.

Bevor sie ihren Mittelfinger am Rock abwischen konnte, umschlang er ihr Handgelenk und führte es zu seinem Mund. Emma wehrte sich, doch sein Griff war unnachgiebig. Erst roch er an ihrem Finger, dann nahm er ihn zwischen seine Lippen und leckte ihn ab, ohne den Blick von ihr zu nehmen.

Emma stockte der Atem. Ihr brach der Schweiß aus. Sie hatte keine Unterwäsche an, aber jetzt war ihr selbst der dünne Stoff ihrer Bluse und ihres Rocks zu viel. Ihre erigierten Brustspitzen zeichneten sich ab, und sie schämte sich für alles, sogar für die Verschämtheit selbst. Megan hätte sicherlich vollkommen cool reagiert, ihre Arme um seinen Hals geschlungen und ihn auf sich gezogen. Emma dagegen verhielt sich wie ein scheues Reh.

»Ich möchte mehr von dir kosten«, bat er leise, damit die Gruppe im Wald ihn nicht hörte.

Energisch schüttelte sie ihren Kopf. »Nein.«

»Warum nicht?« Sein Daumen streichelte ihr Handgelenk.

Ja, warum eigentlich nicht? Weil sie Fremde waren. Und es bestimmt nicht bei der Verkostung ihres Nektars bleiben würde.

Weil sie ihn bei ihrer Ankunft auf ein Podest gestellt hatte. Er war zu erwachsen, zu männlich, um Interesse an ihr zu haben, hatte sie gedacht. Und nun war sie schockiert, dass ihre Fantasie auf einmal zum Greifen nah war.

Weil die Mädchen ihr nie verzeihen würden, wenn sie mit ihm schlief. Schließlich war er die Trophäe, die nur der Gewinnerin am Ende der Ferien zustand.

Weil es ihm egal war, wer das sein würde. Er würde es mit jedem der Mädchen treiben. Vielleicht hatte er das sogar schon, und sie stand einfach nur auf seiner Liste, weil sie neu dazugestoßen war.

Zorn wallte in ihr auf.

»Ich bin nicht so leicht zu haben wie du«, warf sie ihm an den Kopf und entriss ihm ihre Hand. Sie sprang auf, schob ihren Rock herunter und rannte geduckt aus der Gartenanlage, ohne sich noch einmal umzuschauen.

Vielleicht hatte sie gerade eine Dummheit begangen und ihre einzige und letzte Chance vertan. Aber sie konnte sich nicht mit Christian einlassen, ohne Gefühle zu investieren, deshalb musste sie sich von ihm fernhalten. Er würde sie nur verletzen, da er davon ausging, dass sie genauso abgebrüht wie die anderen Lolitas war.

Eben noch hatte sie davon geträumt, an Hollys Stelle zu sein, und nun, da Christian aufgetaucht war, zweifelte sie plötzlich daran, ob sie den Erwartungen des Clubs überhaupt annähernd gerecht werden konnte.

10

»Moment, Fräulein!« Emma hatte Corben J. Hoodle gar nicht gesehen und wäre in der Eingangshalle fast an ihm vorbeigerannt.

Alles, was sie wollte, war sich auf ihrem Zimmer zu verkriechen, ein Bad zu nehmen und über Christian nachzudenken. Was hatte er sich nur dabei gedacht? Er hatte versucht, sie zu verführen! Hätte er sie doch nur ein wenig bedrängt, dann könnte sie entweder stinksauer auf ihn sein oder hätte sich ihm doch hingegeben. Aber er war ganz Gentleman gewesen.

Plötzlich fragte sie sich, ob das vielleicht ein Test des Geheimclubs war, Teil zwei ihrer Aufnahmeprüfung. Christian war Tabu für die Mitglieder. Wäre Emma seinem Charme erlegen gewesen, hätte sie mächtigen Ärger bekommen oder wäre draußen gewesen, bevor der Spaß erst richtig begonnen hatte.

Der Direktor kam zu ihr und musterte sie streng. Hatte sie etwas verbrochen?

Bevor er etwas sagen konnte, kam Christian aus dem Garten in die Halle. Emmas Blick traf seinen. Verlegen sah sie weg, denn sie spürte bereits wieder, wie eine verräterische Hitze in ihre Wangen schoss.

»Gute Nacht.« Christian klang mürrisch. Er ging an ihnen vorbei und verschwand in dem Korridor, der zu der kleinen Hausmeisterwohnung führte.

Emma sah ihm sehnsüchtig hinterher. War er ihr nachgegangen?

»Kommen Sie, Ms. Fryer«, sagte Hoodle. »Hier können wir nicht in Ruhe reden.«

Er ging voraus, und sie folgte ihm. Ein wenig unbehaglich war ihr schon, als er sie in seine privaten vier Wände bat. Das Internat war weitgehend verwaist. Es standen genügend leerstehende Räume für ein Gespräch zur Verfügung.

Es gab einen zweiten Grund, weshalb sie sich unwohl fühlte. An den Wänden seines Wohnzimmers hingen ausgestopfte Tiere. Köpfe von Hirschen, Rehböcken und Keilern, aber auch ganze Füchse, Habichte und Käuze. Die Glasaugen der armen Geschöpfe starrten Emma an. Manche blickten feindselig, manche traurig. Am liebsten hätte Emma auf der Stelle kehrtgemacht und wäre weggerannt. Doch sie blieb zwischen Couchtisch und Sekretär stehen und versuchte, die Jagdtrophäen zu ignorieren, was fast unmöglich war, da die Wände damit tapeziert waren.

»Nun, Ms. Fryer«, der Direktor klatschte in die Hand, um ihre Aufmerksamkeit zu erlangen, »ich halte es für unangebracht, wenn die Schülerinnen mit dem Personal anbandeln.«

Emma massierte nervös ihre rechte Hand mit der linken. »Ich verstehe nicht.«

»Ich habe Sie und Christian gemeinsam aus dem Garten kommen sehen«, teilte er ihr triumphierend mit. »Ich will gar nicht wissen, was sie dort miteinander getrieben haben –«

Aufgebracht fiel Emma ihm ins Wort: »Gar nichts haben wir. Wir waren nicht einmal zusammen dort, sondern sind nur beide zufällig spazieren gegangen. Was soll man denn sonst hier abends machen?«

»Sie geben also zu, sich dort getroffen zu haben, zufällig oder nicht?« Er hob eine Augenbraue an und wartete.

»Nein, es hat vielleicht so ausgesehen, aber er ist nur nach mir aus dem Garten gekommen. Ich habe nicht einmal bemerkt, dass er auch dort war. Erst in der Eingangshalle sind wir uns tatsächlich begegnet«, log sie standhaft.

Er kam zu ihr und hielt sie an den Oberarmen fest. Auf einmal klang seine Stimme samtig, beinahe väterlich. »Meine Liebe, lassen Sie sich nicht zu sehr mit den jungen Ladys Abercrombie, Dorchester, MacDuff und Jones ein. Sie sind nicht der rechte Umgang für Sie.«

Dass ihr das mal jemand sagen würde, damit hätte sie niemals gerechnet! Die Mädchen stammten allesamt aus guten Familien, die weitaus wohlhabender, einflussreicher und sogar adelig waren. Sie selbst zählte zu den ungeliebten Neureichen, zumal ihr Vater sein Geld nicht mit einer Arbeit verdiente, die sonderlich angesehen war.

Aber Hoodle spielte vermutlich auf die Orgie der Mädchen mit Patrick Conway an, während Emma in seinen Augen ein braves, unauffälliges Mädchen war. Nun, seine Warnung kam zu spät, sie war bereits Mitglied im Lolita-Club.

Die Nähe zu ihm war ihr unangenehm. Wie er sie ansah! Mit einer Mischung aus Mitleid und Verständnis. Sie wollte sich einen Schritt von ihm entfernen, aber er hielt sie fest. »Es sind ja nur noch wenige Wochen bis zur Prüfung.«

»Die vier sind verdorben, nichts ist ihnen heilig. Ich würde sogar behaupten, sie gehen über Leichen.« Sanft schüttelte er Emma und zog sie noch näher an sich heran. »Sie machen sündige Dinge, verstehen Sie, Ms. Fryer? Dinge, von denen eine junge Frau wie Sie keine Ahnung hat.«

Der spinnt, dachte Emma. Ging er etwa davon aus, dass sie noch an den Klapperstorch glaubte? Sie konnte zwar, was den Erfahrungsschatz und die Offenherzigkeit anbetraf, nicht mit den Lolitas mithalten, aber sie war keineswegs naiv und unbefleckt.

Er starrte sie an, als wollte er sie mit seinem Blick hypnotisieren wie die Schlange Kaa den Jungen Mowgli im Dschungelbuch. »Aber Sie sollten diese Dinge von einem Lehrer erfahren, jemandem wie mir, der Ihnen alles behutsam beibringen kann.«

Emma war völlig durcheinander. War das ein unmoralisches Angebot? Was dachte er sich eigentlich dabei? Hatte er Langeweile aufgrund der Ferienzeit? Oder war er gar bei Charlie, Lauren, Megan und Holly abgeblitzt?

Sie schaute zum Fenster in der Hoffnung, dass Christian sie von draußen beobachtete und jeden Moment hereingestürmt kommen würde, um sie zu retten. Aber er war nicht dort.

Der Direktor bemerkte ihren sehnsüchtigen Blick. »Sie denken, Christian ist ein attraktiver Kerl, aber er ist nur ein grobschlächtiger Handwerker. Suchen Sie sich lieber einen Virtuosen, nur ein Mann mit Erfahrung wird Ihren Bedürfnissen gerecht werden.«

Emma hatte genug. Energisch riss sie sich los. »Danke für Ihre wertvollen Ratschläge, Mr. Hoodle.«

Erhobenen Hauptes eilte sie aus seinem Appartement, rannte durch die Eingangshalle und die Treppen hinauf, die zu den Quartieren der Schülerinnen führten. In ihrem Zimmer warf sie sich aufs Bett, verschränkte die Arme unter ihrem Kopf und starrte an die Decke.

Hatte sie Humpty Dumpty womöglich falsch verstanden? Wollte er sie nicht anbaggern, sondern sie lediglich aus väterlicher Fürsorge warnen? So musste es sein. Bisher war er für sie geschlechtslos gewesen, der Internatsleiter, der mittlerweile genauso eine Institution war wie die Institution selbst.

Emma ermahnte sich, nicht überall Lüsternheit hineinzuinterpretieren, nur weil die Lolitas kein anderes Thema hatten. Vielleicht traf die Mädchen aber auch gar keine Schuld – und es war nur ihre eigene aufgestaute Lust, die sich endlich mit einem Partner entladen wollte.

11

Die Hitze, die Wiltshire weiterhin fest im Griff hatte, machte allen schwer zu schaffen. Nur Emma vertrug sie recht gut. Vielleicht lag es daran, dass Oisin und Janet ihre Hochzeit auf Marbella gefeiert hatten und Emma somit keinen Temperaturunterschied verkraften musste. Anders als die Mädchen, die sich nach dem Lunch hingelegt hatten. Nicht einmal Charlotte hatte sie zu einem Nacktbad überreden können. Also war sie nach kurzer Pause alleine zum See gegangen und ins Wasser gestiegen. Diesmal jedoch hatte sie vorsorglich ein Badetuch mitgenommen.

Im Eva-Kostüm zu schwimmen, zudem in einem See und nicht in einem nach Chlor riechenden Schwimmbad, gefiel Emma immer besser. Das könnte zur täglichen Routine werden, wenn es weiterhin schwül bleibt, dachte sie.

Sie tauchte unter, strich ihre Haare zurück und kam wieder an die Oberfläche. Dann sah sie ihn. Er stand am Ufer und schaute ihr zu. Das Muscle-Shirt und die helle Sommerhose standen Christian gut.

Im ersten Moment dachte sie, er würde zu ihr ins Wasser kommen, doch er hockte sich hin. Seine Miene war ernst. »Was hast du gestern Nacht damit gemeint, als du sagtest, du wärst nicht so leicht zu haben wie ich?«

»Dreh dich um.« Als er nicht reagierte, zeigte sie auf ihre Schuluniform, die am anderen Ufer der kleinen Bucht lag. »Ich will aus dem Wasser steigen.«

Christian erhob sich und verschränkte die Arme vor dem Oberkörper. »Ich denke nicht daran.«

Aufgebracht sah Emma ihn aus zusammengekniffenen Augen an. Sie hatte keine Lust, ihn anzubetteln oder mit ihm zu diskutieren, deshalb drehte sie ihm den Rücken zu und bemühte sich, so elegant wie möglich aus dem Wasser zu steigen. An Land schlang sie sofort das Badetuch um ihren Körper und wandte sich wieder zu ihm um.

»Nun? Wieso glaubst du, dass ich leicht zu haben bin?« Er musterte sie von oben bis unten. Sein Blick wurde milder.

Emma suchte nach den richtigen Worten. Sie hatte keine Ahnung, wie viel er über den Geheimclub wusste und wollte unter keinen Umständen zu viel preisgeben. »Du hast dich doch als Trophäe zur Verfügung gestellt, oder etwa nicht?«

»Als …?« Auf einmal erhellte sich seine Miene. Er schüttelte ungläubig seinen Kopf. »Sprichst du von Holly, Megan, Charlotte und Lauren?«

»Dir ist es doch piepegal, wer von ihnen dich gewinnt.« Sie klang gleichzeitig herablassend, enttäuscht und trotzig.

Als er am Ufer zu ihr herumkam, wurden ihre Knie weich. Sie dachte einen Augenblick daran, ihre Kleidung zu nehmen und wegzulaufen. Aber sie würde Christian in den nächsten Wochen ständig begegnen. Deshalb war es besser, klare Fronten zu schaffen. Außerdem wollte ein Teil von ihr immer noch bei ihm sein.

Er baute sich vor ihr auf. Dann legte er seine Finger zwischen ihre Brüste, packte den Saum ihres Badetuchs und zog Emma nah an sich heran. »Sie haben ständig versucht, mich zu verführen. Ich hatte keine ruhige Minute. Als sie mir von dem erotischen Wettbewerb erzählten, habe ich mich dazu bereit erklärt, als Preis zu fungieren«, er machte eine Pause und fügte hinzu: »Um endlich meine Ruhe vor ihnen zu haben.«

»Aber irgendwann werden sie einfordern, was du ihnen zugesagt hast.« Emma probierte seine Hand zu lösen, aber um sich von ihm zu befreien, hätte sie das Badetuch abstreifen müssen. Die kühlen Wassertropfen rannen ihren Körper hinab, aber ihre Haut glühte schon wieder, allerdings kam die Hitze diesmal von innen. Die Nähe zu Christian machte sie nervös. Sie fürchtete, dass er alles von ihr würde haben können, wenn er erst einmal ihre Mauer durchbrach, und diese bröckelte bereits.

Ohne das Handtuch loszulassen, fing er mit dem Ringfinger einen Tropfen ab, der von ihrem Dekolleté über ihren Busen lief. »Dazu wird es nicht kommen.«

»Wie kannst du dir da so sicher sein?«

»Das ist doch nur eine fixe Idee gelangweilter Mädchen. Irgendwann werden sie ihr Interesse verlieren. Sie haben genug andere Eroberungen. Mich brauchen sie nicht.« Er neigte sich vor und leckte das Wasser von ihrem Hals. »Bis zum Ferienende werden sie den Wettkampf sowieso vergessen haben.«

Wenn du dich da mal nicht täuschst, dachte Emma und erschauerte. Christian hatte sich längst wieder aufgerichtet, aber sie hatte das Gefühl, noch immer seine Zunge an ihrer Kehle zu spüren.

Er hatte keine Ahnung, mit wem er sich da eingelassen hatte. Die Mädchen bekamen immer, was sie wollten. Dennoch war sie besänftigt, weil er dem Ganzen kaum Beachtung schenkte. Hätte sie ihn nicht darauf angesprochen, hätte er den Wettstreit vermutlich vergessen.

»Da doch nun alles geklärt ist, darf ich jetzt von dir naschen?« Er verzog keine Miene und hatte diese Frage so entspannt gestellt, als hätte er sie zum Eisessen eingeladen.

»Nein!« Es hatte empört klingen sollen, hörte sich aber atemlos an.

Er hielt noch immer ihr Badetuch fest, spreizte seinen Zeigefinger ab und strich hauchzart durch den Spalt zwischen ihren Brüsten. »Was spricht dagegen? Ich habe bereits kosten dürfen, das hat Lust auf mehr gemacht. Nun würde ich gerne direkt aus der Quelle trinken.«

»Von dürfen kann keine Rede sein. Du hast dich einfach bedient.«

In gespielter Verwirrung kräuselte er seine Stirn. »Und ich dachte, du hättest mir deinen Finger einladend hingehalten.«

»Unsinn, ich –« Sie sprach nicht weiter. Was hätte sie auch sagen sollen? Er wusste selbst, dass sie heimlich Voyeurin gespielt und masturbiert hatte. Verlegen schaute sie zum Internat, in der Hoffnung, jemand würde kommen und sie aus dieser peinlichen Situation retten. Doch es kam niemand.

Christian legte seine Hand unter ihr Kinn und hob ihr Gesicht an, damit sie ihn ansah. »Schäm dich nicht für deine Lust. Es ist nichts dabei, seiner Erregung nachzugeben. Genau das habe ich gestern Nacht doch auch getan. Und was ist schon geschehen? Du hast mich nicht augenblicklich in der Luft zerrissen, sondern mich so voll schüchternem Verlangen angesehen, dass ich seitdem an nichts anderes mehr denken kann als an dich.«

»Wohl eher an das verpasste Abenteuer.«

»Hätte ich eine deiner Freundinnen beobachtet wie sie im Garten hockt und sich streichelt, wäre ich vorbeigegangen, sodass sie niemals erfahren hätte, dass ich dort gewesen bin.« Er lächelte sanft. »Aber bei dir konnte ich nicht einfach so tun, als hätte ich nichts gesehen. Es war ein wunderschönes Bild. Eine blonde Fee inmitten eines weißen Blütenmeers.«

»Eine Fee mit Strubbel-Frisur«, warf sie spöttisch ein, um seine Schwärmerei herunterzuspielen.

»Du bist dir deiner Schönheit nicht bewusst.«

»Und du willst mich nur rumkriegen.«

Christian ließ sie los und trat einen Schritt zurück. Er raufte sich die Haare, blickte grüblerisch und seufzte schließlich. »Ich kann verstehen, dass du so denkst. Glaube nicht, dass ich nicht mitbekomme, wie dank deiner Freundinnen die Luft im Internat vor Lust flirrt. Sie lassen nichts anbrennen. Mag sein, dass sie fast alle Anwesenden in ihr Treiben mit einbeziehen, deshalb gehst du davon aus, dass ich auch dazugehöre.«

Er machte eine Pause, doch Emma schwieg.

»Auch mich lässt die aufgeladene Atmosphäre, die die Mädchen verbreiten, nicht kalt, hinzukommt die ungewöhnliche Hitze und die Tatsache, dass das College abgelegen und weitgehend verwaist ist. Aber ich würde mich niemals mit den vieren einlassen, da ich es nicht mag, Nummer tausendzweiunddreißig zu sein.« Lässig zuckte er mit den Schultern. »Bei ihnen werde ich nicht schwach, da kann ich noch so sehr von der prickelnden Stimmung mitgerissen werden, aber bei dir …«

Emmas Herz schlug schneller.

»Aber da du mir nicht glaubst, was ich dir nicht verübeln kann, verspreche ich dir hoch und heilig, mein eigenes Verlangen heute zurückzustellen. Und glaube mir, das fällt mir verdammt schwer.« Er lachte leise.

Emma bemerkte die Wölbung in seiner Hose und fühlte sich geschmeichelt. Noch immer zweifelte sie an der Aufrichtigkeit seiner Worte, denn sie wollte vermeiden, verletzt zu werden. Christian bedeutete eine Gefahr für sie, nicht nur weil sie mehr als nur seinen Körper begehrte, sondern auch weil es gegen die Regeln des Geheimclubs war, sich mit ihm einzulassen. Und es gab sogar noch ein drittes Risiko. Sollte Hoodle sie erwischen, würde Emma vom College fliegen und würde keinen Abschluss machen dürfen.

Drei gute Gründe – und keiner von ihnen war stark genug, um sie von Christian fernzuhalten.

Ihr Puls raste, als sie ihr Badetuch zur Seite schob und ihren Schoß freilegte.

Christian riss seine Augen auf. Er betrachtete sie eine Weile, kam dann wieder nah zu ihr und legte eine Hand an ihren Oberschenkel. Zärtlich streichelte er ihn. Seine Fingerspitzen strichen über ihren Venushügel. Er umkreiste ihre Spalte, stürzte sich nicht gleich auf sie und brachte mehr Geduld auf als Emma, die endlich von ihm dort berührt werden wollte, wo das Kribbeln, das seine Liebkosungen auslösten, hin floss, als wäre ihre Scham ein Magnet.

Sie spreizte ihre Beine ein wenig.

Christian lächelte sie verführerisch an. Seine Hand glitt zu den Innenseiten ihrer Schenkel. Er knetete sie gefühlvoll, heizte Emmas Lust weiter an, indem er ihrem Wunsch nicht sofort nachkam, sondern sich weiterhin Zeit ließ.

Emmas Brustkorb war wie zugeschnürt. Allein die Nähe zu ihm raubte ihr den Atem. Er war so männlich! Ein richtiger Kerl, ein gestandener Mann, keins der Jüngelchen, mit denen sie bisher zusammen gewesen war. Würde sie alles richtig machen? Sie kam sich schrecklich unerfahren vor. Aber sie musste ja gar nichts machen, außer sich für ihn zu öffnen, damit er von ihr kosten konnte.

Emma bekam eine wohlige Gänsehaut bei dem Gedanken, was noch geschehen würde. Jedoch waren Christians Hände immer noch nicht an ihrem Schoß, sondern sie massierten inzwischen ihr Hinterteil. Er brachte sie fast um den Verstand mit seiner Zurückhaltung.

Auf einmal ließ er von ihr ab. Er schloss ihr Badetuch und spähte zum Gebäude hinüber. »Nicht hier. Man könnte uns sehen.«

»Wie bitte?« Das fiel ihm erst jetzt ein, wo es zwischen ihren Beinen bereits köstlich pochte?

»Lass uns zu mir gehen«, schlug er vor. »Ich gehe vor und öffne dir eins der Fenster, die auf der Rückseite des Gebäudes liegen. Du kommst in wenigen Minuten nach. Einverstanden?«

Seufzend nickte Emma. Er hatte ja Recht.

Sofort machte sich Christian auf den Weg. Er schlenderte betont unauffällig zum Haus und verschwand darin. Es dauerte nicht lange, und das Fenster der Hausmeisterwohnung im Untergeschoss schwang auf. Das Appartement lag vom Garten aus gesehen weit links, wie alle Personalunterkünfte, damit die Angestellten so wenig Kontakt wie möglich zu den Schülerinnen hatten, deren Zimmer sich im Obergeschoss des rechten Flügels befanden.

Emma packte ihre Kleidung, schlüpfte in ihre Schuhe und rannte über den Rasen zum Gebäude. Dort ging sie an der Wand entlang, huschte aufgeregt an der Tür vorbei, die in die Eingangshalle führte,und kam schließlich zu dem offen stehenden Fenster. Der Pforte in Christians Reich. In dem sie ungestört sein würden. Das Paradies.

Er nahm Emma ihre Kleidung ab. Sie zog sich an der Fensterbank hoch, setzte sich darauf und schwang ihre Beine rüber. Dann nahm Christian sie auf seine Arme und stellte sie auf ihre Füße. Prüfend warf er einen Blick auf die Umgebung, dann schloss er das Fenster und ließ das Lamellenrollo herunter.

»Es ist purer Zufall, dass wir in deinem Schlafzimmer stehen, nicht wahr?«, fragte sie ironisch, um ihn ein wenig zu necken.

Er drängte sie gegen seinen Kleiderschrank und stützte sich mit einer Hand neben ihrem Kopf ab. »Selbstverständlich. Genauso, wie du nackt im See geschwommen bist, weil du wusstest, dass ich in der Nähe war.«

»Was?« Sie traute ihren Ohren kaum. »Das war keine Absicht. Ich dachte, ich wäre alleine. So abgebrüht bin ich nicht.«

Emma versuchte ihn wegzudrängen, um dem Stelldichein ein Ende zu setzen, bevor es richtig begonnen hatte, doch Christian fasste ihre Handgelenke und drückte sie über ihren Kopf gegen den Schrank.

Sein Mund senkte sich auf den ihren. Im Gegensatz zu seinem festen Griff küsste er unglaublich sanft. Seine Lippen strichen hauchzart über die ihren, seine Zungenspitze leckte über ihre Mundwinkel und drang in ihren Mund ein. Gefühlvoll züngelte er mit ihr. Er weckte ihre Gier erneut. Sie wollte mehr von ihm, sehnte sich nach intensiveren Küssen und verspürte ein großes Verlangen, endlich dort unten angefasst zu werden, wo es so guttat.

Als hätte er ihre Gedanken gelesen, küsste er sie härter. Er presste seine Lippen auf ihre und öffnete seinen Mund weiter, damit seine Zunge tief in sie eindringen konnte. Sie schnäbelten immer wilder. Emma gab sich der Illusion hin, dass auch er von ihr geträumt hatte, denn in seinen Küssen entlud sich so viel Leidenschaft, wie sie es noch nie bei einem Liebhaber erlebt hatte. Es lag solch ein Begehren im Drängen seiner Lenden gegen ihren Bauch! Sie spürte seine Härte, aber er hatte versprochen seiner eigenen Lust nicht nachzugeben und dieses Opfer würde sie, so schwer wie es ihr selbst fiel, von ihm fordern, um zu testen, ob er zu seinem Wort stand.

Es hatte sie erregt, Charlotte, eine Frau, zu küssen, doch sie hatte das eher unter *Neue erotische Erfahrungen* verbucht. Der Kuss von Christian aber war Magie.

Nachdem er sich von ihr gelöst hatte, wischte er mit seinem Daumen den Speichel von ihren vom Küssen geschwollenen Lippen, doch er nahm seinen Finger nicht fort, sondern schob ihn in ihren Mund hinein. Emma war im ersten Moment verblüfft, dann begann sie ihre Zunge um seinen Finger kreisen zu lassen. Während sie sich in Christians Augen verlor, lutschte sie an seinem Daumen und ahnte, wie anstößig das aussehen musste. Sie erinnerte sich daran, dass Mint dieses Spiel mit Holly gespielt hatte, und wie heftig sie selbst darauf reagiert hatte. War sie womöglich nicht der einzige Voyeur letzte Nacht gewesen? Hatte auch Christian Holly und ihren drei Liebhabern zugeschaut und zeitgleich Emmas Reaktion auf das Liebesspiel der vier beobachtet?

Verlegen senkte sie ihren Blick.

Christian zog seinen Finger aus ihr heraus und gab ihr einen Kuss auf die Wange. »Ein Königreich für deine Gedanken«, flüsterte er. »Ich habe dich beobachtet.«

Also doch! Emma sah zu ihm auf und kniff ihre Augen zusammen.

»Du wirkst immer in dich gekehrt. Schon als ich dich das erste Mal bei deiner Ankunft sah.« Seine Hand glitt zu ihrem feuchten Haaransatz und kraulte ihren Nacken.

Ach, das meinte er. Emma entspannte sich. Sie machte auf andere oft einen verschlossenen Eindruck, aber eigentlich war sie gar nicht introvertiert.

»Du bist jemand, der sehr viel grübelt. Doch es gibt Momente, in denen sollte man nicht analysieren, sondern sich gehen lassen, weil man sonst nur den halben Spaß hat. Aber ich weiß einen Weg, dich von deinen Gedanken abzulenken.«

Er öffnete ihr Badetuch und ließ seine Fingerspitzen über ihren Bauch tanzen, immer tiefer, über ihren Venushügel zu ihren Oberschenkeln. Diesmal verweilte er dort jedoch nicht, sondern spreizte seinen Mittelfinger ab und tauchte in ihre Feuchtigkeit ein.

Emmas Erregung schwoll augenblicklich an. Christians Finger zu spüren, wie er sich in ihrem Inneren bewegte, war wundervoll. Er steckte nur zur Hälfte in ihr, nun glitt er ganz hinein. Christians Hand übte leichten Druck auf ihren Eingang aus, seine Fingerknöchel kneteten ihre Schamlippen und heizten Emma ein.

Leider war der Moment viel zu schnell vorbei. Christian entfernte sich aus ihr, betrachtete die Feuchte an seinem Mittelfinger und steckte ihn in den Mund. Er schaute Emma lasziv an, während er ihn langsam zwischen seinen Lippen herauszog.

»Schade.« Er zog einen Flunsch.

Emmas Herz rutschte in ihre Kniekehlen. Schmeckte sie nicht gut? Er hatte sie doch schon einmal probiert, und da hatte es ihm gefallen. »Was ist?«

»Das Seewasser überlagert noch zu sehr deinen eigenen Geschmack. Aber dem kann ich Abhilfe schaffen.« Er rieb sich die Hände, wie jemand, dem gerade eine brillante Idee gekommen war. »Deine Quelle muss einfach nur mehr sprudeln, dann wird deine Feuchtigkeit das Wasser ausschwemmen und nur noch dein Aroma zurückbleiben.«

Emma blinzelte ihn an, weil seine verquere Argumentation natürlich nur dazu diente, sie mehr als einmal zu kosten, doch sie konnte ihm nicht böse sein. Sie wollte ja selbst, dass das Zusammensein mit ihm noch nicht so bald zu Ende sein würde.

Seine Hand glitt wieder zwischen ihre Beine. Aber statt in

sie einzudringen, spreizte er seine Finger und glitt mit den Spitzen über Emmas Schoß. Es war ihr, als würden seine Fingerkuppen Spuren aus Feuer hinterlassen. Emma spürte dort unten sogar das Pochen ihres Herzens.

Sanft massierte er ihre äußeren Schamlippen, bis sie heiß und geschwollen waren, schob ihre inneren Schamlippen auseinander und rieb über ihren Damm.

Emma lehnte ihren Hinterkopf an den Schrank und wand sich unter Christians Liebkosungen. Dass er ihr das Handtuch entrissen hatte, merkte sie erst, als es bereits auf dem Boden lag. Nackt stand sie vor ihm, während er noch komplett angezogen war. Diese eigentlich unbedeutende Tatsache erregte sie zusätzlich. Seine Fingerfertigkeiten, die gekonnt ihre Lust anstachelten, taten ihr Übriges.

Als die Lust sie zu berauschen drohte und sie befürchtete, die Kontrolle zu verlieren, packte sie sein Handgelenk, um ihn davon abzuhalten fortzufahren. Doch er schnalzte tadelnd und löste ihren Griff.

Unbarmherzig stimulierte er ihren Schoß weiter. Er stieß zwei Finger in sie hinein, naschte von ihr und schüttelte seinen Kopf. »Noch nicht genug.«

Er war ein guter Schauspieler, musste sie grinsend zugeben. Sie hielt sich an seinen Schultern fest, diesmal nicht um ihn wegzudrücken, sondern nach Halt suchend, denn er zog einen Wäschekorb heran, hob Emmas rechtes Bein an und stellte ihren Fuß auf den Korb.

Nun war sie vollkommen offen und schutzlos.

Erneut schob er seine Finger in sie hinein. Er nahm sie einige Male heftig, imitierte den Akt und stieß dabei mit seinen anderen Fingern an ihre Schamlippen, die jedes Mal wie elektrisiert prickelten.

Es folgte eine zärtliche Phase, in der er seinen Körper eng

an den von Emma schmiegte, an ihrem Hals knabberte und ihre Feuchtigkeit so unglaublich zärtlich auf ihrer Mitte verteilte, dass es sie beinahe in den Wahnsinn trieb. Sie biss in seine Schulter, ihr Becken zuckte, sie konnte es einfach nicht still halten, und dann drängte sie sich gierig an seine Hand, wie sie es noch nie zuvor bei irgendjemandem gemacht hatte.

Sie wollte endlich kommen. Hier und jetzt und vor allen Dingen durch Christian. Er roch so verdammt gut und fiel nicht über sie her, um sich selbst Erleichterung zu verschaffen, sondern widmete sich vollkommen ihrer Lust, er konnte sanft und dann wieder fordernd sein – genau so wollte Emma genommen werden. Nicht entweder oder, nein, sie wünschte sich, alles zu bekommen, und er konnte es ihr geben.

»Mach es mir«, bat sie leise und scheu.

Sie war sich sicher, dass er sie verstanden hatte, trotzdem fragte er scheinheilig: »Wie bitte?«

»Bring es zu Ende«, wiederholte sie zähneknirschend und vergrub ihr Gesicht in seiner Halsbeuge.

»Hhm.« Er tat so, als würde er darüber nachdenken. »Erst, wenn du mir eine deiner sexuellen Fantasien verrätst.«

Erstaunt sah sie ihn an.

»Was würdest du gerne mal erleben?«, wollte er wissen und strich mit dem Handrücken über ihre Spalte.

Mit Schrecken erinnerte sie sich an das Treffen des Geheimclubs unter dem Dach, an dem sie das erste Mal teilgenommen hatte am Tag ihrer Aufnahmeprüfung. Die Lolitas hatten dieselbe Frage gestellt, und Emma hatte nach Ausflüchten gesucht, um nicht antworten zu müssen. Wieso schlug Christian in dieselbe Kerbe? Steckte er doch mit den Mädchen unter einer Decke?

Er ließ zwei Fingerspitzen über ihre empfindsamste Stelle kreisen. Die Erregung riss sie aus ihren Grübeleien. »Ich werde dich nicht eher zum Höhepunkt bringen, bis ich eine Antwort bekomme.«

12

Emmas Versuche ihn wegzuschieben, waren geradezu lächerlich, denn die anschwellende Lust schwächte sie. Zudem stemmte er sich gegen sie und zwängte sie zwischen dem Schrank und seinem Körper ein. Somit war sie seiner Stimulation hilflos ausgeliefert.

Sobald sie sich anspannte, weil sie einem Orgasmus nah war, entfernte er sich von ihrer Klitoris und streichelte ihre Schamlippen oder schob seine Finger in ihre feuchte Mitte und ließ sie dort bewegungslos ruhen, um ihre Erregung zu halten.

»Du Schuft!« Emma trommelte gegen seine Schultern, hörte aber auf, als er das Häutchen, das ihren Kitzler umgab, zwischen zwei Finger nahm und es gegen ihre sensible Knospe rieb.

»Tut mir leid, Baby«, wisperte er in ihr Ohr, »aber ich möchte zu gerne wissen, was dich richtig in Ekstase versetzen würde. Glaub mir, ich habe einen längeren Atem und schrecke nicht davor zurück, dich lustvoll zu quälen, bis du dich mir offenbarst.«

»Und dafür nimmst du in Kauf, dass ich mich nie wieder mit dir einlassen werde?«, brachte sie mühsam hervor, stöhnte dann und schloss ihre Augen. Oh, Gott, das würde sie nicht mehr lange aushalten.

»Denkst du denn etwa jetzt schon an das nächste Mal mit mir?« Er lachte leise.

»Nie wieder!«

Er knurrte wie verstimmt. Dann säuselte er selbstsicher: »Du wirst angekrochen kommen, meine Liebe, wirst darum betteln und mich anflehen, es dir erneut zu besorgen.«

Obwohl es sie anmachte, dass er so unverschämt mit ihr redete, biss sie in seine Schulter.

Er schrie auf, hörte auf ihre Klitoris zu berühren und legte eine Hand an ihren Hals. Schwer atmend sah er ihr tief in die Augen, die sie alarmiert aufgerissen hatte. Offensichtlich bemerkte er die Angst in ihrem Blick, denn er sagte mit sanfter Stimme: »Glaubst du nicht, dass mich diese Zusammenkunft mehr quält als dich?«

Christian hatte Recht, das wurde ihr erst jetzt bewusst. Er nahm sich selbst zurück, obwohl auch er vor Erregung beinahe platzen musste. Ihm erging es noch schlimmer als ihr. Sie würde wenigstens ihren Höhepunkt durch ihn bekommen, wenn sie sich nur überwand, ihm einen erotischen Wunsch zu gestehen. Er dagegen würde leer ausgehen, so oder so.

Als seine Hand wieder zwischen ihre Schenkel glitt, jammerte sie leise. Wimmernd versuchte sie sich noch ein letztes Mal gegen Christian zu wehren und gab dann auf, weil er zu stark und ihre Erregung zu fortgeschritten war. Diese unerfüllte Sehnsucht nach Erlösung, dieses Ziehen in ihrem Unterleib, sie ertrug es nicht mehr. Sie wollte nur noch kommen, kommen, kommen!

Verzweifelt schloss sie ihre Augen wieder, damit sie Christian bei ihrer Beichte wenigstens nicht ansehen musste. »Ich … es gibt da etwas … nur eine Fantasie … das soll auch so bleiben.«

»Welche?« Seine Stimme klang rau vor Lust, während er

behutsam in ihre großen Schamlippen kniff und dann hemmungslos mit drei Fingern in sie hineinstieß.

Emmas Beine waren wie Pudding. Sie krallte sich an Christian fest, ihre Augen wurden feucht vor bittersüßer Qual. »Ich … ich möchte … gefesselt werden … an Armen und Beinen, mit verbundenen Augen, geknebelt … nur ein Traum … mehr nicht!«

»Wieso?« Christians Stöße wurden immer langsamer, bis er schließlich ganz aufhörte und seine Finger herauszog. »Was wäre so schlimm daran, ihn wahr werden zu lassen?«

»Niemals könnte ich jemandem derart vertrauen, dass ich vollständig die Kontrolle abgebe«, sagte sie atemlos. Nun, da seine Hand nicht mehr auf ihrem Schoß lag, wollte sie nichts sehnlicher als weiter stimuliert zu werden. Sie wollte ihn spüren, von ihm zum Orgasmus gebracht werden und nur von ihm. Er war ein Teufelskerl! Schickte sie durch die Hölle und brachte sie gleichzeitig dazu, nur ihn zu begehren.

Er zwang ihr Gesicht in seine Richtung. »Sieh mich an, Emma.«

Es kostete sie Überwindung seinem Wunsch nachzukommen, weil sie sich schämte.

»Du hast Recht, man muss großes Vertrauen haben, wenn man sich einem Partner sexuell ausliefert. Aber irgendwann muss man es einfach wagen. Und ich prophezeie dir, dass dein Wunsch nicht verschwinden, sondern immer stärker werden wird, bis du ihm eines Tages nachgeben musst. Eher wirst du keine Ruhe haben. Ich rate dir, nicht zu lange zu warten, denn je intensiver dein Wunsch wird, desto größer wird die Gefahr, dass du dich dem erstbesten Kerl hingibst, nur um diesem inneren Drängen endlich nachzugeben. Trau dich lieber dann, wenn der Richtige vor dir steht.«

Sie schnaubte. »Sprichst du von dir? Du hast mich gerade dazu genötigt, dir sehr intime Dinge zu enthüllen.«

»Manchmal braucht man ein wenig Druck, um seine Wünsche anzugehen. Für deinen Mut werde ich dich nun belohnen.«

Er ließ sich auf sein rechtes Knie nieder und schnupperte an ihrer Spalte. Mit beiden Händen umfasste er ihre Pobacken, neigte sich vor und küsste die Innenseite ihrer Beine. Genießerisch seufzte er, als er seine Zunge durch das Tal zwischen äußerer Schamlippe und Oberschenkel zog, dann tat er dasselbe auf der anderen Seite.

Obwohl Emma immer noch böse auf ihn war, weil er sie gezwungen hatte, sich zusätzlich auf emotionale Weise vor ihm zu entblößen, gewann ihre Lust wieder die Oberhand. In dieser Position wäre es ein Leichtes für sie gewesen, ihn wegzustoßen, ihm eine schallende Ohrfeige zu geben und das Weite zu suchen. Aber sie hatte sich den Orgasmus durch ihn verdient! Deshalb blieb sie und genoss die orale Befriedigung in vollen Zügen.

Christian gab ihr einen Kuss genau auf die empfindsamste Stelle. Leidenschaftlich züngelte er durch ihre Spalte. Während er ihren Po knetete, saugte er die kleinen Schamlippen ein und schleckte dann Emmas Nektar direkt aus der Quelle.

Ihre Wut brachte eine neue Seite an ihr zum Vorschein. Sie war über sich selbst erstaunt, als sie ihre Finger in seinen Haaren vergrub und seinen Mund an die Mitte der Zielscheibe führte. »Genug des Vorspiels!«

Christian schmunzelte, senkte seine Lippen jedoch ohne zu zögern auf ihre Klitoris und saugte sie ein. Sekundenlang ließ er sie nicht los. Emma hielt erregt die Luft an und atmete erst wieder aus, als er ihren Kitzler freigab. Er erregte

Emma immer mehr, indem er den sensiblen Stempel umzüngelte. Dann entfernte er sich eine Handbreit und blies dagegen, sodass Emma erschauerte.

Nachdem sein Mund wieder auf ihrem Kitzler lag, brauchte es nur noch wenige flinke Zungenschläge, und Emma kam. Sie biss in ihren Unterarm, um nicht zu schreien. Ihr Körper wurde von einem Lustkrampf erschüttert, der es ihr schwermachte, ihr Gleichgewicht zu halten. Ihre Beine wollten sie nicht mehr tragen. Ihre Arme suchten vergeblich nach Halt, während der Rest ihres Körpers lustvoll zuckte.

Christian bemerkte ihren unsicheren Stand, sprang auf und schlang seine Arme um ihre Taille. Glücklich schmiegte sie sich eng an ihn und verlor sich im Nachglühen. Der Orgasmus ebbte ab. Zurück blieb eine zufriedene Mattheit, die durch Christians innige Nähe gekrönt wurde.

In diesem Augenblick klopfte es energisch gegen die Wohnungstür. »Christian, sind Sie da? Haben Sie Ihre Uhr verlegt, oder sind Sie eingeschlafen? Christian!«

Der Direktor! Emma schreckte auf, doch ihr Liebhaber hielt sie immer noch fest. »Er wird nicht plötzlich im Schlafzimmer stehen.«

»Aber er hat einen Generalschlüssel, und ich traue ihm alles zu.«

Er nickte. »Ich auch.«

Christian hob das Badehandtuch auf, wischte sich Emmas Feuchtigkeit vom Mund und reichte es ihr zwinkernd.

Erst als er das Zimmer verließ, bemerkte sie, dass der Raum keine Tür besaß. Die Angeln waren noch da, mehr nicht. Vielleicht war sie kaputt und entfernt worden, um ausgetauscht zu werden. Möglicherweise legte das College aber auch nur halb so viel Wert auf die Instandhaltung der Personalquartiere wie auf den öffentlichen Bereich.

Panisch sah sich Emma um. Sie hörte wie Christian die Wohnungstür öffnete und der Internatsleiter sofort ins Wohnzimmer gestürmt kam. Er schimpfte, dass die Mittagspause längst vorbei sei, dass Christian die Zeit abends würde dranhängen müssen. Emma floh hinter das Bett. Sie hockte sich hin und konnte trotzdem zu ihrem Schrecken Hoodles blank polierte Lederschuhe sehen. Offensichtlich inspizierte er die Hausmeisterwohnung, um herauszufinden, was Christian von seiner Arbeit abhielt.

Da Emma befürchtete, er würde dreisterweise auch das Schlafzimmer kontrollieren, kroch sie unter das Bett, aber Christian stellte sich ihm in den Weg.

»Ich komme gleich«, sagte er mit einer stoischen Gelassenheit, die Hoodle zur Weißglut brachte.

Christians Verhalten imponierte Emma. Der Direktor strahlte Autorität aus, und er betrachtete das Internat als sein Königreich. Er besaß die Befehlsgewalt, aber bei Christian biss er sich die Zähne aus, denn der ließ sich nicht herumkommandieren.

»Sofort!«

»Auf keinen Fall. In fünf Minuten werde ich in der Küche sein und dort mit den Reparaturen beginnen.«

Emmas Blick fiel auf etwas, das zwischen Lattenrost und Matratze steckte. Es war ein schwarzes Lederetui. Emmas Neugier war geweckt. Sie konnte nicht anders, als die Hand danach auszustrecken. Vorsichtig zog sie es heraus.

»Sie kommen jetzt mit mir!«

»Nein. Ich werde erst meine Arbeitskleidung anziehen.«

Der Direktor brummte. Noch immer stand er vor Christian. Wahrscheinlich war er sprachlos, weil sein Angestellter nicht vor ihm buckelte.

Emma klappte das Etui auf.

Auf der rechten Seite steckte ein Personalausweis. Es war Christians. Endlich erfuhr sie seinen Nachnamen. Christian Bailey, das klang hübsch, fand sie. Der Backfisch in ihr kam durch, und sie fand, dass Emma Bailey sich auch nicht schlecht anhörte.

Auf der linken Seite entdeckte sie noch einen Ausweis. *Wiltshire Police* stand in dicken Lettern über Christians Name. Beinahe wäre Emma das Lederetui aus der Hand gefallen. Sie packte es fester und hielt es näher an ihr Gesicht heran.

Christian war ein Polizist!

Das Foto auf dem Dienstausweis stimmte mit dem auf seinem Personalausweis überein. Beide zeigten eindeutig den Mann, an dem gerade Hoodles Machtgehabe abprallte.

Warum gab er sich als Hausmeister aus? Oder war das nur ein Nebenjob für ihn? Vielleicht brauchte er das zusätzliche Einkommen und arbeitete in seinem Sommerurlaub, anstatt die Füße hochzulegen.

Wenn das der Fall wäre, gäbe es jedoch keinen Grund, die Ausweise zu verstecken. Offensichtlich durfte niemand von seiner wahren Identität erfahren. Weshalb hätte er sonst sogar seinen Personalausweis unter die Matratze geschoben?

Nicht einmal Corben J. Hoodle wusste wohl, wer Christian wirklich war, sonst wäre er nicht vor fünf Minuten aufgebracht in die Wohnung gestürmt und hätte ihn aufgefordert, sofort seinen Aufgaben als Hausmeister nachzugehen.

Was zum Henker ging hier vor? Wer war der Mann wirklich, der ihr eben eine intime Beichte entrungen und sie in Ekstase versetzt hatte?

Er hätte seinen Dienstausweis zu Hause lassen können, aber er hatte ihn mitgebracht. Wieso? Um ihn im Notfall vorzeigen zu können. Das bedeutete doch, dass er hinter irgendetwas – oder irgendwem – her war, oder nicht? War er womöglich undercover?

Das kam ihr ziemlich an den Haaren herbeigezogen vor. Hier ging es um das reale Leben und nicht um einen Krimi.

Doch dann fuhr ihr der Schrecken in die Glieder, als sie wieder daran dachte, dass er ihr haargenau dieselbe Frage gestellt hatte wie die Mädchen vor ihrer Aufnahmeprüfung, nämlich die nach ihren geheimsten erotischen Wünschen. Spionierte er den Geheimclub aus? Oder war er gar hinter ihr her?

Die Wohnungstür wurde zugeschlagen. Das Geräusch holte Emma aus ihren Gedanken. Da sie Schritte hörte, steckte sie das Etui rasch und mit zitternden Händen an seinen Platz zurück, kroch unter dem Bett hervor und schlich so schnell sie konnte zum Kleiderschrank, um sich daneben mit dem Rücken gegen die Wand zu drücken, als hätte sie dort die ganze Zeit gestanden.

»Hoodle ist weg.« Christian kam ins Schlafzimmer geschlendert, die Hände lässig in den Hosentaschen vergraben.

Jetzt begriff Emma, weshalb er nicht mit Hoodle gegangen war: Er durfte sie nicht alleine in seiner Wohnung lassen. Sie hätte seine Sachen durchsuchen können, einfach aus Neugier, oder weil sie sich vergewissern wollte, dass er unverheiratet war, und das musste er unter allen Umständen verhindern.

Emma wischte sich imaginären Schweiß von der Stirn. Sie beeilte sich, ihre Schuluniform anzuziehen, küsste Christian zum Abschied auf die Wange, damit er dachte, alles wäre in bester Ordnung, und verließ seine Wohnung auf demselben Weg, wie sie sie betreten hatte: durch das Fenster.

Obwohl sie nur den einen Wunsch hatte, ausgiebig zu duschen, bevor der Nachmittagsunterricht begann, eilte sie so schnell die Treppen zum Dachgeschoss hinauf, dass sie Seitenstiche bekam. Der geheime Treffpunkt des Clubs verlor nicht einmal bei Tageslicht seine mystische Atmosphäre. Auf dem Speicher fühlte sich Emma durch die alten Möbel wie in eine frühere Zeit zurückversetzt. Staub wirbelte im Sonnenschein auf, der durch die kleinen Luken fiel. Er kitzelte in ihrer Nase, als Emma begann, den Giebel abzusuchen. Sie wusste nicht einmal, was sie glaubte zu finden.

Es dauerte nur wenige Minuten, und sie entdeckte ein Teil, das auf den ersten Blick wie ein Computerchip aussah. Als Emma es unter einem Schrank hervorzog, um es genauer zu betrachten, erkannte sie sofort, dass es ein Transmitter war. Ihre Cousine Francis hatte mal einen im Internet gekauft, um ihren Freund auszuspionieren, da sie vermutete, dass er fremdging.

Emma legte ihn zurück an seinen Platz, damit Christian nicht Verdacht schöpfte. Auf leisen Sohlen schlich sie sich davon.

Jetzt wusste sie es mit Sicherheit: Christian war hinter Megan, Holly, Lauren, Charlotte und ihr her, oder hinter einer von ihnen. Dass der Direktor ihn beauftragt hatte, bezweifelte sie, da Hoodle alles andere als vertraulich mit ihm umging, wenn sie alleine waren, wie sie gerade erst miterlebt hatte.

Was zum Teufel hatte Christian vor? Wer war er wirklich? Es bestand immer noch die Möglichkeit, dass er die beiden Ausweise gefälscht hatte und ein Krimineller war.

Emma biss in ihr Badetuch, als sie zu ihrem Zimmer ging, weil sie am liebsten laut geschrien hätte. Es erschien ihr zu gefährlich, Christian direkt auf die Ausweise und den Transmitter anzusprechen, da sie gar nichts über ihn wusste. Den Lolitas konnte sie nichts über ihre Entdeckung sagen, weil sie stinksauer über Emmas Regelbruch wären. Sie würden Emma für den Rest des Sommers einen Spießrutenlauf machen lassen. Im Moment konnte sie nichts weiter tun, als Christian äußerst vorsichtig auf den Zahn zu fühlen. Sie war gezwungen, mehr Zeit mit ihm zu bringen.

Es gab schlimmere Notwendigkeiten.

13

Als Emma die Punkte von Ruby gutgeschrieben bekam, staunte sie nicht schlecht. Ruby war während des Schuljahres das fünfte Mitglied des Geheimclubs gewesen. Sie hatte nicht nur mehr Punkte gesammelt als Charlotte, sondern auch mehr als Lauren.

»Sie hatte mit Holly gleichgezogen.« Charlie lag neben Emma auf dem Bett und schaute durch das weit geöffnete Fenster zum Sternenhimmel auf.

Megan war also die ungekrönte Königin der Lolitas. Diese Erkenntnis versetzte Emma einen Stich, denn sie stellte sich Megan mit Christian vor. Momentan sah es so aus, als würde sie das Rennen machen, weil sie die taffste von allen Mädchen war und vor nichts zurückschreckte.

Emma hätte gerne mehr über die Aufgaben erfahren, die die Mädchen bereits absolviert hatten, aber sie hatte nichts aus ihnen herausquetschen können. Auch nicht über Ruby.

Verschwiegenheit ist eine Tugend, das ist eine unserer Regeln, hatte Megan auf dem Speicher gesagt.

Emma hatte eine reelle Chance, den Wettkampf zu gewinnen. Dank Ruby. Während sie Megan, Holly, Charlie und Lauren, die in die Parallelklasse gegangen waren, vom Sehen her kannte, kam der Name Ruby ihr völlig unbekannt vor. Entweder hatte sich das Mädchen für den Club einen knackigen Kosenamen zugelegt, oder sie war unscheinbar gewesen und in der Masse untergegangen.

»Wie habt ihr es nur geschafft, eure Eskapaden fast das ganze Schuljahr über geheim zu halten?«, fragte Emma und blickte zu Charlotte.

Charlie zwinkerte. »Indem wir taktisch wichtige Personen mit einbezogen haben.«

»Lehrer, wie Patrick Conway zum Beispiel.«

»Jason von der Security, Mike, der Kochazubi, Linda aus der Buchhaltung ...«

»Danke, ich habe genug gehört«, unterbrach Emma sie. Sagte ihre Freundin die Wahrheit? Wie konnten es die Mädchen so bunt getrieben haben, und Emma hatte es nicht bemerkt? Die fünf waren tatsächlich äußerst diskret gewesen. »Hattet ihr kein schlechtes Gewissen?«

Charlie wurde auf einmal so blass wie der Mond, den sie durch das Fenster sehen konnten, er war fast voll. Ihr Lächeln wirkte verkrampft. »Sie hatten auch ihren Spaß. Wir haben sie nicht ausgenutzt, sondern unsere Lust mit ihnen geteilt.«

»Auch du?« Emma legte sich auf die Seite, um sie anschauen zu können.

»Du meinst, weil ich lesbisch bin?« Als Emma nickte, fuhr Charlie fort. »Rate mal, weshalb ich die wenigsten Punkte habe? Ich würde mich nicht als bi bezeichnen, aber bis zu einem bestimmten Grad empfinde auch ich Lust dabei, einen Mann zu reizen. Es macht mir eine diebische Freude, ihn dazu zu bringen, dass er vor Erregung winselt. Aber ich habe nie mit einem geschlafen.«

»Warum hast du dann beim Club mitgemacht?«

»Um Erotik in allen Facetten kennenzulernen, meinen Horizont zu erweitern, nicht alleine zu sein ...« Charlotte klang nicht überzeugend. »Außerdem war Ruby meine Freundin.«

»Dann seid ihr gemeinsam dem Club beigetreten?«, hakte Emma nach. Charlie war ein frühreifes Früchtchen, keine Frage, aber irgendetwas stimmte nicht. Sie war von einem Moment auf den anderen verändert, ungewohnt in sich gekehrt.

Schließlich räkelte sie sich und stand vom Bett auf. »Es ist spät. Ich geh langsam mal in mein Zimmer hinüber.«

Beunruhigt setzte sich Emma auf. »Ist alles in Ordnung?«

Die Rothaarige wandte sich an der Tür um, wich jedoch Emmas Blick aus und schaute aus dem Fenster. »Ich bin nur müde. Die Hitze schlaucht.« Dann ging sie hinaus.

Das erste Mal seit Emma sie näher kannte, war sie nicht der strahlende Sonnenschein. Normalerweise sprühte Charlotte vor Lebenslust und war nie um eine frivole Anspielung verlegen. Doch eben hatte sie verstört gewirkt, als hätte das Gespräch sie aus dem Gleichgewicht gebracht oder alte Wunden aufgerissen.

Hatten ihre Augen nicht sogar feucht geglänzt? Emma konnte es nicht mit Bestimmtheit sagen, weil es recht dunkel im Raum war.

Sie war verunsichert. Da sie Charlie jedoch inzwischen ins Herz geschlossen hatte, sprang sie vom Bett auf und lief ihr hinterher. Was wäre sie für eine Freundin, wenn sie nicht auch in düsteren Zeiten für Charlotte da war? Und die Lolitas insbesondere mussten doch zusammenhalten.

Als Emma vor ihrer Tür stand und sie schluchzen hörte, stürmte sie in Charlies Zimmer. Charlotte riss erschrocken ihre verheulten Augen auf. Etwas fiel ihr vor Schreck aus der Hand. Emma bückte sich danach. Es war das Foto einer jungen Frau. Sie war sehr hübsch, war sich ihrer Schönheit allerdings auch bewusst. Ihr Blick strahlte Selbstsicherheit aus. Mit ihrem makellosen Aussehen hätte sie ohne weiteres bei *O.C. California* mitspielen können.

Emma reichte ihrer Freundin das Bild.

Gereizt nahm Charlotte es an sich. Sie wischte sich mit

dem Saum ihres Nachthemdes die Tränen vom Gesicht, lehnte sich gegen die Wand und zog ihre Beine an. »Kannst du nicht anklopfen?«

»Ich habe gehört, dass du weinst und mir Sorgen gemacht.« Emma bemühte sich, ihre Stimme so einfühlsam wie möglich klingen zu lassen. Es tat ihr weh, Charlie niedergeschlagen zu sehen. Sie setzte sich neben sie. »Du warst für mich da, als ich neu zu den Lolitas gestoßen bin. Jetzt bin ich für dich da, falls du möchtest.«

Erstaunt öffnete Charlie ihren Mund, doch sie sagte nichts, sondern schmiegte sich in Emmas Arme. Fest drückte sie das Foto gegen ihre Brust.

Eine Ahnung erwachte in Emma. Bevor Charlotte fluchtartig ihren Schlafraum verlassen hatte, hatten sie über Emmas Vorgängerin gesprochen. »Ist das Ruby?«

Charlie schniefte. Sie rieb ihre Augen und nickte zaghaft.

Emma erinnerte sich vage an das blonde Mädchen, mehr nicht. »Du vermisst sie sehr, nicht wahr?«

»Sie war meine beste Freundin.« Charlotte warf einen letzten Blick auf das Foto, lehnte sich zur Seite und schob es unter ihr Kissen.

Dadurch bemerkte Emma einen Zeitungsausschnitt, auf den sich Charlie gesetzt hatte, als sie nach hinten gerückt war. Sie zog ihn unter Charlotte hervor, bevor diese sich wieder aufrecht hingesetzt hatte, und schaute ihn sich an.

Plötzlich raste ihr Herz. Hitzewellen jagten durch ihren Körper, als sie die Schlagzeile las: *Mädchen vermisst.* Daneben ein Foto von Ruby.

Charlotte riss ihr den Ausschnitt aus der Hand. »Das hättest du nicht sehen sollen. Ich will nicht darüber reden. Hast du verstanden?«

Wie betäubt nickte sie. Ermittelte Christian deshalb?

14

Emma war total aufgewühlt. Aber Charlotte machte komplett dicht, wenn es um Ruby ging. Offensichtlich saß der Schmerz über den Verlust sehr tief. Auch Megan, Holly und Lauren schwiegen, außer dass ihre Freundin von heute auf morgen verschwunden war. Es gab niemanden sonst, den Emma darauf hätte ansprechen können oder wollen.

Emma half dabei Megans Geburtstagsfeier vorzubereiten. Natürlich gab es auch eine offizielle Veranstaltung, aber die interessierte niemanden. Die Lolitas würden den Geburtstag nach ihren Wünschen begehen, was bedeutete, dass es keine gewöhnliche Party werden würde, zumal es noch etwas zu feiern gab: Die Hälfte der Ferien war um. Emma freute sich sehr auf die Nacht, in der die geheime Feier stattfinden sollte, auch wenn sie nicht ahnte, wie wild es zugehen würde.

Als sie um Mitternacht vor der Burgruine stand, die fünfzehn Minuten Fußmarsch vom Internat entfernt im Wald auf einer Anhöhe lag, war ihr schlecht vor freudiger Aufregung. Wie alle Lolitas trug sie nur ein schwarzes Tüllkleid, das mehr zeigte als verhüllte. Masken waren Pflicht in dieser Nacht, um das Event noch mystischer wirken zu lassen. Außerdem sollte die Anonymität dabei helfen, sich gehen zu lassen.

Es brannten lediglich an den Ausgängen und in den Fensterluken schwarze Kerzen, ansonsten spendete nur der Vollmond Licht. Aber noch hatten die Mädchen Champagner,

Fingerfood und das Erotikspielzeug nicht angerührt, das sie vorab in der Ruine verteilt hatten. Sie mussten erst noch von Megan eine lustvolle Aufgabe für den mitternächtlichen Maskenball erhalten, denn das hatte sie sich als Geschenk gewünscht.

Emma war als Erste dran, und als sie hörte, dass sie Louis, den französischen Gärtner, vor aller Augen verführen sollte, sank ihre Laune von jetzt auf gleich auf den Nullpunkt.

Aufmunternd gab ihr Holly einen Klaps auf den Allerwertesten. »Das schaffst du schon.«

Emma lächelte gequält. Es war ja nicht nur, dass sie sich nicht vorstellen konnte, vor anderen mit jemandem zu schlafen – der Gedanke war schon erregend, nur würde sie niemals den Mut dazu aufbringen –, sondern auch, dass sie Christian begehrte und nur ihn. Wie konnte sie sich mit Louis vergnügen, während sie in einen anderen verliebt war? Verliebt, jawohl. Trotz der Tatsache, dass Christian ein falsches Spiel spielte, flatterten die Schmetterlinge in ihrem Bauch so wild, dass Emma sie nicht länger ignorieren konnte.

»Denk nicht an deinen Sexpartner«, flüsterte Charlie ihr zu. »Stell deine Lust in den Vordergrund. Hier geht es nicht um Liebe, sondern um Ekstase.«

Scheinbar dankbar nickte Emma. Sie bekam nicht einmal mit, was Charlie, Holly und Lauren machen mussten, sondern dachte nur daran, wie sie Megans Auftrag umgehen konnte. Unglücklicherweise fiel ihr keine Ausrede ein. Sie konnte ablehnen, keiner zwang sie dazu, sich mit Louis zu verlustieren, aber dies war nach der Aufnahmeprüfung erst ihre zweite Aufgabe. Es war ihr zu peinlich, jetzt schon zu versagen.

Megan reichte ihr eine Pfauenmaske. »Louis trägt eine mit schwarzen Federn. Schnapp ihn dir!«

Unglücklich setzte Emma die Maske auf und folgte den anderen in die Ruine hinein.

Die Atmosphäre hatte etwas Mystisches. Grillen zirpten, es war angenehm warm, und alle sprachen nur im Flüsterton. Dank des Mondlichts war es hell genug, nur die Ecken lagen im Dunkeln, und genau dort tummelten sich die Gäste. Sie hatten auch leichte Bekleidung gewählt, Kleidung, die man schnell ausziehen konnte. Es wurde geknutscht, gefummelt, zu zweit oder zu mehreren. Nicht nur der Champagner lockerte die Stimmung, sondern die erotischen Aufgaben von Holly, Lauren und Charlie, die sich unter die Anwesenden mischten und enthusiastisch Megans Anweisungen umsetzten.

Im Gegensatz zu Emma. Sie stand wie ein scheues Reh in der Nähe des Eingangs. Als sie einen Mann mit schwarzer Pfauenmaske erblickte, wurde ihr innerhalb von Sekunden heiß und kalt. Louis war in seiner schwarzen Hose, dem schwarzen, engen T-Shirt und dem Bandana eine imposante Erscheinung, er wirkte männlicher, auf eine erotische Weise finster.

Louis bemerkte Emma und schlenderte zu ihr. Er schaute ihr tief in die Augen, dann schritt er um sie herum und musterte sie von oben bis unten. Ihre Brustspitzen stellten sich auf, aber ihr innerer Widerstand schmolz keineswegs. Es widerstrebte ihr, sich mit dem Franzosen zu amüsieren.

Als er sie in die Mitte der Versammlung ziehen wollte, wehrte sie sich. Verschämt sah sie sich um, ob jemand ihre Gegenwehr bemerkte, aber die anderen waren zu sehr mit sich selbst beschäftigt.

Er hob ihr Kinn an, schmiegte seine Wange an die ihre und flüsterte: »Beim letzten Mal habe ich mich zurückgehalten. Heute werde ich das nicht tun.«

Christian! Es war Christian. Sie wollte freudestrahlend seinen Namen ausrufen, doch er verschloss ihren Mund mit seiner Hand. »Willst du, dass der Tausch auffällt? Ich habe Louis dazu überredet, die Rollen zu tauschen, weil es besser für alle Beteiligten ist. Du bleibst mir treu, ich muss Louis keine reinhauen, und er kommt heil davon.«

Emma lächelte glückselig. Sie schob seine Hand weg, küsste ihn auf den Mund und schmiegte sich an ihn.

Doch er löste sich von ihr. Als er ihr das Tüllkleid ausziehen wollte, schüttelte sie verlegen den Kopf. Ein Problem war gelöst, aber es gab ja noch ein zweites. Wie sollte sie sich jemals dazu überwinden, vor den Augen der anderen Sex zu haben?

»Du trägst doch eine Maske, die deine Anonymität schützt und deine Verschämtheit versteckt. Sich vor anderen zu entblößen kann erregend sein.« Er öffnete den Reißverschluss seiner Hose und holte seinen Penis heraus, der bereits halb erigiert von seinen Lenden abstand. Dann nahm er ihre Hände und drückte sie darauf.

Er machte den Anfang, zeigte ihr wie leicht es war, seine Lust zur Schau zu stellen, das imponierte ihr.

Ein starkes Prickeln erfasste ihren ganzen Körper, als sie begann, sein Glied, das sie das erste Mal überhaupt zu Gesicht bekam, zu massieren. Es sah wunderschön aus, war weder so groß, dass es ihr Angst machte, noch so klein, dass sie befürchten musste, es kaum zu spüren. Christian war frisch rasiert, die Haut seines Geschlechts fühlte sich samtig weich an. Unter ihren Berührungen schwoll sein Glied weiter an und wurde immer prachtvoller. Sein Brustkorb hob und senkte sich, seine Finger krallten sich in ihre Oberarme.

Diesen gestandenen Mann unter ihren Liebkosungen erbeben zu sehen und zu fühlen, bereitete ihr große Lust.

Als Christian ein zweites Mal versuchte, ihr das Kleid abzustreifen, ließ Emma es zu. Das hatte jedoch zur Folge, dass sie die Aufmerksamkeit der Anwesenden erlangten. Christian zog sie zu sich und schob seinen Penis zwischen ihre Schenkel. Von selbst schmiegte sich der Schaft an ihren Schoß.

»Ich kann nicht«, brachte sie atemlos hervor und legte abwehrend ihre Hände an seinen Oberkörper.

»Du kennst die meisten Gäste nicht einmal, sie stammen aus Bellworth oder von weiter weg, und die Maske verbirgt deine Identität vor denen, die dir aus dem Internat bekannt sind.«

Waren Lehrer anwesend? Jemand vom Personal? In einem Sekundenbruchteil zogen alle Gesichter vor ihrem geistigen Auge vorüber. »Holly, Charlie, Lauren und Megan wissen, wer ich bin.« Sie hatte zwar schon vor den Mädchen masturbiert, aber das hier ging einen Schritt weiter. Wollte Megan nur ihre Party anheizen oder Emma der Lächerlichkeit preisgeben? Beabsichtigte sie herauszufinden, wie geschickt Emma in Liebesdingen war?

»Höre auf zu denken«, sagte er mit rauer Stimme. »Fühle!«

Er rieb sein Glied an ihre Scham und brachte ihre Lust dazu, ihre innere Mauer zu durchbrechen. Stück für Stück, Stein für Stein. Doch je erregter Emma wurde, desto interessierter waren die Gäste. Sie kamen näher, beäugten neugierig, wie Christian zwischen ihre Schenkel stieß.

Er spürte ihre Unsicherheit. »Ich werde dir helfen, damit du dich auf dich selbst konzentrieren kannst«, kündigte er an, nahm ihr Hand und führte sie zu einer der Fensterluken. Er stellte die Kerze beiseite und drückte sanft Emmas Oberkörper nach vorne, sodass ihr Blick von den Zuschauern abgewandt war und ihr Hinterteil sich ihm und den Gästen anstößig präsentierte.

Während Emma sich auf dem Sims abstützte, ließ sie ihren Blick über Bellworth gleiten, das in einiger Entfernung unterhalb der Anhöhe lag. Einige wenige Häuser waren noch erleuchtet, aber die meisten Bewohner schliefen bereits. Sie hatten keinen blassen Schimmer, dass in der Burgruine eine Orgie stattfand.

Christian zwang ihre Beine auseinander. Sie wagte nicht, ihn empört über ihre Schulter hinweg anzusehen, sondern starrte stoisch nach vorne. Sein heißer Atem kitzelte ihren Schoß. Emma konnte nicht fassen, dass er sich vor anderen Menschen derart gehen lassen konnte, denn nun leckte er einmal von hinten durch ihre Spalte.

Sie erschauerte wohlig. Obwohl sie die Gäste nicht sah, hörte Emma sie flüstern, kichern und ja, auch stöhnen. Nun, da Christian ihre Mauer durchbrochen hatte, drang die schwül-erotische Atmosphäre in Emma ein. Jede Pore ihres Körpers kribbelte wie elektrisiert.

Er knetete ihren Po, langsam und sinnlich, dann drückte er ihre Schenkel auseinander und legte nicht nur Emmas Schoß, sondern auch ihre enge Öffnung frei. Am liebsten wäre Emma vor Verlegenheit im Boden versunken, dennoch empfand sie diese Schamlosigkeit als erregend. Christian entblößte sie und schenkte ihr gleichzeitig Halt.

Gefühlvoll züngelte er über ihre großen Schamlippen. Er zupfte mit seinen Lippen an ihnen und biss zärtlich hinein. Emmas Geschlecht fühlte sich so heiß an, als hätte er die Kerzenflamme daran gehalten.

»Öffne dich mehr«, befahl er so leise, dass der Tausch mit Louis durch seine Stimme nicht auffiel. Da Emma nicht reagierte, gab er ihr einen Klaps auf den Hintern. Sie schrie auf, erzitterte und schaute nun doch über ihre Schulter hinweg zurück, aber da er hinter ihr hockte, sah sie nur die maskierten Gäste, von denen einige applaudierten. Sie wandte ihren Blick schnell wieder gen Bellworth. Waren Cream, Mint und Fudge heute Nacht auch hier? Würde Emma sie trotz der Maskierung wiedererkennen, nur an ihrer Statur und der Beschaffenheit ihres Geschlechts?

Als ahnte Christian, dass sie gerade an andere Männer dachte, schlug er erneut auf ihr Hinterteil, diesmal fester. Die Stelle, an der seine Hand sie getroffen hatte, war wundervoll warm, und diese Wärme floss in ihre Spalte.

Auf einmal erwachte Emmas frivole Seite, und sie folgte seinem Befehl absichtlich nicht. Er stand auf. Dann tat sich erst einmal nichts mehr. Christian ließ sie in Ungewissheit, ließ sie zappeln, was sie verrückt machte, verrückt nach ihm.

Plötzlich klatschte seine Hand fünfmal hintereinander auf ihren Po, immer auf dieselbe Stelle, nah an ihrer Scham. Emma hielt die Luft an. Die Schläge hatten nicht wirklich wehgetan, aber sie lösten ein völlig neues Gefühl in ihr aus. Das Blut schoss in ihre Lenden und in ihren Schoß und fachte ihre Lust auf bittersüße Weise an.

Als Christian sie wieder von hinten leckte, stöhnte sie. Es war ihr peinlich vor all den Menschen, aber sie konnte es nicht verhindern. Dann folgten wieder fünf Klapse, diesmal auf die andere Seite. Christians Zunge stieß in ihre Mitte. Er züngelte in sie hinein, während er ihre Pobacken kräftig knetete, in denen dadurch der Lustschmerz erneut aufwallte.

Unruhig verlagerte Emma immer wieder ihr Gewicht von einem Fuß auf den anderen. Sie hielt sich krampfhaft an dem Fenstersims fest, sie hasste und liebte Christian gleichermaßen für seine Stimulation, die so unglaublich erregend war. Allerdings wünschte sie sich noch immer, mit ihm allein zu sein.

Sie war enttäuscht, als er aufhörte und sich erhob. Mit Schrecken bemerkte sie, dass er die schwarze Kerze, die neben ihr stand, nahm.

»Vertrau mir«, forderte er Emma einfühlsam auf und strich mit der Handkante durch ihre Spalte, bis ihre Erregung sie wieder fahrig machte.

Er kniete sich hinter Emma. Dann ging alles schnell. Mit der ganzen Länge seiner Zunge leckte er über ihre rechte Pobacke und kaum, dass er sich entfernt hatte, tropfte er auch schon etwas Kerzenwachs genau auf die feuchte Stelle. Emma bäumte sich auf, doch der Schmerz war bereits im nächsten Moment verflogen.

Christian umkreiste ihre enge Öffnung mit seinem Daumen, züngelte über ihre linke Gesäßhälfte und ließ auch dort Wachs heruntertropfen. Obwohl Emma wusste, was auf sie zukam, war sie trotzdem nicht vorbereitet, weil das Gefühl, das das Kerzenwachs hervorrief, neu für sie war. Sie stöhnte auf, entspannte sich seufzend und spürte die Feuchtigkeit, die sich durch das fremde Spiel in ihrer Mitte sammelte.

Emma fürchtete, dass sich bald erste Tropfen lösen würden. Nicht nur Christian würde bemerken, wie sehr sie der Lustschmerz erregte, sondern auch die Gäste.

Er schob zwei Finger in sie hinein und verteilte ihre Nässe auf ihrem Schoß. Dann beträufelte er ihre Spalte mit Wachs. Entsetzt schaute Emma über ihre Schulter zurück, während der bittersüße Schmerz sie erfasste und eine Hitze in ihrer Spalte auslöste, die ihr die Luft raubte. Doch ihr fiel auf, dass Christian die Kerze höher hielt als zuvor. Das Wachs war nicht mehr ganz so heiß, wenn es auf ihre geschwollenen Schamlippen traf.

Christian stand auf und stellte die Kerze weg. Er drehte Emma zu sich herum. Sie war gar nicht glücklich darüber, da sie sich der Gäste nun wieder sehr bewusst wurde. Doch er zog den Schal, den er als Gürtel benutzte, aus den Schlaufen und verband ihr damit die Augen. Sie bekam eine wohlige Gänsehaut, weil dies Teil ihrer erotischen Fantasie war. Außerdem musste sie dank der Binde die Gäste nicht sehen. Sie stellte sich vor, sie wäre mit Christian alleine.

Seine Hände glitten über ihre Brüste. Er gab ihr zu verstehen, dass sie ihren Oberkörper zurückbeugen und sich hinter ihrem Rücken auf dem Sims abstützen sollte. Dann zwirbelte er ihre Brustspitzen, er saugte sie in seinen Mund ein und biss neckend darauf.

Als sie eine Bewegung neben sich wahrnahm und er mit der ganzen Breite seiner Zunge über ihr Dekolleté leckte, schwante ihr Böses. Und tatsächlich traf sie ein Schwall Kerzenwachs genau dort. Sie wollte sich aufrichten, doch er legte ihr seine Hand an ihren Hals, was sie als erotische Geste deutete und was sie veranlasste, seinen stummen Befehl zu befolgen und die befohlene Position wieder einzunehmen.

Sie zitterte, als er Wachs über ihren Busen goss. Ihre Brustwarzen waren inzwischen so hart und empfindlich, dass Emma daran sogar den Luftzug von Christians Bewegungen spürte. Als der erste Wachsschwall über die erigierten Knospen lief, stöhnte Emma laut und obszön. Sie legte ihren Kopf in den Nacken und genoss den Lustschmerz, der diesmal etwas länger brauchte, um abzuebben.

Christian benässte ihren Venushügel mit seinem Speichel. Das Kerzenwachs, das keine Sekunde später darauf tropfte, näherte sich gefährlich ihrer Spalte, doch es erkaltete, bevor es ihre empfindsamste Stelle erreichte. Beim zweiten Mal floss es um den Kitzler herum und Emma wurde sich im Rausch der Lust bewusst, dass sie den Virtuosen, den Hoodle erwähnt hatte, gefunden hatte.

Christian wusste genau, was er tat, und wie weit er bei ihr gehen konnte.

Ihr Vertrauen zu ihm wuchs. Zu ihrem eigenen Erstaunen verspürte sie eine gewisse Enttäuschung, als er die Kerze wegstellte, anstatt ihre Spalte mit Wachs zu überströmen. Sie hatte Angst vor dem Schmerz, sehnte jedoch gleichzeitig diese neue Erfahrung herbei. Aber es wäre vermutlich für den Anfang zu viel gewesen, das wusste er, noch bevor Emmas Gier über ihre Vernunft siegte.

Er hob ihr rechtes Bein an und drang ohne Umschweife in sie ein.

Ihr Herzschlag verdoppelte sich. Am liebsten hätte sie sich den Schal von den Augen gerissen, um zu sehen, was er vorhatte, denn sie hatte den Stoß in ihre Mitte ja nicht kommen sehen. Doch dann wäre sie sich auch wieder des Publikums bewusst geworden. Immerhin standen sie am Rand der wollüstigen Gesellschaft und nicht im Zentrum. Sie wurden nicht umringt, was Emma das Gefühl gegeben hätte, keine Fluchtmöglichkeit zu haben.

Christian hob sie hoch und setzte sie auf dem Sims ab. Behutsam begann er sich in ihr vor und zurück zu bewegen.

Emma krallte sich an seinen Schultern fest. Das Atmen fiel ihr schwer, weil die Lust die Kontrolle über ihren Körper übernahm. Berauscht nahm sie das Schmatzen ihrer feuchten Öffnung wahr, das auch die Zuschauer hören mussten. Eine Frau kicherte, andere unterhielten sich über Emmas extreme Feuchtigkeit, aber einige der Anwesenden hatten sich wohl von der Darbietung erregen lassen und waren längst selbst miteinander beschäftigt, was Emma an dem Stöhnen, den Schreien und den anderen Lauten, die nur von Sex stammen konnten, erkannte.

Emma errötete sogar noch unter ihrer Maske, aber mit zunehmender Ekstase wurden ihr die Zuschauer gleichgültig. In dem Augenblick, in dem Christian auch ihr linkes Bein anhob, sie hochhob und gegen die Wand neben dem Fenster drückte, um sich tief in ihr zu versenken, hätte die ganze Welt zusehen können. Für Emma gab es nur Christian.

Kurz und hart stieß er in sie hinein, damit sie ihm nicht entglitt. Er hatte sich bei ihrem letzten Treffen vollkommen zurückgehalten, und auch auf dem Maskenball hatte er sich bisher nur kurz an ihrem Schoß gerieben. Jetzt entlud sich seine ganze aufgestaute Lust. Wie ein Rammbock fuhr er in sie hinein. Er brachte sie mit seiner ungestümen Leidenschaft zum Wimmern und presste ihre Feuchte aus ihr heraus.

Sein Phallus war knüppelhart, mitleidlos trieb Christian ihn in Emmas nasse Öffnung und brachte sie mit jedem Stoß einem Orgasmus näher. Sie hing hilflos in seinen Armen, gezwungen seine Wildheit hinzunehmen und wollte doch nichts anderes. Christian benutzte sie und diente gleichzeitig ihrer Lust.

Seine prallen Hoden schaukelten gegen ihre geschwollene Scham. Ihr Schoß fühlte sich wie elektrisiert an. Für Emma existierte in diesem Moment nur sein Prügel, der in sie hineinstieß. Er brachte sie um den Verstand. Sie konnte nicht mehr denken, fühlte nur noch, wie Christian es von ihr verlangt hatte.

Dann kam sie. Emma schrie ihre Lust heraus, das war ihr noch nie passiert. Sie hörte sich selbst wie aus weiter Ferne aufschreien, als wäre es der Schrei einer anderen Frau, die gerade den Orgasmus ihres Lebens hatte. Ekstatisch zuckend hing sie in Christians Armen. Noch immer stieß er in sie hinein, weshalb ihr Höhepunkt auf bittersüße Weise verlängert wurde.

Nachdem auch er den Gipfel erklommen hatte, presste er Emma fest an sich, als wollte er sie nie wieder loslassen. Eine Weile standen sie einfach nur in inniger Umarmung da, sein erschlaffendes Geschlecht steckte immer noch in ihr und Emma bemerkte, dass sie großen Durst hatte.

Christian stellte sie auf ihre Füße, doch noch immer ließ er sie nicht los. Emma vergrub ihr Gesicht in seiner Halsbeuge und fühlte sich geborgen.

Langsam kam sie wieder zu Atem und kehrte in die Wirklichkeit zurück. Obwohl sie sich wundervoll matt fühlte, rauschte das Blut weiterhin aufgeregt durch ihre Adern. Sie hatte mit einem Fremden geschlafen! Öffentlich!

Der Dienstausweis musste gefälscht sein. Er konnte kein Undercover-Polizist sein, der hinter den Lolitas her war. Wenn er heimlich gegen sie ermitteln würde, hätte er sich nicht in Lustspiele hineinziehen lassen, erst recht nicht mit einer seiner Zielpersonen.

Es sei denn, er war besonders abgebrüht. Und das war er wohl, denn es war ihm nicht schwergefallen, Emma vor allen anderen zu nehmen.

15

Im Nachhinein erfuhr Emma, dass Megan keineswegs erfreut darüber war, dass Emma als Königin der Nacht gefeiert wurde, eine Nacht, die eigentlich Megan gehören sollte, da es ihre Geburtstagsfeier war. Emma war normalerweise ein sehr mitfühlender Mensch, aber in diesem Fall war ihr Megans schlechte Laune am Tag darauf egal. Hätte sie ihr eben nicht eine solche Anweisung geben sollen! Sie hatte Emma einen Stolperstein in den Weg legen wollen, doch diese hatte den Punkt wider Erwarten geholt.

Emma ahnte, dass jede erotische Aufgabe eine Herausforderung sein würde, da sie jedes Mal Neuland betreten würde. Aber das Gefühl nach der bestandenen Prüfung war heroisch! Selbst wenn man ein wenig gemogelt hatte.

Ausführlich schrieb sie ihr Maskenball-Erlebnis in ihr Tagebuch. Durch das Aufschreiben durchlebte sie die Nacht erneut, was sie sehr erregte, aber sie gab dieser Erregung nicht nach, da eine Erfüllung ohnehin nur mit Christian möglich gewesen wäre. Sie machte sich zur Kapelle auf, um ihr Tagebuch dort zu verstecken.

Auf dem Korridor im Untergeschoss sah sie, wie Megan vor ihr nach rechts abbog. Sie hatte Emma nicht bemerkt. Auch Megan hielt ihr Tagebuch in der Hand. Kurz überlegte Emma, ob sie umkehren sollte, doch sie wollte sich nicht von Megan einschüchtern lassen, deshalb folgte sie ihr.

Erstaunt verlangsamte sie ihren Schritt, als Megan gar

nicht den Weg zur Kapelle einschlug, sie ging in Richtung Tanzsaal. Im College wurden die Schülerinnen nicht nur auf die Universität vorbereitet, sondern auch darauf, sich auf internationalem Parkett zu bewegen, deshalb gab es diesen Tanzsaal. Hier hatte auch der Abschlussball stattgefunden, an dem Emma nicht hatte teilnehmen können, dank dieser überflüssigen Hochzeit.

An der Tür schaute sich Megan um, so als würde sie prüfen, ob die Luft rein war. Emma blieb abrupt einen Gang entfernt stehen und drückte sich an die Wand. Mit pochendem Herzen hörte sie, wie die Tür des Saals zufiel.

Rasch huschte sie dorthin, wo eben noch Megan gestanden hatte, und lauschte. Megans Sohlen klackten auf dem Tanzparkett, dann knarrte eine Tür und fiel leise in die Angeln, was gut hörbar durch den Saal hallte.

Was wollte Megan in dem Stauraum, in dem das Zubehör für Tanzveranstaltungen aufbewahrt wurde? Emma konnte sich keinen Reim daraus machen, betrachtete das Tagebuch in ihrer Hand und fasste einen Entschluss.

So leise wie möglich schlich sie in den Saal. Sie nahm ihre Schuhe in die Hand und durchquerte auf leisen Sohlen den Raum. Durch die Fensterfront zu ihrer Rechten konnte sie bis zum See schauen. Gegenüber hingen an der Wand abwechselnd mannshohe, in Goldrahmen gefasste Spiegel und Gemälde, auf denen der Internatsgründer Ian William Edwards und seine Gattin Isabelle Amelia und Außenansichten des White Gaden Colleges abgebildet waren.

Mit pochendem Herzen legte Emma ihr Ohr an die Tür, die in den kleinen Raum führte, der sich gegenüber vom Eingang befand. Sie hörte das Rascheln von Stoff. Zog Megan sich um? Oder hatte sie sich in diesem abgelegenen Teil des Internats, der in den Ferien nur von der Putzkolonne aufgesucht wurde und selbst das selten, mit jemandem zu einem erotischen Tête-à-Tête verabredet und war gerade dabei sich zu entkleiden?

Als Emma Schritte hörte, die auf die Tür zukamen, sah sie sich panisch nach einem Versteck oder einer Fluchtmöglichkeit um, aber die gab es nicht. In Kürze würde Megan sie entdecken und zur Rede stellen, weshalb sie ihr hinterherspionierte.

Emma wappnete sich nervös für einen verbalen Schlagabtausch, den sie gegen Megan nur verlieren konnte, als sich plötzlich eine Hand von hinten auf ihren Mund legte. Jemand zerrte sie zu der Wand mit den Gemälden. Emma stolperte über eine Stufe in einen Raum hinein, der ihr völlig unbekannt war. Ihr Entführer zog eine Tür hinter ihnen zu, doch es wurde nicht dunkel, obwohl das Zimmer keine Fenster hatte, denn zu Emmas Erstaunen war die Tür aus Glas. Wo befand sie sich?

Die Tür zur Abstellkammer wurde geöffnet. Megan trat stirnrunzelnd heraus. Sie musste etwas gehört haben.

Emma wusste nicht, ob ihr Entführer nun ihr Retter oder ein Verbrecher war, deshalb zerrte sie an der Hand, die sie am Reden hinderte.

Als er »Scht« machte, reagierte ihr Körper mit einem Prickeln, das wohlig durch sie hindurchrieselte. Christian! Was machte er hier? In welches Zimmer hatte er sie hineingezerrt? Sie hörte auf, sich gegen ihn zu wehren. Im Gegenteil, sie drängte ihr Hinterteil nur fester an ihn, was er mit einem leisen Knurren quittierte.

Nachdem er die Hand von ihrem Mund genommen hatte, schaute sie sich überrascht um. Sie standen in einem schmalen Gang, der parallel zu den Gemälden im Tanzsaal verlief, allerdings waren die Spiegel von dieser Seite aus durchsichtig wie Glasscheiben. Wofür sollte dieser Geheimgang gut sein? Und woher kannte Christian ihn?

Megan war nur zwei Schritte von ihnen entfernt und ahnte es nicht einmal. Nervös blickte sie zum Stauraum zurück und eilte dann aus dem Saal. Das Buch trug sie nicht mehr bei sich. Sie musste es in der Kammer versteckt haben, mutmaßte Emma. Wieso nicht in der Kapelle, wie der Geheimclub es vorsah? Emma fragte sich, ob es überhaupt Megans Tagebuch gewesen war. Vielleicht hatte sie sich verguckt.

Kaum hatte sich die Tür des Tanzsaals hinter Megan geschlossen, drehte Christian Emma herum und drückte sie gegen die Wand neben der Spiegeltür. Er stützte sich rechts und links neben ihrem Kopf ab und hob schmunzelnd seine Augenbrauen. »Du bist eine Spionin, Emma Fryer.«

Ihr lag die Anspielung auf der Zunge, dass er als Undercover-Polizist ebenfalls eine Art Spion war, doch sie schluckte die Stichelei herunter. Emma ahnte, dass Christian sich nicht als Trophäe zur Verfügung gestellt hatte, um Ruhe vor den Mädchen zu haben, sondern um Kontakt zu ihnen herzustellen, ohne sich mit ihnen sexuell einlassen zu müssen. Nur hatte er nicht mit Emma gerechnet. War er ihrem Reiz erlegen, oder hatte er seine Taktik geändert und sich an das schwächste Mitglied herangemacht? »Und du kennst dich sehr gut im Internat aus. Woher wusstest du von diesem Versteck?«

»Ich habe zufällig auf den Bauplänen entdeckt, dass der Gründer des Mädchen-Colleges einige geheime Gänge hat einbauen lassen, das hat mich neugierig gemacht, und ich habe sie ausgekundschaftet.« Er wurde ernst. »Allerdings möchte ich nicht, dass du dasselbe tust, weil dir etwas passieren könnte, schließlich wurde dieser Teil des Gebäudes nicht instand gehalten. Man hat ihn über die Jahre einfach vergessen. Und bitte tu mir den Gefallen und erzähle deinen Freundinnen nichts.«

»Wie könnte ich? Megan würde Verdacht schöpfen.« War Christian wirklich nur besorgt um sie? »Aus welchem Grund sollte Mr. Edwards Spiegeltüren eingebaut haben?«

Seine Mundwinkel zuckten. »Vielleicht war seine Motivation, Mädchen in einer von Männern dominierten Zeit zu einer höheren Bildung zu verhelfen, eine andere als Gleichberechtigung. Möglicherweise wollte er seine Schäfchen auch nur unter Kontrolle haben, damit sie sein Internat nicht hinter seinem Rücken in Verruf brachten.«

So wie die Lolitas. »Hoodle weiß offensichtlich nichts von den Gängen.«

»Und das soll auch so bleiben. Es ist unser kleines Geheimnis.« Er neigte sich vor und besiegelte ihren Pakt mit einem Kuss. Seine Lippen waren warm und weich. Verlangend drückte er sie immer fester auf Emmas Mund. Als er sich von ihr löste, rang sie nach Atem. Sie hoffte, dass der Kuss der Auftakt zu einem neuen Liebesspiel sein sollte, doch Christian verabschiedete sich.

»Ich muss zurück zur Arbeit.« Mit dem Handrücken streifte er ihre linke Brustspitze, die sich daraufhin aufrichtete, und tauchte lächelnd in der Dunkelheit des Geheimganges unter.

Seufzend ging sie zurück in den Tanzsaal. Wohin mochten die Geheimgänge führen? Konnte man auch die Schlafräume der Schülerinnen überwachen? Hatte Christian sie beobachtet, als Charlie sie in ihrem Badezimmer rasierte?

Am liebsten hätte sie seine Warnung ignoriert und sofort die geheime Welt hinter den Kulissen erforscht, doch ihre Neugier auf das Buch, das Megan in der Abstellkammer gelassen hatte, war stärker.

Emma trat in den Stauraum und blickte sich um. Es gab einige Schränke und Kommoden, einen Garderobenständer und ein paar verschlossene Kartons. Sie durchsuchte sie alle. Fündig wurde sie jedoch erst, als sie sich durch eine Kiste mit Hussen gewühlt hatte. Ganz unten auf dem Boden fand sie das Buch. Sie hatte sich keineswegs getäuscht, es sah wie die Tagebücher der Lolitas aus.

Aufgeregt klappte sie es auf und las: »Die erotischen Abenteuer von Ruby, Mitglied im *Geheimclub der Lolitas*«.

Emma war verblüfft. Sie hielt Rubys Aufzeichnungen in der Hand! Damit hatte sie niemals gerechnet. Sollte das Buch nicht bei der Polizei liegen? Vielleicht fanden sich Hinweise auf ihr Verschwinden darin. Jedenfalls war sich Emma nun sicher, dass Ruby nur ein Club-Pseudonym war, denn die Mädchen benutzten in ihren Tagebüchern ausschließlich falsche Namen, für sich selbst und für alle Mitwirkenden. Sollten die Bücher irgendwann gefunden werden, ob nun noch in den Ferien oder erst in einigen Jahren, so würde es keine Konsequenzen für die Beteiligten geben.

Weshalb versteckte Megan es? War es nur ein Andenken an ihre vermisste Freundin oder hatte sie etwas zu verbergen?

Obwohl Emma sich schäbig vorkam, weil sie im Tagebuch einer Fremden herumstöberte, las sie den Anfang und überflog den Rest. Einige Seiten waren herausgerissen worden. Von Ruby? Oder Megan? Besonders gegen Schluss fehlten immer mehr Seiten. Das war nicht gut, gar nicht gut. Bedeutete das nicht, dass etwas während der Spiele der Lolitas vorgefallen war? Oder hatte Ruby sich mit einem Liebhaber abgesetzt und wollte ihn schützen?

Der Name Sir Dark tauchte immer wieder auf, aber es fand sich kein Hinweis auf seine Identität. Ruby war ihm scheinbar immer mehr verfallen. Sie spielten extreme erotische

Spiele, die Ruby bis an ihre Grenzen gebracht hatten, aber genau das war es, was sie in Ekstase versetzt und immer wieder zu ihm zurückgetrieben hatte. Harter, fast tabuloser Sex.

Emma legte das Tagebuch zurück in die Kiste, damit Megan nicht misstrauisch wurde, und drapierte die Hussen ordentlich darüber.

Als sie sich aus dem Tanzsaal stahl, fiel ihr erst auf, dass Christian nicht einmal nach dem Tagebuch in ihrer Hand gefragt hatte. Wie viel wusste er über den Geheimclub? Hatte er Megan verfolgt, weil er sie verdächtigte, etwas mit Rubys Verschwinden zu tun zu haben? Megan war taff, aber war sie so abgebrüht, eine Konkurrentin auszuschalten oder aus Eifersucht aus dem Weg zu räumen?

Wenn Emma es einem der Mädchen zutraute, dann Megan. War sie selbst in Gefahr, weil sie Megans Zorn auf sich geladen hatte?

16

Emma brachte ihr eigenes Tagebuch in die Kapelle und schlenderte gedankenversunken ziellos durch die Korridore. War sie auf eine heiße Spur gestoßen oder einem Hirngespinst erlegen?

Als Charlotte plötzlich auftauchte, hätte sie beinahe einen Schrei von sich gegeben. »Du hast mich erschreckt!«

»Sorry. Ich habe es eilig.« Charlie grinste anzüglich. »Gestern bist du ja ganz schön abgegangen.«

Emma lief hochrot an.

»Schade, du stehst wohl nur auf Männer.« Es war eine Feststellung, keine Frage. Ihr Grinsen verschwand.

Hatte sich Charlotte Hoffnungen bei ihr gemacht? Emma hatte ihre Avancen nur für harmloses Flirten gehalten. Sie war davon ausgegangen, dass Charlie sich einen Spaß daraus machte, sie vor Verlegenheit erröten zu sehen, und dass sie Emma aus der Reserve lockte, damit sie sich öffnete. »Tut mir leid.«

»Schwänze werden überbewertet. Mit einem Strap-on wird man wenigstens vollkommen ausgefüllt«, sagte Charlie abfällig und zuckte mit den Schultern. »Hast du Lust etwas Kurioses zu sehen?«

Die Frage bezog sich hoffentlich nicht auf den Umschnalldildo. »Wovon sprichst du?«

Charlie nahm Emmas Hand und zog sie hinter sich her. »Megan und Stan, kannst du dir die beiden zusammen vorstellen?«

»Stanley Butcher?« Einen anderen Mann mit diesem Vornamen gab es in dem Internat nicht. Als Charlotte kichernd nickte, schüttelte Emma nur ungläubig den Kopf. »Armer Stan!«

Charlie prustete und führte sie durch einen Nebeneingang aus dem College heraus. Sie liefen geduckt hinter den Buchsbaumfiguren entlang, die die Besucher an der Vorderfront willkommen hießen. »Du hast ja keine Ahnung.«

»Wieso weiß ich nichts von Megans Aufgabe?« Hatte der Club ohne sie getagt?

»Weil es keine ist.« Charlotte wurde langsamer und blieb vor einem Fenster stehen, dessen Jalousien zu dreiviertel heruntergelassen waren, wie auch bei den anderen Fenstern dieses Klassenzimmers. Sie flüsterte: »Die beiden treffen sich heimlich. Niemals würde Megan zugeben, sich mit Mr. Karomuster einzulassen. Schau selbst und du wirst auch wissen, warum.«

Emma linste über Charlies Schulter hinweg durch den Spalt ins Innere des Gebäudes und riss ungläubig ihre Augen auf.

Megan hatte sich in der kurzen Zeit, in der Emma sich mit Christian unterhalten und Rubys Tagebuch durchgeblättert hatte, umgezogen. Sie trug inzwischen eine Art höchst unanständige Schulmädchenuniform, bei deren Anblick der Direktor vor Schreck tot umgefallen wäre. Der Rock mit dem rot-blauen Schottenmuster war so knapp, dass er kaum Megans Scham bedeckte. Er hatte einen Schlitz, der aufklaffte, obwohl sie ganz normal dasaß, was daran lag, dass der Rock aussah, als wäre er zwei Nummern zu klein. Durch diesen Schlitz sah Emma, dass Megan kein Höschen anhatte. Sie trug überhaupt keine Unterwäsche, denn auch ihre Brustspitzen waren deutlich durch das dünne weiße Oberteil zu erkennen, das unter ihrem Busen von einem Gummizug zusammengerafft wurde, sodass es hauteng anlag.

Breitbeinig stand Stanley Butcher vor dem Lehrerpult. Er ließ seine Hand von seinem akkuraten Seitenscheitel bis zu den Haarspitzen gleiten und schwang dann einen Rohrstock. Mit zusammengekniffenen Augen starrte er Megan an, die demütig ihren Blick senkte und so regungslos und schweigsam dasaß, wie es im Unterricht nie der Fall war.

Emma fiel die Wölbung in Butchers Schritt auf. Er ging auf Megan zu, und seine ganze Präsenz wirkte beunruhigend, als würde er etwas im Schilde führen. Das spürte auch Megan, denn ihr Busen wogte auf und ab. Aber Emma war sich sicher, dass ihr vor Erregung und nicht vor Angst das Atmen schwerfiel, denn Megan hätte sich niemals in diese gefügige Position zwingen lassen. Nicht Megan!

Sie war heimlich devot veranlagt. Wer hätte das gedacht?

Stanley Butcher schlenderte in Seelenruhe um sie herum. Er umkreiste sie mit einer Gelassenheit, die bedrohlich wirkte. Die Ruhe vor dem Sturm. Im Gegensatz zu Megan hatte er sich nicht umgekleidet, als wünschte er sich, dass dieses erotische Spiel Realität wäre.

Als er mit dem Rohrstock ausholte und auf Megans Busen schlug, presste Emma die Hand auf ihren Mund. Obwohl er den Schlag nicht durchgezogen hatte, verzog seine Schülerin vor Schmerz ihr Gesicht. Erstaunlicherweise drückte sie ihren Handballen gegen ihren Venushügel, als wollte sie verhindern, dass sie jetzt schon kam.

»Halte das!«, befahl er mit einer ungewöhnlich dominanten Stimme, die Emma nicht von ihm kannte. Stanley hielt ihr den Stock waagerecht vors Gesicht und Megan nahm ihn zwischen die Zähne. Die beiden schienen ein eingespieltes Team zu sein. Er vergrub seine Hand in ihren Haaren, zog ihren Kopf nach hinten und neigte sich so weit vor, dass sich ihre Nasenspitzen fast berührten.

»Du hast eine wichtige Regel vergessen. Niemals darf eine artige Schülerin ihre Beine schließen. Ihr Schoß muss immer, ich wiederhole, immer frei zugänglich für ihren Lehrer sein.« Während er sprach, zwirbelte er sanft ihre Brustwarzen durch den dünnen Stoff ihres Oberteils. »Ich kann dich bestrafen oder auch belohnen, das hängt ganz von deinem Lerneifer ab.«

Megan wand sich unter seiner Berührung. Offensichtlich genoss sie die zärtliche Liebkosung nach dem Lustschmerz. Voller Verlangen schaute sie Butcher an.

Charlotte berührte von unten Emmas Kinn. Dadurch bemerkte Emma erst, dass ihr Mund offen gestanden hatte. Sie klimperte mit den Lidern, aber sie sah immer noch Megan, die ungekrönte Anführerin der Lolitas, die sich ausgerechnet von Mr. Karomuster dominieren ließ.

»Sie unterwirft sich ihm? Ich dachte, sie ist eher der Domina-Typ.« Aber dann erinnerte sie sich, dass der Lehrer Megan im Unterricht ständig angeglotzt hatte. Jetzt erkannte sie, dass er sie keineswegs auf dem Kieker gehabt hatte, sondern die gemeinsamen Abenteuer ihm im Kopf herumgeschwirrt waren.

Charlotte drehte ihr das Gesicht zu, damit sie nicht so laut sprechen musste. »Megan tut nur so stark. In Wahrheit möchte sie sich gerne gehen lassen. Die Menschen sind beim Sex oft anders als im Alltag.«

»Aber Butcher bleibt Butcher, wie wir ihn aus dem Unterricht kennen.«

»Er ist nicht so, wie er auf den ersten Blick erscheint, sondern spielt uns gegenüber im Unterricht nur den strengen Lehrer, aber sobald man ihm Kontra bietet, bricht er leicht zusammen, das habe ich schon selbst ausprobiert«, stellte Charlie klar. »Im Grunde ist er ein Weichei, vor Humpty Dumpty und seinen Kollegen buckelt er, aber als Lehrer mimt er den harten Kerl.«

Butcher nahm ihr den Rohrstock ab und zwang sie an die Tafel, indem er ihre Haare erst freigab, als sie davor stand. Er klappte die Seitenflügel weg und präsentierte ihr eine Matheaufgabe, die er vorab darauf geschrieben hatte. Die Aufgabe war schier unmöglich zu lösen! Dazu benötigte man definitiv einen Taschenrechner, doch den bekam Megan nicht.

Eine Weile tat sie so, als würde sie herumrechnen, doch als sie zu keinem Ergebnis kam, wurde der Lehrer ungehalten. »Wieso plage ich mich eigentlich mit dir ab? Ich vergeude nur meine kostbare Freizeit mit deinem privaten Nachhilfeunterricht. Aber ich werde dir schon noch eintrichtern, dir mehr Mühe zu geben. Stütz dich auf dem Pult ab!«

»Ja, Herr«, antwortete Megan kleinlaut. Sie nahm die befohlene Position ein und spreizte zusätzlich ihre Beine, um zu zeigen, dass sie die erste Lektion verinnerlicht hatte.

Wohlwollend nahm er das zur Kenntnis. Als hätte er eine Stute vor sich, tätschelte er ihren Po, der frei lag, da der knappe Rock hochgerutscht war. Dann machte er einen Schritt zur Seite und schwang den Rohrstock so geschickt, dass Megan den Luftzug an ihrer Kehrseite spürte. »Du wirst drei Schläge auf die rechte und drei auf die linke Seite bekommen. Andere Erziehungsmaßnahmen helfen ja nicht bei dir.«

»Danke, Herr. Das ist sehr gnädig von Ihnen.« Megans Stimme vibrierte vor Lust.

Emma hielt die Luft an. Ihr hatte das Spiel mit dem Kerzenwachs gereicht, aber sie erinnerte sich gerne an die Poklatscher von Christian. Sie waren wider Erwarten erregend gewesen, und sie wollte dieses Erlebnis um nichts missen.

Doch Schläge mit dem Stock gingen ihr zu weit. Megan musste schon einige Erfahrung mit Schlaginstrumenten und mit Lustschmerz gemacht haben.

Aber Emma konnte sich trotzdem in Megan hineinversetzen. Diese lustvolle Angst, das erregte Zittern und der ansteigende Puls, dann der Schmerz, der am Ende nichts als Hitze hinterließ, die das Feuer der Wollust anfachte.

Stanley Butcher zog den Rohrstock über Megans linke Gesäßhälfte. Megan presste ihre Lippen aufeinander. Mehr geschah nicht. Scheinbar hatte ihr Herr nicht fest zugeschlagen.

Beim zweiten Schlag sah das schon anders aus. Ihre Halsmuskulatur spannte sich an, aber noch immer drang kein Laut aus ihrem Mund.

Der Stock traf ein drittes Mal auf ihre Pobacke. Megans Gesicht rötete sich. Sie hielt die Luft an und presste sie dann geräuschvoll heraus. Ihre Brustspitzen waren so hart und aufgerichtet, dass es den Anschein machte, als wollten sie den Stoff durchstechen.

»Du hältst dich tapfer. Ich bin stolz auf dich.« Butcher kam zu ihr und knetete die misshandelte Pohälfte. Unruhig trat Megan von einem Bein aufs andere. Seine Hand glitt zwischen ihre Schenkel. Er schob sie vor und zurück, rieb seine Handkante an ihrer Spalte und stachelte Megans Lust an. Als er seine Hand herauszog, glänzte sie feucht. Zufrieden lächelte er. Er malte Megan mit ihrer Feuchtigkeit einen imaginären Schnauzbart auf. »Das sollte dich motivieren durchzuhalten.«

Zu ihrem Erstaunen schnellte Megans Zunge heraus, sobald Butcher wieder hinter ihr stand und es nicht sah. Sie wollte sich nicht nur riechen, sondern auch schmecken. Das war schon eher die Megan, wie Emma sie sich beim Sex vorgestellt hatte.

Der erste Schlag auf die andere Gesäßhälfte war härter. Megan stöhnte, verdrehte jedoch erregt ihre Augen.

Butcher gab ihr Zeit, sich zu erholen, und ließ dann den Rohrstock erneut auf sie hinunterzischen. Diesmal klang das Stöhnen lauter und gequälter. Megan drückte wieder ihren Handballen auf ihren Schamhügel, als wollte sie sich jeden Moment selbst zum Orgasmus bringen.

Doch durch den letzten Schlag knickten ihre Beine ein, und sie musste sich mit beiden Händen am Lehrerpult auffangen. Sie keuchte, fing sich jedoch schnell wieder und verzog ihren Mund zu einem breiten Lächeln.

Stanley Butcher griff wieder in ihre Haare und fragte lasziv: »Das hat dir gefallen, nicht wahr?«

»Ja, Herr«, entgegnete sie atemlos.

»Wie sieht es hiermit aus?« Er ließ ihre Haare los, holte eine Tube aus seiner Hosentasche und gab einen dicken Strang daraus zwischen ihre hochroten Pobacken.

Emma ahnte, dass es sich um Gleitgel handelte, denn er begann zuerst einen, dann zwei Finger in ihr zu versenken. Da er seine Hand recht hoch hielt, musste er ihren Anus penetrieren.

Megan reagierte höchst erregt. Sie schloss genießerisch ihre Augen und bewegte ihr Becken, sodass Butcher bald nur noch seine Finger hinhalten musste. Das gab ihm Zeit, ihr Hinterteil fest zu massieren und den Lustschmerz nachklingen zu lassen. Er nahm einen dritten Finger hinzu, den er allerdings in sie hineinpressen musste. Megan wehrte sich nicht, sondern stemmte sich gegen seine Hand.

Es war leicht zu erkennen, dass ihr die Penetration dieser tabubehafteten Öffnung sehr gut gefiel. Sie wirkte mit jedem Einführen lockerer, da sie sich an die Eindringlinge und die Dehnung gewöhnte.

Enttäuscht seufzte sie, als Butcher seine Finger aus ihr entfernte, jedoch nur um seine Hose zu öffnen und sein erigiertes Glied herauszuholen. Er seifte seinen Phallus mit dem Gel ein, wodurch dieser noch härter wurde, und streichelte Megans Öffnung mit seiner Penisspitze.

Äußerst vorsichtig schob er seine Eichel in sie hinein. Da sich Megan verkrampfte, verharrte er in dieser Position. Seine Hand glitt über ihren Bauch und tauchte von vorne in ihre Spalte. Gefühlvoll stimulierte er ihre empfindsamste Stelle. Bald überwog die Lust, und sie entspannte sich, was er zum Anlass nahm, sich ein Stück tiefer in sie hineinzubohren. Wieder wartete er darauf, dass sie sich an seinen Schaft gewöhnte. Ihre Hände krallten sich um die Tischkante. Kaum merklich nickte sie, und Butcher versenkte sein Geschlecht mit einem sanften, aber fordernden Schub ganz in sie.

Während er über ihre Klitoris rieb, zog er sich bis auf die Penisspitze aus ihr zurück und glitt wieder in sie hinein. Megan stöhnte auf. Sie warf ihren Kopf in den Nacken und schnappte nach Luft. Immer wieder entfernte er sich, nur um sofort erneut in sie einzutauchen. Die Lust riss Megan beinahe von den Füßen, doch Butcher schlang seinen freien Arm um ihre Taille und hielt sie aufrecht.

Je erregter sie wurde, desto mehr öffnete sie sich für ihn, und je mehr sie sich öffnete, desto kräftiger stieß er zu.

Es dauerte nicht lange, und er nahm sie ungezügelt. Stoß für Stoß brachte er sich selbst und seine Sklavin einem Orgasmus näher. Sie stöhnten mittlerweile um die Wette. Hemmungslos gaben sie sich ihren Trieben hin, ließen sich gehen und vergaßen alles um sie herum.

Butcher kam als Erster, doch er blieb in ihr und massierte ihren Kitzler so lange, bis auch sie den köstlichen Orgasmus erreicht hatte. Erschöpft lehnte sich Megan gegen ihn, die

Augen fest geschlossen und noch immer in dem warmen Kokon des abklingenden Höhepunktes gefangen.

Megan war nicht so hart und kalt, wie sie immer tat, das sah Emma jetzt ein. Sie gestand sich in der Öffentlichkeit nur keine Schwäche ein, damit niemand sie für genauso hündisch wie ihre Mutter hielt.

Emma glaubte nicht, dass jemand mit einer harten Schale und einem weichen Kern in der Lage war, einer Mitschülerin etwas anzutun, allerdings waren Menschen in Extremsituationen unberechenbar. Immerhin hatte Emma nun eine weitere heiße Spur, denn Stanley Butcher konnte womöglich der ominöse Sir Dark aus Rubys Tagebuch sein.

Ob er es tatsächlich war, würde sie herausfinden! Allerdings brauchte sie dazu Christian und eigentlich war es klüger, nicht zu versuchen, einen Polizist zu überreden, ein krummes Ding zu drehen.

17

»Das wird dich einiges kosten. Bist du dir dessen bewusst?«

Emma stand unruhig neben Christian und beobachtete, wie er den Master Key in das Türschloss von Stanley Butchers Zimmer steckte. Da der Lehrer im nahe gelegenen Bradford-on-Avon lebte und jedes Wochenende nach Hause fuhr, bewohnte er nur ein Einzimmerappartement und keine Personalwohnung. Emma hatte versucht, Christian zu überreden, sich durch die Geheimgänge Zugang zu Butchers Privatreich zu verschaffen, doch Christian hatte ihr schmunzelnd den Generalschlüssel unter die Nase gehalten, den er brauchte, um Reparaturen und Malerarbeiten durchzuführen.

»Du wiederholst dich.« Sie murrte, doch in Wahrheit kribbelte alles in ihr, weil er als Gegenleistung von ihr einen erotischen Gefallen gefordert hatte. Was das war, würde er ihr mitteilen, sobald sie den Einbruch hinter sich hatten. Die Ungewissheit machte Emma nervös, gleichzeitig steigerte sie aber ihre Vorfreude. Nach dem, was er auf dem Maskenball mit ihr getan hatte, traute sie ihm so einiges zu.

Die Tür ging auf, und sie huschten hinein. Da der Lehrer bereits am gestrigen Abend heimgefahren war, mussten sie sich keine Sorgen machen, von ihm entdeckt zu werden, wohl aber von Corben J. Hoodle, dem restlichen Personal oder den Mädchen.

Während Christian die Tür so leise wie möglich schloss, zog Emma die Latexhandschuhe an, die sie aus dem Labor stibitzt hatte und begann, die Schubladen zu durchstöbern. Dabei ging sie äußerst vorsichtig vor, damit nichts auf eine Durchsuchung schließen ließ.

Als Christian die Handschuhe sah, schnalzte er. »Du hast eine kriminelle Ader.«

»Eher eine kriminalistische.« Sie vermied, ihn anzusehen, weil sie aufgrund ihres geheimen Wissens über den Dienstausweis, den er unter seiner Matratze versteckte, bestimmt verdächtig errötet wäre. Zu gerne hätte sie die Gunst der Stunde genutzt und ihn gefragt, ob er tatsächlich ein Polizist war oder ob die Ausweise gefälscht waren. Aber sie fürchtete sich vor seiner Antwort und vor den Konsequenzen.

Christian runzelte die Stirn und zuckte mit den Achseln. »Nach was suchen wir eigentlich?«

»Ich weiß es selbst nicht genau.« Zu viel wollte sie ihm auch nicht verraten. Ratlos sah sie sich um, ihr Blick blieb an Butchers Computer hängen. »Kennst du dich mit Rechnern aus?«

»Ich bin kein Experte, aber ich probiere es. Dafür verlange ich aber einen erotischen Bonus.«

Emma warf ihm lächelnd ein Paar Handschuhe zu und beobachtete ihn dabei, wie er sie anzog, sich an den Tisch setzte und den PC hochfuhr. Sie konnte es kaum fassen, dass er sie begehrte. Aber ihr Verlangen nach ihm musste warten.

Akribisch stöberte sie in jedem Winkel, doch sie fand nur einen alten Karton. In dem befand sich allerdings Erstaunliches.

Nachdem Emma ihn unter dem Bett herausgezogen und geöffnet hatte, pfiff Christian leise. »Das hätte ich Butcher gar nicht zugetraut.«

Vor ihnen lag ein Sammelsurium von Schlagwerkzeugen: Peitschen, Gerten, Rohrstöcke und Dinge, die Emma noch nie vorher gesehen hatte. Manche sahen aus wie mit Leder bezogene Teppichklopfer, andere wie kleine Holzpaddel. In einem Wildlederbeutel fand sie Nippelklemmen, kleine Saugglocken und anderes Erotikspielzeug. Als sie einen aufblasbaren Knebel entdeckte, schloss sie den Beutel rasch, doch Christian hatte ihn längst gesehen. Sein Blick wurde frivol.

Doch er verkniff sich eine Anspielung auf ihre sexuellen Fantasien und zeigte auf den Bildschirm. »Ich habe zwar SM-Fotos gefunden, hätte aber niemals gedacht, dass er sein Faible tatsächlich auslebt.«

Emma schloss den Karton wieder und schob ihn zurück unter das Bett. Es war frustrierend, dass Mr. Karomuster mehr Mut als sie selbst hatte und seine Lustträume auslebte, aber es kostete auch weitaus mehr Überwindung, die Kontrolle abzugeben als sie zu übernehmen.

Bestätigte ihr Fund nicht, dass Stanley Butcher der Sir Dark aus Rubys Tagebuch war? Er liebte es, Frauen zu dominieren. Aber reichte das, um ihn zu identifizieren? Dominante Männer gab es nicht wie Sand am Meer, besonders nicht im Internat, aber Cream, Mint und Fudge hatten Holly auch sanft unterworfen. Gehörten sie somit nicht auch zum Kreis der Verdächtigen?

Christian winkte sie heran. »Ich habe E-Mails von diversen Online-Erziehungen gefunden.«

»Online-Erziehungen?« Neugierig ging sie zu ihm, lehnte sich über seine Schulter und überflog die Betreffzeilen. Butcher pflegte regen Kontakt zu zahlreichen devoten Frauen. Trotz des Schutzes, den die Anonymität des Internets garantierte, konnte Emma nicht nachvollziehen, wie eine erotische Beziehung funktionierte, die nur schriftlich und niemals körperlich stattfand.

Christian scrollte in einer E-Mail bis nach unten, um ihr

eine weitergeleitete Anzeige zu zeigen, die das System der Website www.meet-your-master.com automatisch hineinkopiert hatte. »Das ist eine Antwort auf ein Inserat, das ein User mit dem Namen *The Priest* eingestellt hat.«

»Beichte mir deine wollüstigen Fantasien, Sklavin, und ich werde dich dafür büßen lassen«, las Emma laut vor und verdrehte ihre Augen. »Wieso hat Butcher sich ausgerechnet als Priester angemeldet?«

Christian zog sie auf seinen Schoß. Seine Hand glitt zu ihrem Busen, den er betont unauffällig mit seinem Daumen streichelte. »Dieses Bestrafungsszenarium erregt ihn wahrscheinlich besonders.«

Das glaubte Emma nicht. Wenn er ein Faible für diese Art von Rollenspiel hegte, hätte er Megan in Priestertracht dominiert, doch er war ihr als Lehrer gegenübergetreten.

Ein anderer Verdacht kam ihr, als sie einige Mails überflog. Sie blieb bei einer Nachricht hängen, die ihren Puls ansteigen ließ. Diese Beichte stammte von einer gewissen Sue, die davon träumte, sich in Schulmädchenuniform einem Lehrer zu unterwerfen. Das an sich wäre noch nicht weiter verdächtig gewesen, doch Sues Geständnis kam Emma sehr bekannt vor: Schläge mit dem Rohrstock, zuerst auf den Busen, dann auf das Hinterteil, der Griff in die Haare, die unmöglich lösbare Matheaufgabe, der Analverkehr, ja, sogar der Satz: »Ich kann dich bestrafen oder auch belohnen, das hängt ganz von deinem Lerneifer ab«, fand sich wortwörtlich in der Beichte wieder.

Stanley Butcher nutzte das Internet, um sich Anregungen für seine SM-Spiele mit Megan zu holen. Nicht nur das, er kopierte die Beichten der Frauen, mit denen er Kontakt hatte, sogar eins zu eins. Emma kam zu dem Schluss, dass er keinesfalls Sir Dark war, denn der Unbekannte musste laut

Ruby ein wahres Naturtalent sein, eine starke Persönlichkeit. Dagegen war Butcher nur ein armes Würstchen. Es musste jemand wie Christian sein. Sie erinnerte sich daran, wie fordernd und gleichzeitig gefühlvoll er sie durch das öffentliche Liebesspiel auf dem Maskenball geführt hatte.

Plötzlich hatte sie das Gefühl, nicht länger auf seinem Schoß bleiben zu können. Sie erhob sich, weil sie nicht nur Angst davor hatte enttäuscht zu werden, sondern auch vor ihm. Konnte es sein, dass er sich gar nicht aus beruflichen, sondern aus privaten Gründen auf dem College eingeschlichen hatte?

Ihr brannte die Frage, ob Christian Ruby kannte, so schmerzhaft in der Kehle, dass sie rasch ins Badezimmer ging und Wasser aus der Leitung trank, um nicht daran zu ersticken.

18

Als Christian Emma an der Hand durch die Geheimgänge des Mädcheninternats führte, war ihr flau im Magen. Zum einen wusste sie nicht, welches erotische Spiel er für sie geplant hatte, zum anderen war sie unsicher, ob sie ihm vertrauen konnte. Sie wollte das Gute in ihm sehen, wollte sich ihm mit Haut und Haaren hingeben. Aber es war riskant, weil er irgendetwas im Schilde führte.

Er schien ihre Zweifel an ihrer Miene abzulesen, denn er sagte sanft: »Hab keine Angst. Es wird wunderschön werden, das verspreche ich dir.«

Emma lächelte gequält. Diese Parallelwelt jenseits des Colleges war ihr suspekt, weshalb sie trotz ihrer Neugier die Gänge nicht alleine erforscht hatte. Es gab keine Fenster, keine normalen Türen, sondern es war überall dunkel und staubig, und die Ausgänge konnte man nur erahnen. Manchmal roch es muffig. Sie kamen an Mäusekot und Spinnweben vorbei. Wie gut, dass Christian eine Taschenlampe dabeihatte und ihnen den Weg leuchtete. Allerdings bedeutete das auch, dass sie auf ihn angewiesen war.

Aber der geheime Kosmos jenseits von Spiegeltüren, Schrankrückwänden und Falltüren, die unter schweren, alten Kommoden verborgen lagen, besaß doch auch einen mystischen Charme. Je mehr versteckte Eingänge Christian ihr zeigte, desto aufgeregter wurde sie. Sie fühlte sich immer mehr wie ein Kind, das eine Geheimwelt sah, die die Erwachsenen nicht sehen konnten, wie Alice hinter den Spiegeln – und dieses Reich gehörte Christian und ihr. Zumindest war ihm noch nie jemand in den Gängen, die treppauf und treppab durch das gesamte Gebäude führten und angenehm kühl waren, begegnet, hatte er erwähnt.

Heute Nachmittag würden sie ein Lustreich daraus machen.

Sie kamen an eine Sackgasse. Dort lagen drei Isomatten nebeneinander und am Fußende stand ein Picknickkorb. Emma fiel auf, wie sauber es in dieser Ecke war. Christian hatte sich wirklich Mühe gemacht. »Ein Picknick, hier in dieser Gruft?«

»Hhm, nicht direkt.« Er legte seine Taschenlampe hinter die Matten, damit der Lichtkegel sie nicht blendete, sondern die Sackgasse nur diffus beleuchtete. »Warte es ab.«

Sie knuffte ihn in die Seite, weil er sie absichtlich im Ungewissen ließ und sie damit nervös machte. Plötzlich packte er ihr Handgelenk, bog ihren Arm behutsam auf den Rücken und zog sie zu sich heran. Er schaute ihr kurz in die Augen, und sein Blick sagte ihr, dass Verlangen ihn antrieb und nichts anderes.

Dann küsste er sie leidenschaftlich. Während er an ihren Mundwinkeln knabberte, öffnete er ihre Bluse und schob sie über ihre Schultern. Er half ihr dabei, ihren Büstenhalter loszuwerden, ohne seine Lippen von den ihren zu lösen, und streichelte gefühlvoll ihren Busen. Seine Hände glitten zu ihrem Rücken, als er in sie hineinzüngelte. Er lenkte sie mit seinen Zungenfertigkeiten ab, zog ihr den Rock aus, bevor sie wusste, wie ihr geschah, und leckte sinnlich über ihren Mund, gleichzeitig schob er ihr Höschen über die Hüften nach unten, sodass sie nackt vor ihm stand.

Emmas Hände machten sich an seiner Hose zu schaffen, doch Christian hielt sie davon ab, den ersten Knopf zu öffnen. »Du musst mir bei diesem Treffen zu Willen sein, denn du schuldest mir einen Gefallen.«

»Es gibt Dinge, die …«

Er legte ihr seinen Zeigefinger an die Lippen. »Hab keine Angst, dass Butchers bizarre Erotikspielzeuge mich inspiriert haben könnten. Ich habe meine eigenen Vorlieben, und die kommen deinen erfreulich nah.«

Ihr Herz machte einen Sprung, doch ein Rest Unsicherheit blieb. Sie folgte seiner ersten Anweisung und legte sich mit dem Rücken auf die Isomatten.

»Die Turnhalle ist nur eine Abzweigung entfernt, daher die Matten.« Er holte eine Rotweinflasche aus dem Korb, zeigte sie Emma und legte sie zurück. »Die ist als Belohnung gedacht.«

Als er zwei Seile herauszog, setzte sich Emma erschreckt auf. »Nicht fesseln. Ich sagte doch, dass das eine Fantasie bleiben soll.«

»Beruhige dich und lass es auf einen Versuch ankommen.« Christian hockte sich neben sie. »Sobald du sagst, dass ich dich losbinden soll, werde ich die Stricke lösen. Ich würde niemals etwas tun, das dich nicht erregt.«

Sein verständnisvoller Blick und seine einfühlsamen Worte machten sie nachgiebig, und sie ließ es zu, dass er sie wieder auf die Isomatten drückte. Noch immer nagten Zweifel an ihr. Wie konnte sie ihm vertrauen, da er doch scheinbar seinen wahren Beruf verheimlichte? Aber er hatte ihr Vertrauen nie missbraucht und ihr die schönsten erotischen Erlebnisse geschenkt, die sie bisher gehabt hatte. Sie konnte sich dieses Abenteuer nicht entgehen lassen.

Christian machte sie schwach.

Sachte winkelte er ihre Beine an, schlang das Seil um ihr linkes Fußgelenk und wickelte es zusätzlich um ihren linken

Oberschenkel, sodass Emma ihr Bein nicht mehr strecken konnte. Er band ihren Arm an das Bein und verknotete die Enden. Auf dieselbe Art fesselte er ihren rechten Arm an das rechte angewinkelte Bein, so konnte sie ihre Arme nicht mehr benutzen und war in ihrer Bewegungsfreiheit eingeschränkt.

Emma fühlte sich wie ein Maikäfer, der auf dem Rücken lag und sich nicht ohne fremde Hilfe aus der misslichen Lage befreien konnte. Christian hatte sie in der Hand. Ängstliche Erregung erfasste sie. Erleichtert stellte sie fest, dass er sie nicht triumphierend betrachtete, sondern voller Verlangen und Stolz.

Er fasste ihre Knie und spreizte ihre Schenkel. Sein Blick glitt über ihren entblößten, ihm ausgelieferten Körper und blieb an ihrem Schoß hängen. »Das gehört alles mir heute Nacht, und ich kann damit tun und lassen, was ich will.«

Kaum hatte er die Worte ausgesprochen, die gleichsam drohend und verheißungsvoll klangen, schaltete er die Taschenlampe aus.

»Mach das Licht wieder an, bitte.« Schon jetzt zerrte sie verzweifelt an ihren Fesseln und wollte nichts lieber, als sie loswerden, um die Lampe anzuknipsen.

Emma erschrak, als sie Christians Hand auf ihrem Bauch spürte.

»Scht«, machte er und streichelte sie besänftigend. »Die Dunkelheit wird dir helfen, dich vollkommen in meine Hände fallen zu lassen. Sieh sie als Freund und nicht als Feind an.« Seine Fingerspitzen umkreisten ihren Bauchnabel und kraulten dann ihren Venushügel. »Auf Megans Geburtstag haben alle Gäste mitbekommen, wie du vor Ekstase gezuckt hast, und es war dir peinlich. Deine Miene war vor Lust verzerrt und dein Stöhnen heiser. Diesmal ist die Situation das genaue Gegenteil, nichts kann dich verlegen machen!« Er begann die Innenseiten ihrer Oberschenkel behutsam zu kneten. »Niemand sieht, wie du dich windest, wenn du die Erregung nicht länger aushältst, wenn deine Mitte zerfließt und du den Kopf hin- und herwirfst, weil er das Einzige ist, das du noch bewegen kannst.«

Seine eindeutigen Worte und seine Liebkosungen raubten ihr den Atem. Sie öffnete den Mund, um besser Luft zu bekommen. Er hatte Recht. In der Dunkelheit konnte sie sich gehen lassen, weil niemand sie beobachtete. In der Finsternis brauchte sie sich nicht zurückhalten und konnte sich auf dieses neue, aufregende Spiel von Christian einlassen. Im Notfall würde sie sich einfach vorstellen, dass sie nur träumte, er hätte sie gefesselt, aber eigentlich wollte sie viel lieber in der Realität bleiben. Vor kurzem hätte sie niemals geglaubt, jemals einem Mann die totale Kontrolle überlassen zu können. Nun tat sie es bereits. Und es fühlte sich so gut an!

Sie hörte, wie er einen Gegenstand aus dem Korb nahm. Sekunden später schrie sie auf, weil etwas sie an ihrer Spalte kitzelte. Es musste eine Art Wedel sein, mit dem Christian über ihre Haut strich, die durch die Finsternis viel empfindlicher reagierte. Oder waren die Fesseln und die Tatsache, sich nicht wehren zu können, der Auslöser?

Hauchzart wedelte er über ihre Scham, als wäre sie ein kostbares Juwel, das er höchst vorsichtig entstauben musste. Er streichelte über ihre Schenkel, ihre Fußsohlen, was sie aufkreischen ließ, und ihre Brüste, deren Spitzen sich augenblicklich aufstellten. Emma hätte sich nur allzu gerne an diesen Stellen gekratzt, doch das war unmöglich. Während der Kitzelfolter lachte sie, doch es war eine bittersüße Tortur. Christian führte den Wedel über ihren Hals und über ihren

Bauch zurück zu ihrem Schoß. Ihre Haut kribbelte überall dort, wo er sie berührt hatte.

Emma hörte, wie er den Gegenstand zurück in den Korb warf, und spürte fast zeitgleich seinen heißen Atem an ihrer Mitte. Sie erschauerte wohlig. Dass sie eine Gänsehaut bekommen hatte, nahm er kurz darauf wahr, als er ihren Körper zu streicheln begann und frivol sagte: »So kalt ist es hier doch gar nicht.«

Immer wieder küsste er sie oder biss sie sanft. Sie wusste nie, ob sie als Nächstes seinen Mund oder seine Zähne spüren würde. Genau das erregte sie. Durch die Dunkelheit konnte sie nicht sehen, was auf sie zukam. Und wenn schon! Sie hätte es ohnehin nicht ändern können, da sie ihm ausgeliefert war.

Die Bisse taten niemals weh, nicht einmal, als er ihre äußeren Schamlippen mit seinen Zähnen neckte und ihre Brustspitzen sie zu spüren bekamen. Er wusste seine Kraft bestens zu dosieren. Emma entspannte sich innerlich. Ihr Vertrauen zu ihm wuchs. Ihre Lust ebenfalls. Das Blut rauschte heiß durch ihre Spalte, ihre Brustwarzen waren hart und empfindsam, und jede Pore ihres Körpers, auch die nicht erogenen Zonen, schien durch die Küsse und Bisse zu vibrieren.

Sie konnte nicht sagen, wie lange Christian sie lustvoll gequält hatte, als er sich erhob, um sie herum ging und sich hinter sie kniete. Ihr war unwohl dabei, weil sie nicht wusste, was er vorhatte, und dennoch konnte sie seine nächste Berührung kaum erwarten.

Er tastete nach ihren Wangen und streichelte sie mit seinen Daumen. Seine Hose raschelte, er musste daran herumnesteln. Auf einmal spürte sie seine Penisspitze an ihrem Kinn. Sie strich über ihre Nase, ihre Stirn und dann endlich über ihre Lippen.

Bereitwillig stülpte Emma sie über die Eichel. Sie saugte daran und pochte mit ihrer Zunge dagegen. Langsam züngelte sie darüber, sie bohrte die Spitze in die kleine Öffnung und hörte, wie Christian seufzte. Emma hob ihren Kopf, um den anschwellenden Schaft tiefer aufzunehmen. Christian kam ihr zu Hilfe, er neigte sich weiter vor und drückte sein Glied nach unten. Lächelnd, weil er vor Verlangen leicht zitterte, saugte sie fester an seinem Geschlecht. Sie rechnete es ihm hoch an, dass er sich zurückhielt, obwohl er bestimmt gerne sofort in ihre Mitte hineingestoßen hätte, um schnellstmöglich erlöst zu werden. Stattdessen bewegte er seine Lenden ganz vorsichtig vor und zurück. Er benutzte Emmas Mund, stieß jedoch nicht sehr tief in sie hinein, um sie nicht zu ängstigen.

Irgendwann hörte er damit auf, sodass Emma wieder die Stimulation übernahm. Sie schob mit ihren Lippen seine Vorhaut zurück, versuchte ihre Zungenspitze darunterzuschieben und leckte genüsslich über den Phallus, der förmlich in sie hineinwuchs.

Als sich seine Lippen plötzlich auf ihren Schoß herabsenkten, schrie sie erschrocken auf, doch sein inzwischen vollständig erigierter Penis in ihrem Mund dämpfte ihren Aufschrei. Für einen kurzen Moment war Emma außerstande Christian weiterhin oral zu befriedigen, da ihre eigene Erregung in die Höhe schoss. Geschickt züngelte er durch die Täler ihrer Scham. Er massierte ihre inneren Schamlippen mit seinen Lippen, stieß mit der ganzen Länge seiner Zunge in ihre feuchte Öffnung und hielt mit seinen Händen Emmas Schenkel gespreizt.

Emma wollte ihn nicht enttäuschen und fuhr fort, sein hartes Glied mit ihrem Mund zu bearbeiten, doch es fiel ihr unendlich schwer, da ihre Lust sie berauschte und sie sich kaum noch konzentrieren konnte.

Christian schien dies zu merken, denn er stand auf, packte auf einmal ihren Rumpf und drehte sie zu ihrem Erstaunen auf den Bauch. »Es wird Zeit, das Finale einzuläuten, sonst komme ich noch in deinem Mund und du in meinem, aber das heben wir uns für das nächste Mal auf.«

Emma fühlte sich wie ein Frosch. Ihre Beine waren weit geöffnet und ihr Po erhöht, dafür lag sie mit ihren Schultern auf, ihr Gesicht auf der rechten Wange.

Ohne weiteres Vorspiel stieß Christian in sie hinein. Schmatzend machte ihre Feuchtigkeit seinem Phallus Platz. Bei Tageslicht wäre Emma vor Scham im Boden versunken, doch in der Dunkelheit entlockte ihr das unanständige Geräusch lediglich ein frivoles Lächeln.

Christian entfernte sich vollständig aus ihr und drang erneut schwungvoll ein. Beim nächsten Mal zog er sein Geschlecht nur zur Hälfte aus ihr heraus und schob sich schneller in sie hinein, um sofort in einen langsamen, gleichmäßigen Rhythmus zu fallen.

Emma erregte es sehr, dass sie seinen Stößen ausgeliefert war. Egal, ob er sie sanft oder grob nahm, sie musste es hinnehmen. Er missbrauchte ihr Vertrauen nicht, sondern blieb auch dann noch gefühlvoll, als er bereits kraftvoll in sie hineinstieß. Sein Eindringen war nicht brutal, aber gewaltig, und es brachte Emma mit jedem Mal näher an ihren Höhepunkt heran. Stoß für Stoß, kräftig, männlich und dennoch nicht ungezügelt.

Als Emma bereits das Gipfelkreuz sah und ihre Hand danach ausstreckte, wurde ihr bewusst, dass sie Christian hundertprozentig vertrauen konnte, denn er hatte nicht nur sie unter Kontrolle, sondern auch sich selbst.

Dann pumpte er schneller in sie hinein und die Welle der Ekstase brach über ihr zusammen. Ihre Lustkrämpfe wurden von der Stellung und der Fesselung begrenzt, was zur Folge hatte, dass die Energie des Höhepunkts nicht verpuffen konnte, sondern sich so lange hielt, bis auch Christian kam und aufhörte, sich in ihr zu bewegen.

Sich selbst gönnte er noch keine Ruhe. Er beeilte sich, Emma auf den Rücken zu drehen und die Seile zu entfernen. Erst dann gab er ein zufriedenes Stöhnen von sich und zog sie in seine Arme.

Eine Weile lagen sie eng aneinandergeschmiegt auf den Isomatten und vergaßen Raum und Zeit. Es war perfekt! Keine Stiefmutter, keine Abschlussprüfung, keine Heimlichkeiten, keine wetteifernden Lolitas – nur satte Zufriedenheit.

Emma drohte einzuschlummern, daher setzte sie sich auf. »Ich muss vor dem Dinner auf jeden Fall noch duschen.«

»Gute Idee. Unser besonderes Parfüm würde auffallen.« Sein sinnliches Lachen erfüllte die Sackgasse. Er tastete nach der Taschenlampe und schaltete sie an.

Das Licht brannte in Emmas Augen. Als sie aufstand, schwankte sie, was an ihrer Erschöpfung lag, aber auch daran, dass ihre Arme und Beine und ihr Rücken von der unbequemen, aber erregenden Position wehtaten. Sie taumelte rückwärts, lehnte sich gegen die Wand und trat versehentlich gegen einen langen hervorstehenden Nagel, der eine Handbreit über dem Boden aus der Mauer ragte, die dem Gang gegenüberlag.

Verärgert trat sie von oben darauf, um ihn nach unten zu biegen, damit niemand sich daran verletzen konnte. Doch er verbog sich nicht, sondern ließ sich ganz nach unten drücken und rastete dort ein. Im selben Augenblick schwang die Wand zur Seite und gab den Blick auf einen Raum frei.

»Oh, mein Gott, das ist gar keine Sackgasse.« Ein ekelhafter Geruch drang zu ihnen herüber, und Emma schloss rasch ihren Mund. Doch das hielt sie nicht davon ab, sich auf das dunkle Loch zuzubewegen.

Christian sprang auf, schob sein Geschlecht in seine Hose und schloss den Reißverschluss. Dann leuchtete er hinein. »Nicht, bleib hier!«

»Wieso? Wir haben doch eine Lampe.« Im Vorübergehen hob sie ihre Bluse auf und presste sie sich auf Mund und Nase, denn der Gestank war mittlerweile bestialisch.

Christian preschte vor und riss sie an der Schulter zurück. »Bleib da weg. Verdammt, höre auf mich!«

Dass er an ihr vorbeiging, sie jedoch daran hinderte, den Raum zu erkunden, machte sie ärgerlich. »Wieso darfst nur du den ganzen Spaß haben und dieses geheime Reich erforschen?«

Plötzlich fiel der Lichtkegel auf einen Fuß. Er war nackt, genauso wie der Rest des Körpers, der notdürftig mit einem Seidentuch bedeckt war. Das Gesicht der jungen Frau war ebenfalls von einem dünnen Schal verhüllt, doch er ließ den Blick frei auf den Bluterguss, der rings um ihren Hals verlief. Ein Würgemal. Emma musste kein Experte sein, um das zu erkennen. Das Mal sah so dunkel aus, als hätte sich ein Kranz aus Feuer in den Hals der Frau gebrannt.

Jetzt wusste sie, weshalb Christian sie hatte davon abhalten wollen, einzutreten. Bei dem Gestank handelte es sich um Leichengeruch. Sie musste würgen und wandte sich ab. Hatten sie Ruby gefunden?

Christians Arme schlangen sich um Emma. Energisch führte er sie aus dem Raum. »Ich schätze, das ist so eine Art Bunker, ein Vorreiter des Panikraums, den James-Connor Bosworth für sich und seine Familie erbauen ließ. Es tut mir leid, dass du die Leiche gesehen hast. Ich hätte dich eindringlicher daran hindern sollen, in den Raum zu gehen.«

»Schon gut.«

»Emma, ich muss dir etwas gestehen. Es ändert nichts zwischen uns, das schwöre ich dir.« Er holte tief Luft. »Ich bin Polizist und ermittle undercover im Fall des Verschwindens von Liv Riddle, da die offiziellen Ermittlungen nichts ergeben haben.«

»Erzähl mir etwas Neues«, sagte sie kess.

In diesem Augenblick mussten alle im Mädcheninternat gehört haben, wie der Stein von ihrem Herzen gefallen war, da Christian zu den Guten gehörte.

19

Der Geheimclub schaffte es erst wieder drei Tage später, sich nachts im Refugium unter dem Dach zu treffen. Nachdem Livs Leiche gefunden worden war, wimmelte es im Internat nur so von Polizisten, Gerichtsmedizinern und Mitarbeitern der Spurensicherung. Sie stellten nicht nur das Gebäude und Gelände erneut auf den Kopf, sondern hielten auch die Journalisten fern.

Die Temperaturen waren endlich gesunken. Lauren zitterte, obwohl sie eine Strickjacke über ihrem Nachthemd trug. »Zu dem Zeitpunkt, da Ruby als vermisst gemeldet wurde, schaffte es Humpty Dumpty irgendwie, dass die Ermittlungen dezent im Hintergrund stattfanden, sodass kaum einer etwas davon mitbekam. Diesmal haben ihm seine einflussreichen Kontakte nicht geholfen.«

»Das White Garden College hat seinen ersten Skandal. Und was für einen!« Holly schaukelte auf dem Sitzkissen vor und zurück. »Es steht in allen Klatschblättern.«

Emma zuckte zusammen. Die Mädchen wussten zwar, dass ihr Vater Zeitungsverleger war, aber immer noch nicht, dass er ebenjene Magazine herausbrachte, die ungeniert über die Fauxpas ihrer Eltern berichteten.

Nachdem Oisin von dem Leichenfund erfahren hatte, wollte er sie sofort vom College nehmen, doch wie auch die anderen Schülerinnen hatte Emma sich dazu entschlossen, die wenigen Wochen bis zur Prüfung zu bleiben. Das Internat war zurzeit vielleicht sogar der sicherste Ort in ganz Großbritannien, so gut wie es von der Wiltshire Police bewacht wurde. Den Buckingham Palast natürlich ausgenommen.

Besorgt musterte sie Charlotte. Von allen Mädchen hatte sie der grausame Fund am meisten mitgenommen. Die Tränen von Megan, Holly und Lauren waren längst getrocknet, doch Charlies Gesicht war aufgequollen, weil sie immer wieder weinte. Am liebsten hätte Emma sie in den Arm genommen, aber Megan tröstete sie bereits, indem sie ihre Hand streichelte. Das war eine ganz neue Megan, die in dieser Krisensituation zum Vorschein kam. Charlie war schon immer sensibel gewesen, deshalb drohte sie an der Tatsache, dass Ruby alias Liv ermordet worden war, zu zerbrechen. Sie tat Emma unglaublich leid!

Die Befragung durch die Polizei musste eine Qual für sie gewesen sein. Christian hatte sie bei Emma durchgeführt, aber ausschließlich bei ihr. Die Lolitas wurden von anderen Polizisten befragt.

»Alle dachten, Ruby wäre mit irgendeinem Jungen durchgebrannt.« Gedankenversunken schaute Megan auf das Windlicht in der Mitte. »Dabei hat die Polizei uns nur glauben gemacht, dass sie den Fall nicht ernst nimmt. Aber sie hatte ihn gar nicht zu den Akten gelegt, sondern Christian Bailey auf uns angesetzt.«

»So ein Reinfall!« Lauren prustete. »Wir haben uns ganz schön zu Deppen gemacht, als wir ihn angebaggert haben.«

»Genau das wollte er doch«, warf Holly ein, lehnte sich zurück und stützte sich mit den Händen ab. »Er ist ein geschickter Bulle, denn er hat uns dazu gebracht, mit ihm Kontakt aufzunehmen, obwohl er es war, der uns auf den Zahn fühlen wollte. Die Antilope hat sich an den Löwen herangepirscht.«

Aufgebracht trat Megan gegen das Stuhlbein eines Schreibtisches, der schräg neben ihr stand. »Er hätte sein Versprechen nie eingelöst, eine heiße Nacht mit der Gewinnerin zu verbringen. Bailey war die ganze Zeit der einzige Mann, der unerreichbar für uns war.« Sie seufzte sehnsüchtig.

Emma schwieg. Trotz der frischen Luft, die durch die Fensterluke ins Dachgeschoss wehte, war ihr auf einmal heiß, weil die Erinnerungen an den Maskenball in ihr aufloderten. Die Lolitas hatten ihr beim Sex mit Christian zugeschaut und wussten es nicht einmal. Emma hatte nie erfahren, welchen Deal er mit Louis eingegangen war, aber der französische Gärtner hatte bis heute dichtgehalten. Nachdem er nun wusste, dass Christian ein Polizist war, würde er sein Schweigen erst recht nicht brechen. Durch die erotischen Rendezvous mit ihr hatte Christian riskiert aufzufliegen. Zeigte das nicht, dass ihm etwas an ihr lag?

»Macht euch keinen Kopf, Ladys«, versuchte Lauren ihre Freundinnen aufzumuntern. »Auch wenn er uns wegen Rubys Verschwinden ausspioniert hat, wir haben uns nichts zuschulden kommen lassen.«

»Nein, haben wir nicht.« Geistesabwesend schüttelte Holly ihren Lockenkopf.

Charlotte zitterte, und Megan rieb ihre Finger zwischen ihren Händen, um sie zu wärmen.

Da die Lolitas noch bis in die frühen Morgenstunden ergebnislos darüber diskutiert hatten, ob sie den Wettstreit weiterführen oder beenden sollten, verschlief Emma am nächsten Morgen beinahe. Sie ging bei den Schlafräumen der Mädchen vorbei, aber ihre Zimmer waren abgeschlossen, also mussten sie schon beim Frühstück sitzen.

Emma rannte die Treppenstufen hinunter. Als sie im Erdgeschoss ankam, blieb sie stehen, um wieder zu Atem zu kommen. Plötzlich legte sich eine Hand von hinten auf ihren Mund. Jemand zerrte sie in die kleine Kammer, in der das Putzmaterial untergebracht war. Noch bevor Emma sich wehren konnte, wurde sie umgedreht und mit dem Rücken an die Wand gepresst – von Christian.

»Du hast mich zu Tode erschreckt!« Aufgebracht holte sie aus, um ihm eine Ohrfeige zu verpassen, doch er fing ihr Handgelenk ab, drückte es neben ihrem Kopf gegen die Wand und vergrub die Finger seiner freien Hand in ihrem Haar.

Blitzschnell neigte er sich vor und küsste sie so leidenschaftlich, dass ihre Wut augenblicklich verflog.

Niemand durfte erfahren, dass sie sich nahestanden. War dieses Versteckspiel bis vor ein paar Tagen noch aufregend gewesen, so begann es Emma inzwischen zu nerven, denn sie wollte wissen, ob Christian in der Öffentlichkeit zu ihr stand oder sich nur mit ihr vergnügte, solange sein Job ihn auf das White Garden College führte.

Er löste den Kuss und gab ihr Handgelenk frei, die Hand in ihrem Haar blieb jedoch, wo sie war. Lasziv lächelnd drängte er seinen Körper gegen den ihren.

»Ich muss in die Mensa. Beim Essen ist Anwesenheitspflicht«, beeilte sie sich zu sagen, bevor er sie in ein erotisches Abenteuer verstricken konnte. Um zu testen, ob er ihr genauso vertraute, wie er es von ihr erhoffte, fragte sie: »Gibt es Neuigkeiten bei den Ermittlungen?«

Christian grübelte einen Moment, dann erhellte sich sein Blick. »Eigentlich darf ich dir das nicht sagen, aber ich bin dir wohl etwas schuldig, weil ich dir den Anblick von Livs Leiche nicht ersparen konnte. An ihrem Leichnam wurde bisher keine DNA gefunden. Der zuständige Gerichtsmediziner geht davon aus, dass Liv gebadet wurde, bevor der Täter sie in den Bunker brachte.«

»Wer macht sich denn solche Mühe?«

»Jemand, der abgebrüht oder ein Wiederholungstäter ist und beabsichtigt, seine Spuren zu entfernen, oder jemand, der das Opfer mag und es nicht schmutzig zurücklassen will.« Er stieß sich von der Wand ab und zuckte mit den Achseln. »Möglicherweise wurde sie vergewaltigt, was für das erste Täterprofil spricht, aber die Anzeichen dafür sind nicht eindeutig.«

Emma schluckte den Kloß in ihrem Hals hinunter. »Welche Anzeichen?«

»Die Details möchte ich dir ersparen, damit sie dich nicht im Traum verfolgen.«

»Das tut die Leiche schon«, unterbrach sie ihn. Zahlreiche Männer geisterten durch ihren Kopf, potenzielle Täter: Cream, Fudge, Mint, Butcher, Louis, all die Männer auf dem Maskenball ... Der *Geheimclub der Lolitas* hatte es bunt getrieben. Jeder von ihnen konnte der Täter sein. »Erzähl, bitte.«

Seufzend fuhr er sich durch die Haare. »Es wurden Fesselungsspuren an den Händen und Verletzungen an Livs Vagina entdeckt. Wir vermuten, dass sie mit einem harten Gegenstand penetriert wurde, vermutlich gegen ihren Willen.«

»Oder das, was sie ausgefüllt hat, war einfach nur verdammt groß.« Das geheime, erotische Tagebuch von Ruby, Livs Alter Ego, kam ihr in den Sinn. Ruby hatte viele sexuelle Spielarten ausprobiert, darunter auch einige, die ganz schön hart waren.

»Deine Freundinnen würden es niemals zugeben, aber wir wissen mittlerweile, dass Liv zu eurer Clique gehörte und nichts hat anbrennen lassen. Ich habe deine Fingerabdrücke auf dem Transmitter im Dachgeschoss sichergestellt, und ich habe auch wie du Rubys Aufzeichnungen gelesen.« Schmunzelnd lehnte er sich gegen den Putzwagen und verschränkte die Arme vor seinem Oberkörper. Dann wurde er ernst. »Aber das Labor hat Schmauchspuren und Wolle in ihr gefunden. Darauf können wir uns bisher noch keinen Reim machen.«

»Bedeutet das, es wurde der Lauf einer Waffen in ihre Scheide eingeführt?« Emma lief es eiskalt den Rücken hinunter.

»Ja, wir werten das als deutliches Zeichen von Bedrohung. Nach freiwilligen Exzessen klingt das nicht, sondern eher so, als hätte man sie entführt und Experimente an ihr durchgeführt. Vielleicht hat sie sich auch mit einem Liebhaber getroffen, der Dinge von ihr verlangte, die sie nicht wollte, und die Situation eskalierte.«

»Sir Dark«, brachte sie atemlos hervor. Sie konnte endlich offen mit jemanden sprechen.

»Er ist einer der Verdächtigen, aber wir haben keinen Hinweis auf seine Identität.« Christian zwinkerte. »Stanley Butcher haben wir ausgeschlossen.«

Verlegen senkte sie den Blick. Er war mit ihr in Butchers Wohnung eingestiegen und hatte die ganze Zeit so getan, als wüsste er nicht, worum es ging, dabei war er voll im Bilde. Schuft!

»Können wir uns später noch einmal treffen? Ich muss jetzt wirklich los, sonst macht Hoodle mich einen Kopf kürzer.« Emma stockte. Hoodle. Köpfe. Kadaver.

Sie erinnerte sich mit Schaudern an die ausgestopften Tiere in seiner Wohnung. Vielleicht war er nicht nur ein Sammler, sondern ging selbst auf die Jagd und die toten Tiere waren seine Trophäen. Wenn es so war, besaß er auch eigene

Waffen. Dass er nicht der Mann aus Eis war, der er vorgab zu sein, hatte er ihr bewiesen, als er sich selbst als Virtuose der Lust bezeichnete und ihr durch die Blume vorschlug, sie in die Kunst der Liebe einzuführen. Er wollte ihr Privatlehrer sein, ihr Herr und Meister, er war es gewohnt, Menschen zu führen, ein Mann, der Macht genoss und sie auslebte.

Hatte er Ruby ebenfalls ein eindeutiges Angebot gemacht, war von ihr abgewiesen worden und hatte sich mit Gewalt geholt, was sie ihm nicht aus freien Stücken gab?

»Alles in Ordnung mit dir?« Christian kam zu ihr und legte ihr seine Hand an die Wange.

»Corben J. Hoodle, du solltest dich dringend mit ihm unterhalten«, schoss es aus ihr heraus. Aufgewühlt erzählte sie ihm von ihrem Verdacht.

»In Ordnung, ich oute mich als Sir Dark, aber nur weil man ein Dominus ist, heißt das nicht, dass man über Leichen geht!«

Der Internatsleiter redete so laut und cholerisch, dass Emma, die draußen unter dem Fenster seines Wohnzimmers hockte, es hören konnte. Christian hatte ihr befohlen, in die Mensa zu gehen, aber der Gedankenblitz war ihr auf den Magen geschlagen. Außerdem wollte sie die Reaktion des Direktors mitverfolgen.

Christian sprach etwas leiser, aber sehr energisch. »Wann haben Sie sich das letzte Mal mit Ms. Riddle getroffen, um Ihren Neigungen nachzugehen?«

Es dauerte eine Weile, bis Hoodle antwortete. Nervös lief er auf und ab, seine Ledersohlen quietschten auf dem Parkett. Schließlich blieb er abrupt stehen. »Nun gut, ich gebe es ja zu. Es war in der Nacht, als sie verschwand. Aber ich habe nichts mit ihrem Tod zu tun, das schwöre ich bei allem, was mir heilig ist!«

»Sind Sie Jäger?«, fragte Christian, und da er ein Brummen erntete, hakte er nach: »Besitzen Sie Waffen, die Sie im Internat aufbewahren?«

»Alles legal. Mein Waffenschrank befindet sich im Schlafzimmer«, gab er kleinlaut zu.

»Meine Kollegen werden sie abholen, um sie zu untersuchen.«

»Weshalb?«, wollte Hoodle aufbrausend wissen. »Ms. Riddle wurde doch erwürgt und nicht erschossen.«

Emma richtete sich vorsichtig auf und spähte durch das Fenster in die Wohnung.

Christian baute sich vor dem Direktor auf. »Es wurden Schmauchspuren und Wolle in Ms. Riddle gefunden. Die gibt es auf diesem College nur an einer einzigen Stelle: in Ihrem Appartement.«

»Aber … aber …«, stotterte Humpty Dumpty. Er holte ein Stofftaschentuch aus seiner Hose und wischte sich damit über die Stirn. »Es verhält sich ganz anders. Ruby, wie sie sich nannte, wenn wir zusammen waren, war eine ganz Wilde. Sie wollte alles ausprobieren und immer weiter gehen. Ruby stand auf verrückte Sachen! Deshalb habe ich den Wollwischer aus meinem Waffenreinigungsset in sie eingeführt. Das ist alles.«

»Wollwischer hinterlassen keine Verletzungen.« Christian machte den Direktor mit seiner Gelassenheit noch nervöser, und er genoss es sichtlich, ihn in die Enge zu treiben.

»Was weiß ich?«, zeterte Hoodle. »Ich war nicht der Einzige, mit dem sie sich amüsiert hat, soviel ist sicher. Liv Riddle war kein Kind von Traurigkeit, und sie verlangte immer extremere Spiele. Höher, schneller, weiter war ihre Devise. Sie wurde süchtig nach dem Kick, ihre Grenzen zu überschreiten und Dinge zu tun, die andere pervers finden.«

»Wie harte, große Gegenstände in ihre Vagina einzuführen?«

Hoodle belächelte Christians Versuch, ihn aus der Reserve zu locken. »Oh, bitte. Sie haben ja keine Ahnung. Ruby mochte keine toten Gegenstände in sich spüren, weil sie eng gebaut war. Der Wollwischer war schon das Äußerste. Als ich sie einmal mit meinem Rasierschaum-Spender penetrieren wollte, weigerte sie sich vehement, schlug mir jedoch stattdessen vor, ihre Brustwarzen zu durchstechen, aber das erachtete ich als zu früh. Sie wollte zu schnell wachsen, doch ich zwang sie, sich Zeit zu lassen. Herrgott noch mal, sie war erst achtzehn! Ich wies sie bei jedem Treffen in die Schranken, weil sie mir diktieren wollte, wie ich ihren Körper zu bearbeiten hatte. Aber ich lasse mir die Zügel nicht aus der Hand nehmen. Sie reagierte trotzig, wütend, schmollte und setzte dann ihren ganzen Lolita-Charme ein, aber ich blieb unnachgiebig.«

Emma glaubte ihm. Der Direktor war eine gefestigte Persönlichkeit.

»Sie taten ihr nie einen Gefallen, gingen nie auf ihre bizarren Wünsche ein oder auch nur ein Stück auf sie zu?«, bohrte Christian weiter.

»Ich kannte Ruby gut, sie stumpfte schnell ab. Kaum hatte sie eine neue Sexualpraktik ausprobiert, war sie für Liv uninteressant.« Hoodle streckte ihm seine Hände mit den Handflächen nach oben entgegen, um seine Aufrichtigkeit zu demonstrieren. »Hören Sie, Mr. Bailey, ich bin seit meinem zwanzigsten Lebensjahr ein Dominus. Gegen mich kam sie mit ihren Flausen nicht an. Aber wer weiß, vielleicht hat sie sich jemand Schwächeres gesucht, den sie, die Devote, dominieren konnte.«

Stanley Butcher, schoss es Emma durch den Kopf. War er

doch Rubys Mörder? Er war auch ein Dominus, jedoch weitaus weniger erfahren, regelrecht einfallslos, da er sogar die Fantasien fremder Frauen nachspielte.

Aber es gab keinen Hinweis dafür, dass er sich neben Megan auch mit Ruby amüsiert hatte. Oder doch? Hatte Ruby auf den Seiten, die aus ihrem Tagebuch herausgerissen worden waren, die erotischen Treffen mit ihm aufgeschrieben? Konnte es sein, dass Megan die Seiten entfernt hatte, weil sie nicht wollte, dass eine Verbindung zu ihrem Liebhaber hergestellt und er womöglich verhaftet wurde? Er war schließlich der einzige Mann, dem sie nicht vortäuschen musste, durch und durch stark zu sein, sondern bei ihm konnte sie sich fallen lassen und ganz Frau sein, ohne dass ihr Umfeld etwas davon mitbekam und an ihrer Stärke zweifelte.

Der Schulgong ertönte. Emma hatte das Frühstück verpasst. Sie eilte in das Klassenzimmer, obwohl sie wusste, dass sie in dieser Stunde nichts vom Unterricht mitbekommen würde, weil sie Megan und Stanley Butcher keine Sekunde aus den Augen lassen wollte.

Steckten die beiden unter einer Decke?

20

»Ist alles in Ordnung mit dir?«, fragte Holly und musterte Emma von oben bis unten. »Weil du nicht in der Mensa warst, habe ich dich auf deinem Zimmer gesucht, als ich Charlotte nach oben brachte, aber du warst nicht da.«

Emma setzte sich neben sie in die zweite Reihe. Sie war froh, dass sie das College bald hinter sich haben würde. Nach allem, was sie mit den Lolitas und Christian erlebt hatte, dazu noch der Leichenfund, fühlte sie sich mit einem Mal der Schulbank entwachsen. »Du hast Charlie auf ihr Zimmer gebracht?«

»Das Frühstück ist ihr auf den Magen geschlagen.«

»Kein Wunder! Liv war ja auch ihre beste Freundin.«

Lauren, die mit Megan vor ihnen saß, drehte sich zu ihnen um. »Wie kommst du denn darauf?«

»Charlie hat es mir erzählt«, antwortete Emma und beobachtete, wie Megan zu Stanley Butcher stürmte, der in den Raum trat und seinen Aktenkoffer geräuschvoll auf das Lehrerpult warf.

Lauren prustete. »Der kleine Rotschopf war hinter Ruby her, das ist die Wahrheit. Während der gesamten Upper Fifth hat Charlie sie aus der Ferne angehimmelt, aber richtig kennengelernt haben sie sich erst im Geheimclub.«

»Ich dachte, sie wären gemeinsam beigetreten?« Emma war verwirrt. Weshalb sollte ihre Freundin sie anlügen? War ihr die Schwärmerei peinlich? Oder wollte sie ihrem neuen

Objekt der Begierde nicht von einer alten Flamme vorschwärmen?

Holly lachte zynisch und winkte ab. »Versteh mich nicht falsch, ich habe Charlotte sehr gern, aber sie ist eine Träumerin. Damals ist sie nur eine Lolita geworden, um Ruby nah zu sein. Für Charlie kann der Club niemals dieselbe Erfüllung bedeuten, wie für uns, da die meisten Aufgaben heterosexueller Natur sind. Sie steht leider oft außen vor. Dennoch wollte sie unbedingt in unseren Geheimbund aufgenommen werden, nur um eines Tages Ruby zu erobern.«

»Und sie hat es geschafft«, warf Lauren zwinkernd ein. »Dank einer Aufgabe haben sie heiße Zungenküsse ausgetauscht und sich gegenseitig gestreichelt. Ruby hat es sogar gefallen, aber es war nicht mehr als eine neue Erfahrung für sie, während es für Charlie die Erfüllung eines langgehegten Traums war.«

Das kam Emma bekannt vor. Genauso hatte sie empfunden, nachdem sie Charlotte geküsst hatte.

Holly seufzte. »Danach war die Arme noch verliebter und voller Hoffnung gewesen, aber Ruby fuhr fort, sich mir allen zu amüsieren. Das hat Charlie so manche Träne gekostet.«

»Sie hatte sich regelrecht in etwas verrannt. In ihren Augen war Ruby für sie die perfekte Traumfrau, doch in Wahrheit war Ruby ein Luder, das Charlie nur wehgetan hat.« Nun sprach Lauren leiser. »Ich weiß, man redet nicht schlecht über Tote, aber sie hat mit Charlotte gespielt, hat mit ihr geflirtet und es im nächsten Moment mit einem Kerl aus Bellworth getrieben. Vor Charlies Augen!«

»War Charlotte ihr hörig?« Auch Emma flüsterte.

Holly zuckte mit den Schultern. »Vielleicht. Jedenfalls war sie nicht blind vor Liebe. Sie erkannte sehr wohl, dass Ruby ein falsches Spiel mit ihr spielte, doch sie konnte sich nicht gegen sie wehren. Sobald Ruby ihr tief in die Augen schaute, war Charlie hin und weg.«

»Charlotte meinte zu mir: Wenn Ruby mal wieder mit einem Mann schlief, war es, als würde sie ihr einen Dolch ins Herz stoßen.« Nun wirkte Lauren wirklich betroffen. »Mit jedem Mal war der Schmerz schlimmer. Ruby hat die Kleine wirklich gequält, aber auf eine subtile Art und Weise. Wir anderen haben das zuerst gar nicht mitbekommen. Alle haben geflirtet und sich vergnügt. Liebe hat in unserem Club keinen Platz.«

Emma wurde schwer ums Herz, weil Charlie ihr unglaublich leidtat.

Verschwörerisch neigte sich Holly vor, blickte kurz zu Butcher, der Megan gerade scharf zurechtwies, sie möge endlich auf ihren Platz gehen, doch als Megan ihn verliebt ansah, konnte auch er ein Lächeln nicht unterdrücken. »Ruby hat mal erwähnt, dass Charlie sie mit einem Umschnalldildo nehmen wollte, aber sie fand das total lächerlich.«

»Charlotte besitzt einen Strap-on?« Emma dachte, er wäre nur Teil ihrer Fantasie.

Grinsend nickte Holly. »Ja, klar. Sie hütet ihn, wie einen Diamanten. Sie hat ihn mir mal gezeigt, war wohl ein verstecktes Angebot, aber ich stehe nun mal auf Männer. Außerdem ist der Lederpenis riesig. Der passt bestimmt in keine Frau rein.«

Etwas regte sich in Emma. Ihr fielen Charlies Worte ein: *»Schwänze werden überbewertet. Mit einem Strap-on wird man wenigstens vollkommen ausgefüllt.«*

Ihre Gedanken rauschten wie verrückt durch ihren Kopf.

Riesig. Ausgefüllt. Von einem harten Gegenstand. Ein Kunstpenis, der eine große Vagina ausfüllt, jedoch eine kleine, wie die von Ruby, schmerzhaft dehnt. Dabei könnte es zu

Verletzungen kommen. Am Scheideneingang, weil man das Glied hineinpressen musste. Und an den Vaginalwänden, da es zu einer starken Reibung kommt. Verletzungen, wie sie bei Rubys Leiche festgestellt wurden.

Mit Schaudern erinnerte sich Emma auf einmal an das Bad, das Charlie ihr eingelassen hatte, der Wannenrand war liebevoll mit Lichtern geschmückt gewesen. Auch Rubys Leiche war gebadet worden. Von einem erfahrenen Täter, hatte Christian erklärt – oder von einem, der das Opfer sehr gemocht hatte.

Was hatte Hoodle noch gesagt? »*Gegen mich kam sie mit ihren Flausen nicht an. Aber wer weiß, vielleicht hat sie sich jemand Schwächeres gesucht, den sie, die Devote, dominieren konnte.*« Nach allem, was sie über Ruby gehört hatte, war sie charakterlich viel stärker gewesen als Charlotte. Die verliebt in sie war – die sie vergötterte –, die permanent von ihr verletzt wurde.

Emma wagte es kaum, den Gedanken zu Ende zu führen, aber es musste sein. War es möglich, dass Charlotte ausgerastet war und Ruby gegen ihren Willen genommen hatte, auf eine Weise, von der sie seit Ewigkeiten träumte? Hatte Charlie sie versehentlich dabei getötet oder war das der Racheakt einer sensiblen blutjungen Frau gewesen, die sich mit ihrer lesbischen Neigung im Internat und vor allen Dingen im *Geheimclub der Lolitas* wie ein Sonderling vorkam?

Die ganzen zwei Jahre auf dem White Garden College war Ruby für Charlotte zum Greifen nah gewesen und doch so fern, da sie auf Männer stand.

Emma fragte sich, wie viel ein Mensch ertragen konnte, bevor er ausrastete, besonders jemand, der erst achtzehn und noch nicht charakterlich gefestigt ist, und sie sprang auf. Ihr Puls raste, als sie aus dem Klassenzimmer rannte.

»Wo willst du hin?«, rief Lauren ihr nach.

Butcher lief ihr nach, blieb dann aber im Türrahmen stehen. »Kommen Sie sofort zurück, Ms. Fryer!«

Energisch klopfte Emma an Charlottes Tür. Sie wollte ihre Freundin zur Rede stellen, aber ein Überfall wäre nicht der richtige Einstieg in dieses heikle Gespräch. »Darf ich reinkommen?«

»Ich möchte alleine sein.« Charlies Stimme klang verheult.

»Bitte. Es ist wichtig.«

Ein resignierendes Seufzen war zu hören, das Emma als Zeichen deutete, hereinkommen zu dürfen. Sie trat ein, schloss rasch die Tür hinter sich und bemerkte erst jetzt, dass sie außer Atem war. Sie holte tief Luft, versuchte sich zu sammeln und ging zu Charlotte, die im Schneidersitz auf ihrem Bett saß, einen Haufen benutzter Papiertaschentücher neben sich. Wie sollte sie anfangen?

Emma hockte sich vor das Bett, legte ihre Hände auf Charlies Schenkel und sah sie mitfühlend an. »Was ist zwischen dir und Ruby vorgefallen?«

»Wie bitte?« Das Entsetzen, das diese Frage bei Charlie auslöste, bannte sofort Emmas Aufmerksamkeit. Charlies Tränen hörten auf zu fließen, und ihr getrübter Blick wurde klarer.

»Wo ist der Strap-on?« Emma bemühte sich, sanft zu klingen, doch es fiel ihr schwer, nicht sofort mit ihren Schlussfolgerungen herauszuplatzen. Aber Charlotte war immer noch ihre Freundin, und ihre Theorie war so schrecklich, dass sie sich wünschte, falsch zu liegen. »Wo ist er? Wir müssen ihn der Polizei übergeben.«

Bei diesen Worten erstarrte Charlie. Sie schaute zu ihrem Kleiderschrank, nur wenige Sekunden lang, doch Emma hatte es bemerkt.

Emma sprang auf, ging zum Schrank und öffnete beide Türen. Zahlreiche Pappkartons mit weiß-rosa Blümchenmuster standen auf der Ablage über der Kleiderstange und auf dem Boden. Charlies Schuhe lagen durcheinander in der linken Ecke. Sie musste sie einfach vom Fuß abgestreift und achtlos hineingeworfen haben. Aber warum hatte sie dann einen Schuhkarton aufbewahrt?

Als Emma ihn herauszog, schrie Charlotte: »Nicht!«

Emma ließ sich aber nicht aufhalten und nahm den Deckel ab. Erstaunt riss sie ihre Augen auf. In rosa Tüll gebettet lag der Umschnalldildo vor ihr. Er bestand aus einem kleinen Kunstpenis, der offensichtlich in die Trägerin eingeführt wurde, was sich vom Tragegurt ableiten ließ, und einem gigantischen künstlichen Glied, das durch das schwarze Leder bedrohlich wirkte.

Holly hatte Recht. Der Strap-on war ein Monstrum!

Emma stellte den offenen Karton neben Charlotte aufs Bett. Ängstlich rückte Charlie weg und betrachtete den Dildo, als wäre er ein lebendiges Wesen, das sie jeden Moment attackieren könnte.

Am liebsten hätte Emma sie in die Arme genommen, aber sie ahnte, dass Charlie die Nähe ausgerechnet zu ihr, die unangenehme Fragen stellte, in diesem Moment nicht ertragen hätte. »Hast du ihn mit Ruby zusammen ausprobiert?«

Sie schüttelte den Kopf, ihr Blick jedoch war panisch.

»Dann hast du auch nichts dagegen, wenn die Polizei ihn in ihrem Labor untersuchen lässt, oder?« Es tat Emma in der Seele weh, Charlie, die ohnehin schon am Boden war, zu quälen.

»Er gehört mir«, sagte Charlotte schroff und griff danach, um ihn in Sicherheit zu bringen, aber Emma schob den Karton schnell hinter ihren Rücken.

Sie griff Charlies Oberarme, um zu verhindern, dass sie weglief, und um ihre hundertprozentige Aufmerksamkeit zu haben. »Es wurden Verletzungen an Rubys Vagina gefunden. Sie stammen von einem harten Gegenstand, einem Ding, das groß und hart gewesen sein muss«, sie machte eine Pause und fügte dann hinzu: »wie dein Dildo.«

Verwirrt schüttelte Charlotte den Kopf. Sie versuchte sich loszureißen, war aber zu kraftlos. Ihr Teint war noch blasser als sonst, ihre Wangen wirkten eingefallen, und ihre Lippen waren blutleer. Nagte das schlechte Gewissen an ihr?

Leise redete Emma auf sie ein: »Seit Liv Riddles Leiche gefunden wurde, hast du dich immer mehr zurückgezogen. Du hörst kaum noch auf zu weinen, bist ein Schatten deiner selbst. Erzähl mir jetzt nicht, dass sie deine beste Freundin war. Das stimmt nicht! Du hättest sie gerne als Freundin gehabt und zwar nicht nur auf eine platonische Art. Du hast dich ausgerechnet in ein Biest verliebt, das mit dir gespielt und deine Gefühle verletzt hat. Du hast unter ihr gelitten, dabei hättest du alles für sie getan, nicht wahr?«

Charlotte presste ihre Lippen aufeinander.

Emmas Stimme zitterte, als sie das Ungeheuerliche aussprach: »Hast du es ihr heimgezahlt?«

»Nein.« Orientierungslos schaute sich Charlotte im Zimmer um.

»Hast du irgendwann genug gehabt und hast dich gerächt?«, fragte Emma eindringlicher.

»Nein, nein, nein.«

Emma verstärkte ihren Griff. »Hast du dir von ihr einfach genommen, was du so lange begehrt hast?«

»Was redest du da?« Rote Flecken zeigten sich auf ihren Wangen.

»Charlie, sieh mich an!«, befahl Emma, fasste ihr Kinn und

drehte ihr Gesicht zu sich. »Hast du sie gefesselt und mit dem Strap-on vergewaltigt?«

Plötzlich schrie Charlotte auf. Es war kein richtiger Schrei, mehr ein schmerzverzerrter Laut, der Emma durch Mark und Bein ging. Sie bekam eine Gänsehaut, als sich Charlies ganzer, aufgestauter Schmerz in diesem Aufschrei entlud.

Charlotte begann herzzerreißend zu heulen. Zwischen dem Schluchzen waren ihre Worte kaum zu verstehen. »Ruby hat es freiwillig gemacht. Sie hat aus … freien Stücken mit mir geschlafen. Alle dachten, sie wäre eine Nummer zu groß für mich … aber ich habe sie erobert. Am Ende hab ich sie … gekriegt. Sie gehörte mir für eine Nacht … nur mir. Ruby sagte, die Männer würden es nicht bringen … aber ich habe es ihr besorgt und zwar richtig. Sie hatte den tollsten Orgasmus, den ich je gesehen habe …« Plötzlich brach ihre Stimme ab, als hätte sie sich an etwas erinnert, das weniger schön gewesen war.

Langsam brach sie auf, ahnte Emma.

»Ich hätte ihr niemals wehgetan«, wisperte Charlotte schniefend. »Ich habe sie doch geliebt.«

Emma glaubte ihr, dass Ruby freiwillig mit ihr geschlafen hatte. Aber was war geschehen, dass das Liebesspiel ein tödliches Ende genommen hatte? »Erklär mir eins, bitte. Wie hat der riesige Dildo in Ruby hineingepasst?«

Eine Weile überlegte Charlie, dann zuckte sie lasch mit den Achseln. »Ich habe sie so lange geleckt, bis sie richtig feucht war. Dann habe ich ihn reingepresst.«

»Und das hat Ruby mitgemacht? Sie war eng gebaut. Es muss geschmerzt haben.«

»Sie war patschnass. Es funktionierte, mit etwas Druck.«

»Allein durch das Lecken?« Ruby stand auf Männer und SM, soweit Emma wusste. Sie konnte sich nicht vorstellen, dass es Ruby unglaublich feucht gemacht hatte, von einer Lesbe mit der Zunge stimuliert zu werden.

»Ich habe ihn reingepresst, okay?«, brauste sie auf. »Aber es war okay für sie.«

»Nur okay? Hat sie es genossen?«

Da Charlie schwieg, mutmaßte Emma, dass Ruby nur stillgehalten hatte, aber dem Dildo nicht wirklich etwas hatte abgewinnen können. Auf einmal ahnte sie, was die beiden Mädchen zusammengebracht hatte. »Ihr hattet einen Deal!«

Ängstlich zuckte Charlotte zusammen.

Emma war auf der richtigen Fährte. Laut dachte sie nach: »Den Strap-on zu benutzen, war deine große Fantasie. Du hattest lange davon geträumt, ihn zum Einsatz kommen zu lassen, aber keine deiner Liebhaberinnen, auch nicht die Lolitas, hatten sich dazu bereiterklärt. Ausgerechnet Ruby, deine große Liebe, sagte zu, doch auch sie hat lange gezögert. Warum hat sie ihre Meinung plötzlich geändert?«

»Weil Männer sie nicht mehr befriedigten«, sagte Charlie schnippisch und schnäuzte sich die Nase.

»Nein, das ist es nicht. Sie hat sich weiterhin mit Hoodle amüsiert.« Ein verletzter Ausdruck trat in Charlies Augen, Emma fuhr dennoch fort: »Du hast etwas für sie getan, habe ich Recht? Sie hat dir erlaubt, deine erotische Fantasie mit dem Umschnalldildo auszuleben und du hast ... ja, was, Charlie?«

Eine Träne löste sich aus ihrem Augenwinkel und rann über Charlottes gerötete Wange. Sie erbebte. Entweder musste Ruby als Gegenleistung etwas Fürchterliches von ihr gefordert haben oder ihr Wunsch war in einem Fiasko geendet.

Emma zog sie in ihre Arme. Gefühlvoll drückte sie Charlotte, um ihr zu zeigen, dass sie nicht vorhatte, sie an den Pranger zu stellen, sondern nach Erklärungen suchte. »Ich bin deine Freundin. Erzähl es mir, dann geht es dir besser. Ich sehe doch, wie dich die Erinnerung belastet. Was immer es ist, du trägst keine Schuld.«

Charlies erneuter Weinkrampf unterbrach sie. Sie vergrub ihr Gesicht unter Emmas Kinn und heulte hemmungslos.

Auf einmal platzte die ganze schreckliche Wahrheit aus ihr heraus: »Humpty Dumpty ging nicht genug auf ihre … Wünsche ein. Ruby … sie brauchte es nun mal … härter, so ist … war sie eben, aber er wollte nicht. Er weigerte sich. Mir fiel es auch schwer, verdammt schwer sogar … trotzdem habe ich es getan. Aus Liebe und weil doch jeder seine Fantasien … ausleben sollte. Dafür steht doch der Geheimclub.«

»Was hat sie von dir verlangt?«, fragte Emma sanft und strich beruhigend über ihr langes rotes Haar.

Undamenhaft zog Charlotte ihre Nase hoch. »Ich habe es versucht … wirklich versucht … bin in ein leeres Zimmer eingebrochen, hab es hergerichtet … hab mich bemüht, Ruby mit dem Strap-on zum Orgasmus zu bringen … hab mich ins Zeug gelegt … aber sie kam nicht, hat nicht funktioniert. Sie … Ruby meinte, es läge nicht an mir, sondern an ihr, ich sollte … *es* endlich tun, doch ich konnte es nicht.«

»Was? Was konntest du nicht?« Emma küsste sie auf den Hinterkopf.

»Sie … sie … sie …« Vor Aufregung keuchte sie. Ihre Hände krallten sich in Emmas Hüften. »Ruby hat sich den … Gürtel selbst umgelegt. Sie hat sich ein wenig … selbst … aber das brachte es auch nicht.«

Emma hörte auf, Charlotte zu liebkosen. Sie traute ihren Ohren nicht. Sprach sie die Wahrheit?

»Sie hat gesagt, sie würde sich jemand anderes suchen … jemand, der sie wirklich liebt und ihr jeden Wunsch von den Augen abliest. Ich war traurig und eifersüchtig … habe ihre

Hände schließlich an das Bett gefesselt, so wie sie es wollte … um ihr meine Liebe zu beweisen«, fuhr Charlie fort. Ihre Nase war vom vielen Weinen zu, sie bekam kaum Luft. Ihr Körper war vollkommen verkrampft. »Ich habe den Gürtel durch die Schnalle gezogen und an dem Ende vorsichtig gezerrt, aber das war Ruby nicht genug. *Mehr*, hat sie geschrien, ständig *mehr*, selbst noch als sie kaum noch einen Ton herausbrachte. Alles schien in Ordnung. Es hat sie erregt … sie wurde endlich richtig nass, der Dildo rutschte ganz in sie hinein …« Charlies Stimme klang immer atemloser. »Ihr Becken schob sich mir entgegen, also habe ich stärker an dem Gürtel gezogen … und sie mit dem Umschnalldildo genommen. Dann kam sie und ihr Höhepunkt war gewaltig, viel gewaltiger als beim Sex mit Hoodle und den anderen, bei dem ich sie beobachtet hatte. Mein Schatz war befriedigt. Endlich konnte auch ich mich gehen lassen. Bei dem Ritt fühlte ich mich wie ein Rodeoreiter: Die Zügel fest in der Hand, pumpte ich in sie hinein. Ruby hielt still, dachte ich, mir zuliebe, weil ich sie glücklich gemacht hatte wie niemand zuvor und weil sie erschöpft war. Auch ich kam heftig. Ich sackte zusammen, öffnete die Augen und lächelte Ruby verliebt an. Noch immer hielt ich den Gürtel in der Hand … er war straff gespannt … ihre Augen weit aufgerissen … ihre … Zunge … blau.«

Charlotte sprang auf, rannte ins Badezimmer und übergab sich.

Auch Emma war speiübel. Sie war schockiert. Aber sie glaubte Charlie. Es war ein Unfall gewesen. Charlotte war zu unerfahren für Rubys erotische Forderung gewesen und zu schwach, um ihr den Wunsch abzuschlagen, obwohl die Praktik sie angewidert hatte. Nun war Ruby tot, und Charlie brachte ihr schlechtes Gewissen an den Rand des Wahnsinns.

Vielleicht hatte sie die schreckliche Tat kurzzeitig verdrängen können, da Charlotte sich in sie, Emma, verguckt hatte. Aber als Charlie feststellte, dass sie nicht dieselben Gefühle für sie hegte und Rubys Leiche gefunden wurde, riss die alte Wunde wieder auf, und Charlie brach total zusammen.

Charlotte kehrte zum Bett zurück und kühlte ihr geschwollenes Gesicht mit einem feuchten Waschlappen. Den Blick gesenkt lehnte sie sich gegen Emma. »Gehst du mit mir zu Christian? Ich halte das nicht mehr aus, egal, ob meine Familie mich verstößt.«

»Das wird sie nicht«, antwortete Emma rasch, obwohl sie sich ganz und gar nicht sicher war, da Charlies Eltern dem Hochadel angehörten, und legte ihr die Hand auf die Schulter.

»Meine Eltern werden erfahren, dass ich lesbisch bin und eine Mörderin.«

»Es war ein Unfall.« Emma dachte an Megan und Rubys Tagebuch. »Wusste Megan davon?«

Erschrocken richtete sich Charlotte auf. »Oh, bitte, versprich mir, sie nicht bei der Polizei zu erwähnen, ja?«

Emma nickte.

»Ich konnte Ruby nicht alleine tragen, also habe ich Megan gerufen. Sie ist doch die Starke im Geheimclub. Megan hat mir geholfen, Rubys Leiche in den Bunker zu schaffen. Früher waren wir fünf oft in den Geheimgängen, bis Lauren sich an einem Wasserrohr den Zeh verstauchte, weil sie Flip-Flops trug.«

»Hat Megan die Seiten aus Rubys Tagebuch herausgerissen?«

Verblüfft, weil Emma mehr wusste, als sie geahnt hatte, hob Charlie ihre Augenbrauen. Dann nickte sie. »Sie hat alle Seiten entfernt, auf denen Ruby mich erwähnte. Megan schlug mir vor, das Buch zu verbrennen, aber nachdem die Polizei alles von Ruby mitgenommen hatte, war es das Einzige, was ich noch von ihr besaß. Ich wollte es unbedingt behalten, doch Megan meinte, es könnte in meinem Zimmer entdeckt werden, daher versteckte sie es. Nach den Abschlussprüfungen hätte ich es mir geholt und mit nach Hause genommen.«

Megan hatte Charlotte und nicht Stanley Butcher gedeckt. Sie war gar nicht so eiskalt, wie sie tat. Emma hatte sie falsch eingeschätzt, unter ihrer harten Schale steckte doch tatsächlich ein weicher Kern.

Sie nahm Charlies Hände und drückte sie sanft. »Ich werde dir beistehen, das verspreche ich dir. Die Lolitas halten nicht nur in guten, sondern auch in schlechten Zeiten zusammen. Einer für alle und alle für einen.«

»Danke.« Charlotte begann wieder zu zittern. Sie schlotterte, als wären es zehn Grad minus. »Lass uns zu Christian gehen. Wenn du dabei bist, wird er vielleicht beim Abführen auf die Handschellen verzichten. Ihr seid doch fest zusammen, nicht wahr?«

»Du weißt es?« Emma war selbst nicht sicher, ob ihre Affäre mit der Aufklärung des Falls beendet war. Der Gedanke versetzte ihrem Herzen einen Stich.

»Seit dem Maskenball. Einem anderen Mann hättest du dich doch niemals hingegeben, weil du damals schon in ihn verliebt warst. Deine sehnsüchtigen Blicke haben Bände gesprochen.«

Liebe hat in unserem Club keinen Platz, hatte Lauren gesagt. Wie Recht sie hatte! Aber die Tage des Geheimclubs waren gezählt. Gab diese Tatsache Christian und ihr nicht die Chance auf eine aufrichtige, normale Beziehung? Aber er war elf Jahre älter als sie. Konnte das funktionieren?

Mit Entsetzen wurde ihr bewusst, dass es etwas gab, was sie mit ihrer Stiefmutter verband: Sie liebten beide einen älteren Mann.

Emma seufzte. Die Abneigung gegen Janet verpuffte unerwartet. Mit diesem Schock musste sie erst einmal fertig werden.

Epilog

Ende Oktober

Als Emma hüllenlos aus dem Badezimmer trat, saß Christian nackt, geradezu obszön im Sessel, er hatte seine Beine leicht gespreizt, und sein Glied stand bereits erigiert von seinen Lenden ab.

Durch die Glasfront hinter ihm sah sie, wie der Herbstwind die Blätter von den Bäumen schüttelte und das Laub über die Wiese hinter dem Cottage wehte. Zum Glück war das kleine Häuschen, das ihr Vater in Cornwall für sie angemietet hatte, gut geheizt.

Nachdem Charlotte sich der Polizei gestellt hatte, war das White Garden College für die restlichen Ferien geschlossen worden. Die Abschlussprüfungen fanden in London statt. Emma bestand sie, wenn auch nicht mit den besten Noten. Das war nach dem ganzen Trubel um die Hochzeit ihres Vaters, dem Geheimclub und dem Leichenfund ja auch kein Wunder.

Nach den Prüfungen hatte sie angestrengt darüber nachgedacht, was sie mit ihrem Leben anstellen wollte. Ihre Freunde studierten alle, aber das war nicht ihr Weg. Seit sie angefangen hatte, ihre Erlebnisse im Geheimclub in einem Tagebuch zu notieren, hatte sie ihre Leidenschaft fürs Schreiben entdeckt. Ihr Vater hatte Emma mit Erin Macgillivray, eine der bekanntesten Autorinnen Großbritanniens, bekanntgemacht, die sich dazu bereiterklärte, Emma unter ihre Fittiche zu nehmen, allerdings musste Emma deswegen nach Cornwall ziehen.

Erst im Nachhinein erfuhr Emma, dass Oisin damit zwei Fliegen mit einer Klatsche schlagen wollte, denn ausgerechnet bei Christian hatte der Beschützerinstinkt ihres Vaters eingesetzt, und er hatte Emma aus Wiltshire weggelotst, wo sie einige Wochen bei Christian gewohnt hatte. Janet war für Emma in die Presche gesprungen. Oisin hatte seinen Fehler eingesehen, sich entschuldigt und seine Kontakte spielen lassen, sodass Christian zur Polizeidienststelle in Truro versetzt worden war. Emma rechnete Janet ihren Einsatz hoch an und gab zähneknirschend zu, bisher nicht sehr nett zu ihr gewesen zu sein.

Die Dinge hatten sich geändert, und Emma war überglücklich darüber.

Sie war tatsächlich fest mit Christian zusammen. Noch immer konnte sie es kaum fassen! Dieser kernige Mann begehrte sie genauso, wie sie ihn begehrte. Konnte das Leben wirklich so schön sein?

Ihr Blick glitt über seinen muskulösen Körper und blieb an seinem Schaft hängen. »Er steht ja schon.«

»Ich habe nicht selbst Hand angelegt. Er hat sich ganz von alleine aufgerichtet.« Christian musterte sie anzüglich von oben bis unten. »Ist ja auch kein Wunder, bei den Kurven!«

Ein breites Lächeln bog ihre Mundwinkel nach oben. Sie ging langsam auf ihn zu und schwang ihre Hüften verführerisch. Seit sie Christian kannte, fühlte sie sich viel wohler in ihrem Körper. Sie haderte nicht mehr mit kleinen Unzulänglichkeiten, weil er sie attraktiv fand.

»Setz dich auf mich«, forderte er sie auf.

Emma tat so, als würde sie überlegen, betrachtete sein Glied eingehend, das daraufhin zuckte, und schüttelte schließlich ihren Kopf. »Ich bin noch gar nicht feucht genug.«

Mit einer Selbstsicherheit, die ihr bis zum Sommer noch gefehlt hatte, kniete sie sich rechts und links auf die Armlehnen seines Sessels und präsentierte ihm somit ihre geöffnete Spalte.

Er verstand die Aufforderung. Seine Hände glitten über ihre Waden höher. Zärtlich streichelte er ihre weiche Haut, die immer sensibler reagierte, je näher er ihrer Scham kam. Dann packte er ihr Hinterteil fest, als wollte er mit dieser Geste zeigen: Du gehörst mir.

»Dem kann Abhilfe geschaffen werden«, sagte er und neigte sich vor.

Christian küsste ihren Bauch, umkreiste ihren Nabel mit seiner Zunge und strich mit seinen Lippen über ihren Venushügel. Sinnlich hauchte er einen Kuss auf ihre Klitoris. Er hinterließ mit seiner Zungenspitze eine feuchte Spur auf ihren Oberschenkeln und stieß mit schnellen Zungenschlägen ihre Schamlippen an, die so viel empfindlicher reagierten, da sich Emma frisch rasiert hatte.

Um besser an ihre Scham heranzukommen, stemmte er sich gegen Emmas Oberschenkel und öffnete gleichzeitig geschickt mit seinen Fingern ihre Spalte, indem er ihre äußeren Schamlippen beiseitedrückte. Er züngelte leidenschaftlich durch die Schluchten und saugte dann gefühlvoll ihre kleinen Lippen ein. Lächelnd biss er in ihre Schenkel, ohne Emma wehzutun, doch jedes Mal, nachdem er sie sachte seine Zähne hatte spüren lassen, drückte er kurz seinen Daumen auf ihren Kitzler, und jedes Mal schwoll ihre Erregung weiter an.

Zwei Finger drangen in sie ein. Emma seufzte wohlig und konnte ihren Unterleib kaum ruhig halten, als er sie sanft nahm und gleichzeitig seine Zungenspitze um ihre Klitoris kreiste. Christian machte sie wahnsinnig! Sie hätte sich keinen geschickteren Liebhaber vorstellen können.

Schmunzelnd zog er sich aus ihr zurück und cremte ihre Spalte mit ihrer Feuchtigkeit ein. »Jetzt bist du bereit.«

Das ging Emma zu schnell. Sie wollte das Liebesspiel mit ihm auskosten, wusste aber, dass sie sich nicht würde zurückhalten können, sobald sie ihn in sich spürte.

Heulend fegte der Wind um das Cottage. Emma stieg vom Sessel und sah auf Christians Schaft hinab. Das Wasser lief ihr im Mund zusammen, deshalb kniete sie sich zwischen seine gespreizten Schenkel und blies ihren heißen Atem gegen seinen Phallus. Christian bekam eine Gänsehaut, seine Hände umfassten die Armlehnen fester.

Emma stieß mit ihrer Nasenspitze gegen die Eichel. Sie rieb ihre Wange an dem samtig weichen Schaft und entlockte Christian wohlige Seufzer. Während sie ihre Lippen über den Penis stülpte und an dem erigierten Glied hinauf- und hinunterglitt, erinnerte sie sich an das Spiel, das sie vor einer Woche gespielt hatten. Sie hatten sich gegenseitig oral befriedigt, um herauszufinden, wer es schaffte, seinen Orgasmus am längsten herauszuzögern. Natürlich hatte Christian gewonnen. Sie kam ja schon, wenn er nur seinen Daumen auf ihre empfindsamste Stelle presste und einige Male rieb, als hätte er magische Hände. Beim nächsten Wettbewerb würde es darum gehen, wer am häufigsten kam. Dann würde Emma punkten, da war sie sich sicher.

Glücklich darüber, dass sie ihre Lust so schamlos auslebten, nahm sie sein steifes Geschlecht so weit wie möglich in ihren Mund auf. Sie ließ es langsam herausgleiten, leckte mit der ganzen Länge ihrer Zunge über die Penisspitze und überzog das Glied mit unzähligen feuchten Küssen.

Christian wurde unruhig, was ihr ein diabolisches Lächeln entlockte. Die Muskulatur seiner Oberschenkel spannte sich immer wieder kurz an. Emma schob mit ihren Lippen die Vorhaut zurück und imitierte mit ihrem Mund den Akt. Da sich ein salziger Tropfen aus der kleinen Öffnung auf der Penisspitze löste, lutschte sie ihn ab und sog an der Eichel. Das brachte Christian fast um den Verstand.

Er stöhnte und wehrte sie schließlich ab. »Nicht, sonst komme ich.«

Emma ließ von seinem Glied ab, stand auf und wandte sich ab.

»Was machst du?«, fragte er verdutzt.

»Einen Tee. Möchtest du auch einen?« Grinsend machte sie sich auf den Weg in die Küche, um ihn zur Weißglut zu bringen. »Du wirst ja einige Zeit brauchen, um wieder runterzukommen. Sonst bist du zu schnell fertig und bringst mich um meinen Spaß.«

»Du attraktive Teufelin!« Blitzschnell sprang er auf seine Füße und rannte ihr hinterher. Er erreichte sie in der Diele, wirbelte sie herum und drückte sie zwischen Hauseingang und Küchentür gegen die Wand.

Da das Cottage klein war, stand sie zwischen der kleinen Heizung, die sie nie anstellten, und dem Schuhschrank, in dessen Schubladen Platz für ihr Sammelsurium an Winter- und Sommerschals, Mützen und Handschuhen war. Über ihr ragten die Garderobenhaken aus der Wand, einer uralten, aber bombenfesten Konstruktion aus Metall. Die beiden Mäntel, die dort hingen, waren angenehm weich und schützten ihren nackten Rücken vor der Holzvertäfelung.

Christian presste ihre Handgelenke über ihrem Kopf gegen die Wand und küsste sie leidenschaftlich. Seine Lenden schmiegten sich an sie, Emma spürte den heißen Schaft an ihrem Bauch.

Sie merkte zu spät, was er vorhatte. Noch während er sie küsste, tastete er mit einer Hand nach der Schublade des Schuhschranks und fischte einen Wollschal heraus. Kaum hatte er den Kuss gelöst, band er Emmas linkes Handgelenk an einen der Garderobenhaken. Sie war unfähig sich zu wehren, denn er hielt ihren anderen Arm immer noch fest, holte einen Sommerschal heraus und fesselte auch diesen an einen der Metallhaken.

Spielerisch zog Emma an ihren Fesseln, aber weder die Schals, noch die Haken gaben nach. »Schuft!«

»Nun gehörst du mir.« Etwas Bedrohliches lag in seiner Stimme, das Emma wohlig erschauern ließ.

Sie lachte. »Das tue ich doch sowieso schon.«

Christian stützte sich rechts und links neben ihrem Kopf ab und schaute sie eindringlich an. »Aber heute werde ich deine Träume wahr werden lassen.«

»Meine …?« Er erinnerte sich noch an ihre erotische Beichte, die er von ihr auf bittersüße Weise erzwungen hatte?

»Ich habe dich in einem Liebesspiel gefesselt, in einem anderen dir die Augen verbunden. Heute werde ich beides auf einmal machen und noch mehr.« Er gab ihr einen Kuss auf die Nasenspitze. »Du vertraust mir doch inzwischen, oder?«

Die Aufregung schnürte ihr die Kehle zu. Sie nickte, damit er ihre Zweifel nicht bemerkte, denn sie zweifelte nicht an ihm, sondern an ihrem Mut. Es fiel ihr schwer, die Kontrolle vollkommen abzugeben. Dennoch sehnte sie sich genau danach. Christian war definitiv der richtige Mann, um diese Fantasie auszuleben. Aber war dies auch der rechte Zeitpunkt für sie? War sie bereit dazu?

Er nahm zwei weitere Schals aus der Schublade und spreizte ihre Beine. Nachdem er einen verlangenden Blick auf ihre Spalte geworfen hatte, band er ein Fußgelenk an die Heizung und das andere an den Schuhschrank. Er erhob sich und betrachtete zufrieden sein Werk.

Als er einen Regenschirm aus dem Schirmständer nahm und in das gegenüberliegende Gäste-WC ging, runzelte Emma die Stirn und war verunsichert. Ihr Gefühl sagte ihr, dass er nicht vorhatte, ihren Körper einfach nur zu liebkosen, zu küssen und sie dann zu nehmen. Christian war immer für eine Überraschung gut. Eigentlich mochte Emma das, allerdings stürzte sie die Ungewissheit jedes Mal von Neuem in einen Strudel aus Angst, Nervosität und Lust, der an ihren Nerven zerrte, aber auch ihre Erregung anfachte.

Er wusch die Plastikkugel, die auf der Spitze des Schirms steckte, trocknete sie in Seelenruhe ab und kehrte zu Emma zurück. Seltsamerweise legte er den Regenschirm quer über den Ständer, als hätte er das Interesse verloren, aber Emma wusste genau, dass er sie nur verunsichern wollte. Natürlich schaffte er das auch. Nun nahm er einen Seidenschal und verband ihr die Augen. Dann trat er zurück.

Emmas verbliebene Sinne waren alarmiert. Was um Himmels willen hatte er vor? Ihr Schoß prickelte heftig, das Blut rauschte durch ihre Spalte und ihre Brustspitzen stellten sich auf. An welcher Körperstelle würde Christian sie als Erstes berühren? Würde sie zuerst seine Finger oder seine Lippen spüren? Ihr Busen wogte auf und ab. Sie war unruhig, konnte sich jedoch wegen der Fesselung nicht bewegen.

Würde er ihr heimzahlen, dass sie ihn oral verwöhnt und dann einfach sitzen gelassen hatte?

Sie hörte Schritte. Angestrengt lauschte sie. Wohin ging er? Sie hörte, wie ein Schrank geöffnet wurde und danach eine Schublade. Er war in der Küche. Was holte er von dort?

Oder machte er sich jetzt einen Tee, um sie warten zu lassen, wie sie ihm angedroht hatte?

Erleichtert atmete sie aus, als er zu ihr zurückkehrte. Doch schon im nächsten Augenblick schrie sie auf. Etwas war auf ihren linken Busen geträufelt, eine zähe Masse, die langsam über ihre Brustspitze herablief. Plötzlich leckte Christian sie ab. Er zog seine Zunge der Länge nach über die Brustwarze, saugte sie dann kurz und sachte ein, sodass Emma nicht anders konnte als zu stöhnen, und küsste Emmas Lippen. Seine Zunge stieß in sie hinein. Honig, das war es also! Eine intensive Süße breitete sich in ihrem Mund aus.

Verlegen kicherte sie, nachdem er von ihr abgelassen hatte. Sie schämte sich, weil sie wegen etwas ganz Harmlosem aufgeschrien hatte.

Christian rieb den Honiglöffel gegen ihre rechte Brustwarze, entrang ihr einen Seufzer nach dem anderen und lutschte den Honig schließlich ab. Lustvoll stöhnte sie.

»Ich habe noch etwas vergessen«, sagte er. »Das Spiel ist noch nicht perfekt.«

Was meinte er damit? Emma hörte, wie er das Honigglas auf den Schuhschrank stellte und zurück in die Küche ging. Das Warten machte sie unruhig.

Als er zurückkehrte, befahl er: »Öffne deinen Mund.«

Ängstlich schüttelte sie ihren Kopf. Wenn sie doch nur sehen könnte, was er in der Hand hielt!

»Vertrau mir. Du weißt doch, dass ich nie etwas tun würde, das dir nicht gefällt. Aber das hier hast du dir gewünscht.« Er strich mit einem Finger über ihre Lippen.

Emma folgte zaghaft seiner Anweisung. Er stopfte den Zipfel eines Küchentuchs in ihren Mund und fixierte den provisorischen Knebel mit einem Schal. Natürlich! Vor lauter Aufregung hatte sie vergessen, dass sie ihm damals in der

Hausmeisterwohnung ausnahmslos alles gestanden hatte. Nun war ihre Fantasie perfekt umgesetzt.

Sie war gefesselt und geknebelt, und ihre Augen waren verbunden. Der absolute Kontrollverlust. Emma war Christian hilflos ausgeliefert, dem einzigen Mann, dem sie vollkommen vertraute.

Zärtlich küsste er ihre Halsbeuge und flüsterte: »Ich werde die Situation nicht ausnutzen, mich auch nicht rächen wegen vorhin, sondern dir grenzenlose Lust bereiten. Lass dich fallen, direkt in meine Arme.«

Sie erschraken beide, als es an der Haustür klingelte.

Christian ließ von Emma ab. Er hatte doch wohl nicht vor, die Tür zu öffnen. Nein, nein, das würde er niemals tun. Aber wieso schlang er seinen Arm um ihre Taille, zog sie ein wenig nach vorne und nahm einen Mantel vom Haken? Emma versuchte, etwas zu sagen, doch der Knebel verschluckte ihre Worte. Sie hörte, wie Christian den Mantel anzog. Das konnte nicht sein Ernst sein!

Und ob! Er öffnete tatsächlich die Haustür und begrüßte Ian, den Postboten. Emma erstarrte. Die Tür verdeckte sie, das wusste sie, trotzdem konnte Ian womöglich ihre gefesselte linke Hand sehen. Sicherlich wunderte er sich auch über Christians nackte Beine und Füße. Emma hörte angestrengt auf Ians Stimme, doch falls er etwas Verwunderliches sah, ließ er es sich nicht anmerken. Er übergab Christian ein Paket und einen Brief, die beiden Männer redeten noch kurz über das Wetter, dann verabschiedete er sich.

Emma lehnte erleichtert ihren Hinterkopf gegen die Wand. Christian konnte froh sein, dass sie geknebelt war, denn sonst hätte er sich etwas von ihr anhören können. Stattdessen murmelte sie ihre Schimpftiraden leise vor sich hin.

Er brachte die Post ins Wohnzimmer und kehrte zu ihr zurück. Durch die Geräusche vernahm sie, dass er den Mantel auszog und ihn über den Schuhschrank legte. Zufrieden brummend drückte er sein erigiertes Geschlecht zwischen ihre Schenkel, sodass es sich an ihre heiße Spalte schmiegte. Einige Male glitt er vor und zurück. Emma spürte, dass sie unglaublich feucht war. Ihre Feuchtigkeit verteilte sich auf seinem Phallus, dabei war er nicht einmal in sie eingedrungen.

»Siehst du, die kleine spontane Einlage hat dich angemacht«, sprach er selbstgefällig. »Vielleicht bitte ich Ian beim nächsten Mal herein, damit er uns zuschaut. Was meinst du?«

Aufgebracht zerrte Emma an ihren Fesseln. Christian lachte, führte seine Penisspitze zu ihrer Mitte und drang mit einem kräftigen Stoß in sie ein. Emma hörte auf zu schimpfen, sie wehrte sich nicht mehr gegen die Fesseln, denn ihre Erregung schoss empor und überwältigte sie.

Einige Male pumpte er in sie hinein, dann zog er sich aus ihr zurück. Um bis zur Peniswurzel in sie eindringen zu können, musste er eins ihrer Beine losbinden, doch das war scheinbar nicht sein Plan, denn er machte sich nicht an den Schals zu schaffen.

Ein Rascheln war zu hören. Der Regenschirm, fiel Emma ein. War er völlig verrückt geworden? Aber Christian hatte immer außergewöhnliche, äußerst lustvolle Ideen, so auch diesmal. Behutsam führte er die Spitze des Schirms, über die eine Halbkugel aus Plastik gestülpt war, in sie ein. Emma verkrampfte sich, aber Christian ging besonnen vor und drang nicht tief ein. Er wartete, bis sie sich wieder entspannte. Erst dann entfernte er das abgerundete Schirmende, schob es wieder in Emmas Mitte hinein und begann, sie behutsam zu penetrieren.

Zu ihrem eigenen Erstaunen erregte es sie sehr, was nicht an der Reibung des Schirms lag, sondern vielmehr an der Obszönität. Wie viele Frauen konnten schon behaupten, mit einem Regenschirm stimuliert worden zu sein?

Doch das reichte Christian nicht. Er legte zusätzlich Zeige- und Mittelfinger auf ihren Kitzler. Zuerst klopfte er dagegen, was Emmas Lust in Impulsen auflodern ließ. Dann kreiste er mit den Fingerspitzen darüber und nahm sie weiterhin mit dem Schirmende.

Emma riss an ihren Fesseln, aber nicht, um sich von ihnen zu befreien, sondern aus purer Erregung. Sie stellte sich vor, was Christian in diesem Moment sah. Unmittelbar vor seinen Augen drang der Schirm immer wieder in sie ein. Bestimmt wurde der wasserabweisende Stoff bereits von ihrer Feuchte bedeckt. Ihr Becken wand sich unter Christians Liebkosungen. Sie konnte einfach nicht stillhalten.

Der Knebel dämpfte ihr Stöhnen. Unter der Binde hatte sie ihre Augen längst geschlossen. Sie war bereit für den Höhepunkt, wollte kommen, doch Christian ließ von ihrer Klitoris ab, drückte ihre Schamlippen zusammen und schob sie vor und zurück. Dadurch stimulierte er ihren Kitzler indirekt, aber so sanft, dass sie nicht zum Orgasmus kam.

Er war der Teufel, nicht sie! Egal, wie sehr sie ihn neckte, er setzte dem immer noch eins drauf. Und sie liebte ihn dafür. Die Höhepunkte, die er ihr verschaffte, waren unglaublich. Indem er sie immer wieder nah heranführte und dann wieder einen Schritt zurückging, wurde der Orgasmus, wenn er ihn ihr endlich erlaubte, zu einem Hurrikan.

Doch noch war es nicht so weit, denn er stellte den Schirm in den Ständer und löste ihre Fesseln. Ohne Augenbinde und Knebel zu entfernen, hob er sie auf seine Arme und trug sie ins Wohnzimmer. Christian bettete sie auf eine Decke, die er auf dem Boden vor dem Terrassenfenster ausgebreitet haben musste, als er die Post weggebracht hatte.

Emma lag auf dem Rücken und erschauerte wohlig, denn Christians Glied streifte ihr Bein, da er ihre Schenkel spreizte und sich dazwischen kniete. Sinnlich strich er über ihre Arme, streckte sie dabei beiläufig nach oben und drückte ihre Handgelenke über ihrem Kopf in die Decke.

»Lass mich in deiner Feuchte baden«, flüsterte er und drang ohne weiteres Vorspiel in sie ein.

Emma versuchte, sich aufzubäumen vor Lust, doch er drückte sie mit seinem Gewicht auf die Decke, um ihr zu beweisen, dass sie ihm auch weiterhin ausgeliefert war. Er brauchte keine Schals, er fesselte sie mit seinem Körper.

Er zog sich aus ihr zurück, nur um sofort mit einem kräftigen Stoß erneut in sie einzudringen. Sein Stöhnen war noch leise, wurde aber bald lauter, da er anfing, sie in einem langsamen, aber kraftvollen Rhythmus zu nehmen.

Obwohl sie die frische Luft wahrnahm, die sich durch die Ritzen des Fensterrahmens stahl, fühlte sich Emma fiebrig vor Lust. Sie spürte Christians Stärke. Der Duft, den sein Körper und besonders sein Geschlecht verströmten, war wie ein Rauschmittel für sie.

Während sein Phallus ihren Schoß bearbeitete, küsste er ihren Hals, ihr Kinn und ihre Wangen. Immer schneller stieß er in sie hinein. Er keuchte, auch seine Lust war bis zum äußersten gereizt. Ein einziges Mal schaffte er es, ihre Brustspitzen in seinen Mund einzusaugen, dann war er zu erregt, um sich auf irgendetwas anderes zu konzentrieren als auf seine Stöße.

Emma schob ihm ihr Becken entgegen, doch er drückte ihren Unterleib auf die Decke, spreizte ihre Schenkel noch weiter und presste sich so tief wie möglich in sie hinein, um ihr zu zeigen, dass er die Kontrolle über ihren Körper und ihre Lust hatte. Seine Dominanz erregte sie maßlos.

Als er dann wieder schnell und hart in sie hineinstieß, kam Emma augenblicklich. Sie zuckte wie ein Fisch auf dem Trockenen und stöhnte laut in ihren Knebel hinein. Lustwellen schwappten über sie hinweg. Ein Schwall Feuchtigkeit löste sich aus ihrem Inneren und umspülte Christians Penis.

Noch immer drang er in sie ein, kraftvoll und erbarmungslos. Er hatte Emma ausgiebig stimuliert, sich selbst jedoch vernachlässigt, sodass er nun länger brauchte, um zu kommen. Sie war sich sicher, dass er dies geplant hatte, denn er liebte es, sie nach dem Höhepunkt weiterhin zu erregen.

Ihr Kitzler war durch das lange und intensive Vorspiel und den gigantischen Orgasmus höchst sensibel, die Reibung von Christians Schaft eine bittersüße Qual. Ihre Muskeln spannten sich ein zweites Mal an und erneut erfasste sie ein Lustkrampf. Der Orgasmus raubte ihr den Atem, während sie entfernt wahrnahm, dass auch Christian kam. Sie stöhnte nicht, schrie nicht, sondern hielt die Luft an. Ihr war, als würde die Welt um sie herum versinken. Ihr Körper erbebte, dann rang sie nach Luft.

»Alles in Ordnung?«, fragte er mit erschöpfter Stimme und beeilte sich, den Knebel aus ihrem Mund zu entfernen.

Emma war trunken vor Ekstase und nickte nur.

Christian deckte sie mit einer zweiten Decke, die er bereitgelegt haben musste, zu. Eng kuschelte sich Emma an ihn. Sie nahm nicht einmal die Augenbinde ab. Mit ihm konnte sie nicht nur eine freie Sexualität ausleben und ihre erotische Seite näher kennenlernen, sondern sie fühlte sich auch unendlich geborgen bei ihm.

Es dauerte nicht lange, und sie war eingeschlafen.

Als Emma erwachte, fühlte sie sich so selig und zufrieden wie ein Kätzchen, das stundenlang gekrault worden war. Sie drehte sich zu Christian um, aber er schlief tief und fest. Ihr Blick fiel auf die Post, die auf dem Couchtisch lag.

Sie schälte sich vorsichtig aus der Decke, um Christian nicht zu wecken. Auf leisen Sohlen ging sie zum Tisch, nahm das Paket, auf dem der Brief lag, und schlich damit in die Küche.

Emma schloss die Tür so leise wie möglich hinter sich, legte die Post auf die Arbeitsfläche und nahm ein Steakmesser aus dem Messerblock. Aufgeregt öffnete sie den Brief als Erstes, denn er war von Charlotte. Emma versuchte sie so oft wie möglich in der Untersuchungshaft zu besuchen, was aber wegen der Entfernung nicht so häufig sein konnte, wie sie es sich wünschte. In einer Woche war Prozessbeginn. Eine schwere Zeit würde für Charlie und ihre Familie anbrechen.

Charlotte schrieb, wie glücklich sie darüber war, dass Emma während des Prozesses anwesend sein würde, und dass Megan wieder vorbeigeschaut hätte. Leider hatten sich Holly und Lauren nie sehen lassen. Charlie war traurig darüber, nahm es den beiden jedoch nicht übel. Ein Mord, auch wenn er ein Unfall war, war schwer zu verzeihen. Außerdem, welche Achtzehnjährige traute sich schon in ein Gefängnis?

Emma war der erste Besuch auch nicht leichtgefallen, aber Christian hatte sie begleitet. Zudem wusste sie, wie dringend Charlotte Unterstützung brauchte. Sie war emotional ganz unten, labil, aber auf dem Weg der Besserung, auch dank eines Therapeuten.

Die Beziehung zu ihren Eltern war immer noch angespannt, aber besser geworden. Entgegen ihrer Befürchtungen, hatten sie Charlie nicht verstoßen, sondern die besten Anwälte für sie engagiert. Aus Schamgefühl hatten sie sich komplett aus der Öffentlichkeit zurückgezogen. Charlotte hegte jedoch die Hoffnung, dass sie ihr während der Prozesstage beistehen würden.

Emma war überzeugt, dass der Duke von Darsby und seine Frau im Gerichtssaal gleich hinter Charlie sitzen würden, egal, wie viele Kamerateams vor dem Gericht warten würden. Christian und sie hatten viele lange Gespräche mit ihnen geführt, um ihnen begreiflich zu machen, dass Homosexualität nur eine Variation der Liebe ist und dass ihre Tochter keine eiskalte Mörderin war.

Emma legte den Brief weg, denn ihr wurde ganz schwer ums Herz. Charlie hatte es nicht verdient, dass ihr Leben eine so schreckliche Wendung genommen hatte. Sie war ein liebenswertes Geschöpf, das sich nur nach Zuneigung sehnte, wie alle Menschen, insbesondere Heranwachsende. Und Emma war trotz allem, was geschehen war, bereit, sie ihr in Form von Freundschaft zu geben.

Sie atmete tief durch und packte das Paket aus. Stolz nahm sie eins der Belegexemplare hoch, die darin lagen. Nachdem das White Garden College geschlossen worden war, hatte sie es nicht übers Herz gebracht, ihr Tagebuch in der Kapelle zurückzulassen. Es war ein Teil von ihr. Außerdem empfand sie das Bedürfnis, ihre wundervollen Erlebnisse mit anderen zu teilen und andere junge Menschen zu animieren, ihre Lust auszuleben, besonders mit jemandem, den sie liebten. Deshalb nahm Christian einen großen Teil der Aufzeichnungen ein.

Stolz zeichnete sie mit ihrem Zeigefinger die geschwungenen Buchstaben ihres Pseudonyms Evangeline nach.

Ihr Vater, dem nicht nur ein Zeitungs-, sondern auch ein Buchverlag gehörte, hatte kurz entschlossen eine kleine Auflage drucken lassen. Sie war innerhalb eines Monats restlos ausverkauft gewesen, was Emma mehr erstaunt hatte als alle anderen, zumal keine Werbung gemacht worden war. Ihr Tagebuch war überraschenderweise unter Top-secret-Pseudonym zu einem kleinen Internet-Bestseller avanciert.

Und nun hielt sie bereits die zweite Auflage ihres ersten eigenen Taschenbuchs in Händen, weil inzwischen auch Buchhandlungen angefragt hatten. Dem Buch sollten viele weitere folgen, erotische natürlich.

Emma lächelte glücklich. Dank Christian fehlte es ihr nicht an Inspiration für einen zweiten Teil der »Mädchenakademie«.